Las flores en llamas

Las flores en llamas

Samantha Shannon

Traducción de Jorge Rizzo

Rocaeditorial

Penguin
Random House
Grupo Editorial

Título original: *Among the Burning Flowers*

Primera edición: enero de 2026

Printed in Spain – Impreso en España

ISBN: 979-13-87629-56-4
Depósito legal: B-19685-2025

Compuesto en Mirakel Studio, S. L. U.

Impreso en Rotoprint by Domingo, S. L.
Castellar del Vallès (Barcelona)

RE29564

Para mi hermano, Alfie

Nota de la autora

Las flores en llamas es una breve precuela de *El priorato del naranjo*. Puede ser un punto de acceso para los recién llegados a la serie Las Raíces del Caos, o un medio para profundizar en ella para los lectores ya familiarizados con este mundo.

Al final del libro encontrarás un glosario y una guía de personajes; al principio, dos mapas.

Las tierras de ficción de esta serie se inspiran en sucesos y leyendas de diversas partes del mundo. Ninguno de estos lugares pretende ser una fiel representación de ningún país o cultura en ningún momento de la historia.

Los terribles sucesos de estos tiempos
han segado las raíces del noble árbol de la Esperanza,
y podría decirse que, hasta donde alcanza la vista,
han dejado sin hojas las plantas del jardín del
mundo.

JAHĀN-MALEK KĀTUN

Sumario

MAR CETRINO
Nurtha
Morga
Caliburn
Suth
Ascalon
Puerto Estío
Perchling
Punta Albatros
REINO DE INYS
ESTRECHO DEL CISNE
Perunta
Samana
Aperio
Abraba
Río Salza
Río Armata
MONTES SAURGA
Monte Pavor
REINO DRACONIANO DE YSCALIN
BAHÍA DE LAS MEDUSAS
Río Gauria
GRAN LLANURA DE YSCALIN
Vazuza
VALLE DE GRONEYSO
Cárscaro
Monte Fruma
Oryzon
Córvugar
Ortégardes
Río Salbon
BOSQUE DE AFELAYANDA
LAS ESCARPADAS
MAR DE HALASSA
Tierras Quemadas
Jotenya
ESPADAS DE LOS DIOSES
Nzene
Dimabu
Monte Dinduru
DESIERTO CARMESÍ
PRIORATO
Isriq
Yikala
Cuenca de Lasia
Majigu
DESIERTO DE SUTTU
DOMINIO DE LASIA

IMPERIO DE LOS DOCE LAGOS
Monte Whin
Río Daprang
CORDILLERA DE WHINSHAN
Lago de las Albas Frías
Xothu
MAR CREPUSCULAR
Ciudad de las Mil Flores
Gran Valle Imperial
Kawontay
Río Shim
Lago de los Días Eternos
PENÍNSULA DE SEPUL
Kanxang
MONTES NHANGTO
MONTES LAKRA
Kenglim
Lago Vespertino
MAR DEL SOL TRÉMULO
Ginura
Monte Tego
Cabo Hisan
Orisima
Bahía de Ginura
Lago del Sol Durmiente
Río de las Sombras
Kapara
Lago de las Mariposas
Río Tikara
Brakwa
Sidupi
SEIIKI
Bahía de Isunka
Lago del mar del Sur
Nanta
Río Tukupa
EL ABISMO
Basai
Apampi
Ampiki
MAR INFINITO
Cabo Péndola
ISLA DE LAS PLUMAS

I

ANTES

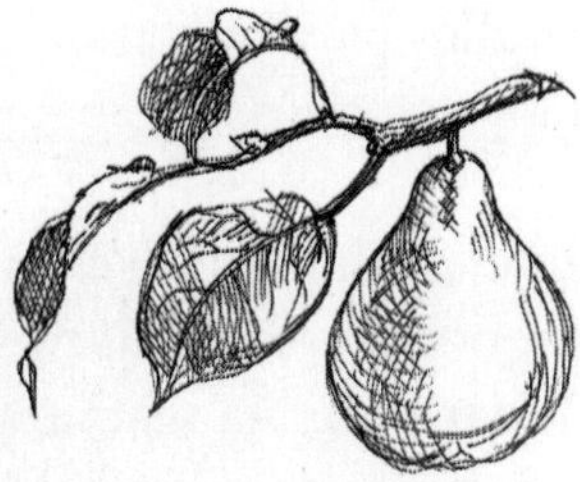

Marosa

Cárscaro
Reino de Yscalin
1003 E. C.

Mucho antes de ser una ciudad, Cárscaro había sido una mina.

En esos días, los gulthaganianos gobernaban sobre el noreste del vasto continente de Edin. Ansioso por conquistar el resto del territorio, el emperador de Gulthaga había enviado a sus soldados al otro lado de las montañas que se alzaban al oeste de su ciudad, hacia terreno desconocido, para extraer cobre con el que forjar armaduras y espadas.

En el otro lado de las heladas cumbres de las Escarpadas, los soldados habían encontrado cobre y se habían puesto a cavar. Pero las tribus del oeste de Edin, conocidas como los yscalinos, sentían veneración por sus montañas. Maldijeron a los forasteros por excavar en el monte Fruma, en el que veían a un dios pétreo, al gigante que había creado su pueblo.

Los yscalinos luchaban con sílex y madera; los gulthaganianos, con bronce. La batalla estaba perdida desde el inicio, y cuando los obligaron a trabajar en el interior de las minas, los yscalinos se hicieron cortes en la piel en un intento por desagraviar a su dios.

Los gulthaganianos llamaron a aquel puesto de avanzada Karkara, que significaba «jaula de pájaros». E incluso cuando tuvieron que abandonar la ciudad, dos siglos después de su llegada, Karkara seguía siendo un lugar para el exilio. Cualquiera que atravesara sus murallas para huir moría en la llanura que se extendía ante la ciudad, y sus huesos acababan perdiéndose entre el polvo.

Para la mayoría, aquellos días ya no eran más que una historia del pasado. Los antiguos dioses de las montañas habían caído en el olvido, y en su lugar se había instaurado el culto al Santo extranjero. Las antiguas minas de cobre habían quedado enterradas bajo el suelo de Cárscaro, ahora transformada en la espléndida capital de Yscalin, y sus habitantes podían entrar y salir a su antojo.

Aunque no así su futura reina, la donmata Marosa.

El séptimo día de primavera abrió los ojos de golpe, como si el Santo hubiera alargado el brazo desde la corte sagrada de Halgalant para despertarla. Algo más allá, la primera dama de honor seguía durmiendo, con sus oscuros rizos cubriendo la almohada. Priessa siempre había tenido un sueño profundo.

Marosa aguzó el oído. Aún se sentía solo en su cuerpo, a medias; la otra mitad estaba en otra parte, en otro momento. Tres recuerdos atravesaron su mente en una rápida sucesión: un murmullo junto al oído, una mano agarrando fuerte la suya, un grito.

Tras asegurarse de que nada alteraba el silencio de su habitación, se levantó y se puso una bata sin mangas sobre el camisón. El aire era denso como la mantequilla; hasta el mínimo movimiento la hacía sudar. Abrió la puerta de su estancia esperando encontrar una brisa fresca, una bebida helada.

Por la tenue luz que se veía en el pasillo, debía de estar amaneciendo. Raramente se levantaba tan temprano de forma natural.

—Donmata.

La voz procedía de su izquierda, donde estaba Ermendo Vuleydres, junto a una ventana, armado con una pistola y una espada ropera, y con una alabarda al lado. Debía de estar cociéndose como un cangrejo bajo aquella armadura dorada.

—Ermendo —dijo Marosa—, ¿no has notado algo ahora mismo?

—Un pequeño temblor.

—¿No es el sexto en seis días?

—Eso creo.

Su curtido rostro no revelaba nada. Los Vardya eran demasiado disciplinados como para mostrar una emoción tan básica como el miedo.

—Daré mi habitual paseo —dijo Marosa—. Si estás libre.

—Por supuesto, vuestro esplendor.

En Cárscaro había temblores de vez en cuando, pero no tantos, y nunca tan seguidos. Aun así, Marosa se había acostumbrado a ellos. Saber que la ciudad podía temblar alguna vez formaba parte de la identidad carscariana.

Siguieron el itinerario que habían recorrido innumerables veces, escoltados por otros dos guardias. De vez en cuando, Marosa veía su reflejo en las brillantes paredes del palacio de la Salvación, que parecían haber sido pintadas con tinta.

Su prisión era un espacio de ciento cincuenta metros de piedra negra, carbonilla y basalto, decorado con cristal volcánico. Incluso en las plantas más bajas, provistas de ventanas en arco para que pasara la brisa, la temperatura resultaba sofocante. Cien mil antorchas no habrían bastado para iluminar los pasillos. No solo era un lugar opresivo, sino que contaba con angostas escaleras y paredes falsas para confundir a los intrusos.

La reina Rozaria III no había hecho caso a sus asesores cuando ordenó su construcción. La advirtieron de que la piedra negra retendría el calor, que solo en lugares más al norte, como Hróth, se entendería una fortaleza tan negra. Pero Rozaria no se había echado atrás. Aquello era un monumento a la potencia de Yscalin, erigido en el corazón de Cárscaro. Quería que proyectara una imagen tan temible como la de un wyrm, para que les recordara a todos que Yscalin se había levantado de entre las cenizas de la Caída de las Sombras.

Lo consiguió, aunque no vivió para ver la torre erigida sobre el resto de la capital. Era un recordatorio para que nadie en la ciudad se olvidara de Fýredel, cuyas temibles alas habían sumido al mundo en las sombras tanto tiempo atrás.

Un wyrm que no habían conseguido matar.

Ermendo abrió una puerta, y Marosa salió al balcón en forma de media luna. Se acercó a la balaustrada y posó la mirada en la capital de Yscalin. Muchos llamaban a Cárscaro la Ciudad Alta. No había ningún otro asentamiento en el continente que gozara de mejor posición para la defensa. Estaba construida sobre un gran despeñadero a un lado de las Escarpadas, con esas cubres nevadas a sus espaldas, a modo de guardaespaldas, y la Gran Llanura de Yscalin delante. La lavanda ya había florecido, cubriendo el terreno de un color morado que se extendía hasta el horizonte.

—Parece que hará buen día —dijo Ermendo—. A la reina Sahar le habría gustado pasarlo en la llanura.

Marosa asintió casi imperceptiblemente. Ambos habían ido muchas veces a la llanura con su madre, que la prefería a la ciudad. Algunos carscarianos afrontaban el descenso, normalmente para montar a caballo o salir de caza, pero nadie disfrutaba entre las flores como la reina Sahar.

Además de sus favoritos y otros huéspedes, solían acompañarla sus damas de honor: Sennera Yelarigas, Denarva uq-Bardant y Aryete Feyalda. Comían en algún lugar a la sombra —embutido rojo picante, queso y uvas— y charlaban con el fragor de las cascadas Gloriza de fondo, mientras Marosa jugaba con los otros niños. Cuando hacía mucho calor, se daban un baño en los bajíos del río, a los pies de la cascada. Esos días suponían un respiro de aquella oscura torre.

Su padre nunca había ido con ellas.

Marosa no tenía recuerdos más felices que los de aquellos momentos dorados. Su madre bailando con ella, haciéndola reír hasta que le dolía el pecho, enseñándole a montar. Cuando Marosa tuvo edad suficiente para casarse, la reina Sahar aprovechó aquellos días entre las flores para hablar con ella en privado, para tranquilizarla y responder a sus preguntas.

Daba la impresión de que había pasado una eternidad desde aquellos días. Ahora las cascadas habían desaparecido, y también su madre. Marosa apartó la vista de la lavanda y la posó en el río de fuego que atravesaba Cárscaro.

Había llegado cuando ella tenía diecisiete años, abriéndose paso a través de una resquebrajadura en las Escarpadas. El chisporroteante reguero de lava había ardido a un ritmo lento pero constante, y no tardó mucho en abrirse paso por debajo de la Casa Vanata, donde estalló en una enorme erupción de vapor, destruyendo las cascadas Gloriza.

La mayoría de los reyes habrían trasladado su capital, pero no Sigoso Vetalda. Él llamó a constructores y alquimistas para que buscaran un modo de detener la lava, sin reparar en gastos. Al ver que no podían represarla, la desviaron a los cauces ya existentes y habían cavado otros para que se diseminara.

Confiaban en que se secaría. Casi una década más tarde no lo había hecho. Ahora la gente cruzaba por encima a través de puentes de piedra cerrados, y a sus ramificaciones les habían puesto los nombres de las seis virtudes.

Su padre lo había llamado el Tundana. Las ramificaciones se unían al borde del despeñadero, cayendo sobre la Gran Llanura de Yscalin y enfriándose, con la consiguiente acumulación de escombros negros. Ya se habían agolpado toneladas a los pies de Cárscaro, que habían creado una mancha como de barro al borde de las montañas y habían acabado con una parte de los campos de lavanda. Algunos años el flujo de lava disminuía, casi permitiendo que cayera la noche, pero este año llevaba fluyendo con fuerza y rapidez desde principios de la primavera. Hacía semanas que Marosa no veía las estrellas por culpa del resplandor rojizo que proyectaba.

Contempló el paisaje hasta que casi le dolieron los ojos. La ciudad que podía ver, pero no tocar. Para su padre, aquel palacio era un refugio en las alturas, como un nido de águilas que protegía su frágil legado. Se comportaba como si Marosa no tuviera ya veinticinco años, como si no hubiera salido del huevo y echado plumas, ella, que ya estaba lista para abrir las alas y emprender el vuelo.

Quizá fuera ese el motivo por el que sentía unas ganas incontenibles de saltar.

Las mismas ganas que sentía a diario desde hacía nueve años, desde la noche en que le dijeron que su madre había muerto.

Notó las manos sudadas sobre la balaustrada. Tenía la sensación de que iba a caer, y las costillas le presionaban los pulmones, dificultándole la respiración.

—¿Donmata?

Ermendo acudió a su lado. Marosa cerró los ojos con fuerza y esperó a que pasara, como siempre ocurría.

—Estoy bien —dijo, irguiendo la cabeza—. Gracias, Ermendo. Regresaré a mis aposentos.

Para cuando llegó a su dormitorio, ya le habían preparado el baño. El agua salía de las tuberías ardiendo. No se recordaba ninguna erupción del monte Fruma, pero, aun así, transmitía su calor a la capital. Priessa dejó que el agua se enfriara antes de ayudar a Marosa a entrar en la bañera, y luego la frotó con jabón de oliva y la envolvió en telas. Una vez seca, Priessa le aplicó aceite y le peinó la larga melena.

Sus aposentos eran de la misma piedra oscura que el resto del palacio, con techos abovedados, suelos de mármol negro de Samani y ventanas con enormes cortinajes. Priessa usaba espejos para dar más luz a la estancia y hacía que trajeran flores frescas cada mañana. Hoy eran amapolas.

Cuando Marosa tenía doce años, su madre había elegido a tres jovencitas para que fueran sus damas de honor. Una de ellas era Priessa Yelarigas, una prima lejana. Cuatro años más tarde, cuando el rey Sigoso reformó el servicio de la corte, remodelándolo a su gusto, solo Priessa sobrevivió a los cambios. Su padre era ministro de Defensa, y uno de los nobles más importantes de la corte.

Marosa confiaba en ella por encima de cualquier otra persona, salvo por Ermendo, su fiel guardia personal, que llevaba a su servicio desde que era niña. Las hermanas Ruzio e Yscabel Afleytan también se habían ganado su confianza, pero no lo habían conseguido con halagos, como solían hacer la mayoría de las doncellas que le había enviado su padre.

Cuatro personas en las que podía confiar, en un palacio con cientos de personas. Lamentaba que tuvieran que quedarse allí, atrapadas con ella.

—Para vos —dijo Priessa, entregándole una carta—. La paloma llegó ayer por la mañana.

La carta tenía el sello roto. Marosa la abrió y se encontró unas líneas escritas en yscalino, con una elegante caligrafía.

En Ascalon, Reino de Inys
Primavera, 1003 E. C.

Lady Marosa, confío en que la presente os encuentre bien, pero os ruego que me enviéis noticias de vuestro estado. No he oído de vos en demasiado tiempo, y aunque sé de la confianza que tiene el rey Sigoso en su diligente heredera, me gustaría saber de vos de primera mano.

Nuestro invierno ha sido breve y clemente. La nieve ya se está fundiendo en Hróth, lo cual me consta que es excepcional para esta época del año.

Espero y confío poder abrazaros de nuevo en vuestra boda con el príncipe Aubrecht, cuando quiera que vaya a celebrarse. En el caso de que necesitéis asesoramiento para la ceremonia religiosa, el santario mayor estará encantado de visitaros en Cárscaro.

Vuestra amiga y compañera en la fe,

SABRAN, Reina de Inys

Marosa dejó la carta a un lado, preguntándose cómo habría reaccionado su padre al leerla. Sin duda, le habría herido en el orgullo. Había dejado que su compromiso se alargara tanto que hasta la líder del principal Reino de las Virtudes había sentido la necesidad de ofrecer la colaboración del santario mayor, que tendría que viajar cientos de millas por mar y por un arduo terreno para llegar a Cárscaro. Eso daría una mala imagen del rey, que debería ser capaz de gestionar los asuntos de su propia familia sin la intervención de Inys.

—Responderé enseguida —le dijo a Priessa—. La reina Sabran es muy amable de interesarse por mí.

—Sí.

Priessa la ayudó a ponerse una enagua de verano, el corsé y el verdugado, así como un vestido de una seda de color tostado a juego con sus ojos. Una pechera blanca le cubría el escote. En los últimos años, con el aumento de la temperatura, en Yscalin se habían puesto de moda los vestidos que dejaban los hombros al descubierto, pero en el palacio no había lugar para esa falta de

decoro. Su padre lo habría visto como un insulto al caballero de la Cortesía.

Al acabar, Priessa dio un paso atrás y Marosa se tocó las perlas doradas de Seiiki que lucía en las orejas. Eran un regalo de compromiso de Aubrecht, procedentes del lejano Oeste, de donde habían llegado tras atravesar el mar del Sol Trémulo.

—Priessa —dijo—. ¿Hoy sigue igual?

Su amiga la miró a través del reflejo del espejo.

—Sí —respondió, con voz suave—. Todo igual.

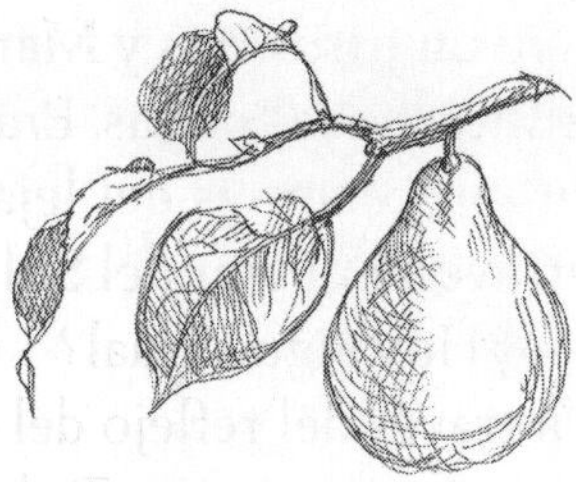

Marosa

Cárscaro
Reino de Yscalin
1003 E. C.

Cada hora de cada día se medía y se administraba como si fuera un caro aceite. A las ocho en punto, Marosa ya estaba rezando en el Santuario Real. Arrodillada en su reclinatorio, declaraba en voz alta su amor eterno por el Santo —exterminador del Innombrable y salvador del mundo— y por los seis miembros del Séquito Sagrado, representantes de las seis virtudes de la caballería.

A las nueve fue a desayunar con Priessa y con las hermanas Afleytan. Nunca llamaba a sus otras doncellas, que vivían en elegantes aposentos en la planta que quedaba bajo la suya, satisfechas con su modesto salario y con el prestigio que les daba servir a una princesa.

A las diez ensayó con el arpa. No podía cambiar su vida, pero podía variar el ritmo y el temperamento de su música. Escogió «La canción del cisne», una balada que le encantaba a Aubrecht, escrita como alabanza a su ancestro.

Las horas siguientes solía dedicarlas a estudiar la historia y la lengua de Mentendon, tierra que muy pronto sería la suya por matrimonio. Aubrecht escribía bien en yscalino, y ambos hablaban inys, pero para ser su consorte tenía que dominar la lengua por cuya conservación el pueblo de su futuro marido había luchado tras siglos de servidumbre a Hróth. Así podría comprender los triunfos y los infortunios de su pasado.

La reina Sahar, como tantos otros ersyris, valoraba mucho la educación. Hasta los dieciséis años, Marosa había tenido de maestros a los mayores intelectuales de los Reinos de las Virtudes. Todos habían desaparecido tras la muerte de su madre, despedidos sin explicación. Ahora era ella misma la que se ocupaba de su educación. La biblioteca de Isalarico le proporcionaba los libros y los documentos que precisaba. También tenía conexión con otros niveles del palacio, lo que le permitía oír a los funcionarios de las plantas inferiores mientras se ocupaban de los asuntos de gobierno, aunque sus voces le llegaran lejanas y distorsionadas.

De todos los textos que Marosa había podido leer, no había ninguno en el que hubiera encontrado mención a un rey que mantuviera a su heredera apartada de su corte. A los diecinueve años le había pedido a su padre que la dejara acompañarlo en la corte, o en una de sus audiencias, para poder aprender las artes de gobierno.

«Curiosa petición —había respondido el rey Sigoso, con frialdad—. ¿Es que ya aspiras al trono, Marosa?».

Imaginar la muerte del soberano era traición. Aquella fue la última vez que se lo pidió Marosa. Pero siguió acumulando conocimientos de historia y política por su cuenta, de agricultura y de religión, de filosofía, de retórica y de poesía. Se negaba a ser una ignorante cuando llegara el momento de acceder a la corona.

Ese día retomó su lectura sobre la Tragedia de Brygstad, un relato acerca de la fiebre sudorosa que había devastado la corte méntica, el único motivo por el que Aubrecht iba a alcanzar el trono. Como era el hijo de un príncipe segundogénito, estaba destinado a ser santario, no monarca.

Marosa pensaba darle apoyo hasta que fuera reina de Yscalin. Por lo que sabía, el actual gran príncipe —su tío abuelo Leovart— ya había delegado gran parte de sus obligaciones en algunos de sus familiares. Incluso antes de la coronación, Aubrecht necesitaría apoyo. Por fin tendría alguien con quien practicar el arte de la política, y con quien usar sus conocimientos, tras años de aislamiento.

A mediodía, cuando más calor hacía, se retiró a sus aposentos. A las tres se fue a la terraza-jardín, donde cenó una cazuela de salmón. El pescado estaba aromatizado con naranja sanguina y azafrán, sobre una masa con pasas, piñones y almendras blanqueadas.

En el centro de la mesa había un cuenco con peras rojas, antiguo símbolo de su dinastía, a juego con el rubí de su colgante. Yscabel se estaba comiendo una chirimoya, mientras Ruzio servía unos vasos de sidra de pera helada y Priessa observaba la balaustrada frunciendo las oscuras cejas.

Su paciencia tuvo recompensa. Un pajarillo aterrizó en ella, atraído por las semillas que habían esparcido por la mañana.

—Oh, qué monada —exclamó Yscabel—. ¿Es un verderón, Essa?

—Un serín —dijo Priessa—. Probablemente, de Inys.

El serín picoteó las semillas. Tenía el plumaje negro y amarillo, y una cola bifurcada que lo ayudaba a mantener el equilibrio. Desde la aparición de la lava fundida, era raro que llegaran a Cárscaro pájaros de otras tierras.

—Un pájaro muy bonito —observó Marosa—. ¿Adónde vuela en invierno?

—A Lasia o al Ersyr —dijo Priessa, esbozando una sonrisa—. Es un ave que ve gran parte de nuestro mundo.

El serín emitió un gorjeo y emprendió el vuelo. Marosa lo siguió con la mirada.

—Donmata —dijo Ermendo—, está aquí lord Wilstan Fynch, duque de la Templanza, príncipe viudo de Inys.

Marosa apartó su vaso.

—Gracias, Ermendo.

Wilstan Fynch apareció en la terraza. Por el sudor que le cubría la frente, la ascensión debía de haberle resultado algo dura, pero estaba fuerte para su edad, y a menudo salía a la llanura a hacer ejercicio con los embajadores de Hróth. Cuando la vio, se le iluminaron los ojos, y desapareció el gesto serio de su alargado rostro.

—Donmata. —Se quitó el bonete e hizo una reverencia—. Buenas tardes.

—Excelencia —saludó Marosa en inys—. Hoy el calor es muy intenso. ¿Os apetece un poco de vino helado?

—No, gracias. Tomaré un poco de leche con nuez moscada, si es posible.

—Por supuesto.

Priessa fue dentro a buscarla. Fynch escogió el asiento frente a Marosa. La mayoría de los nobles inys se vestían de acuerdo con la estación —una nueva moda—, pero a él siempre le había visto vistiendo el gris del luto, sin más joyas que el sello de su patrón. En claro contraste con su hija, la reina Sabran de Inys, que irradiaba brillos dorados cada vez que movía un dedo.

—Ha pasado muchísimo tiempo, vuestro esplendor —dijo Fynch, con afecto—. ¿Cómo estáis?

—Muy bien, su excelencia —respondió Marosa—. Confío en que sigáis encontrándoos a gusto en Yscalin.

—La hospitalidad de Cárscaro no tiene parangón. Al igual que vuestra generosidad al invitarme de nuevo a vuestra mesa.

Marosa deseó que hubiera sido el caballero de la Generosidad el que la hubiera movido a hacerlo. Los embajadores extranjeros eran el único medio que tenía para alargar la vista más allá de Yscalin. También hacía mucho tiempo que había hecho amistad con sir Robrecht Teldan, el embajador méntico, que le parecía muy amable e inteligente.

Su padre nunca le había prohibido invitarlos, pero tenía la impresión de que era mejor que no lo supiera.

Afortunadamente, al igual que sir Robrecht, Fynch comprendía que prefiriera mantener la discreción.

—Donmata, he venido a… —Fynch se interrumpió para aceptar una taza de Priessa—. Gracias, lady Priessa. Tan rápida como sugiere su nombre.

Ella inclinó la cabeza.

—Soy consciente de lo mucho que les gusta la nuez moscada a los inys en verano, su excelencia.

—Bueno, ayuda a combatir el calor del día, en ausencia de un médico que pueda practicarme una sangría.

Marosa cruzó una mirada con Priessa, que hizo una mueca. Inys era la cuna de una fe que se extendía por cuatro naciones, pero también el lugar de origen de algunos de los peores médicos de la historia.

—Vuestro esplendor —le dijo Fynch a Marosa—, no os entretendré demasiado, pero hay un asunto delicado del que quiero hablaros. —Marosa les hizo un gesto discreto a sus damas con la cabeza, y ellas se fueron—. El rey Sigoso se niega a recibirme en audiencia desde el otoño, e incluso entonces la reunión no duró demasiado, ya que ese día su majestad tenía jaqueca. Él y yo tenemos mucho de lo que hablar. ¿Se encuentra bien?

—Mi padre es un hombre devoto, su excelencia. Dedica mucho tiempo a la oración.

—Su dedicación al Santo es admirable, pero es un soberano, no un santario.

Fynch ponía nervioso a su padre. Marosa lo había observado desde el momento de la llegada del príncipe viudo, en sustitución de un embajador inys menos diligente, que se contentaba con disfrutar de las espectaculares vistas y de los baños de vapor de Cárscaro, y que solo se reunía con el ministro de Defensa.

—Yscalin fue el primer reino en unirse a Inys en el culto al Santo —prosiguió Fynch—. No ha habido amistad más estrecha entre reinos en toda la historia. No hagamos sufrir al caballero de la Camaradería permitiendo que la amistad se degrade.

Con la mano sobre el regazo, Marosa le daba vueltas al anillo de compromiso que llevaba en el dedo meñique.

—Supongo que habrá un buen motivo —dijo—, pero os pido disculpas, excelencia. Le pediré a mi señor padre que se reúna con vos con la máxima urgencia, pero lo cierto es que yo no puedo hacer mucho más.

—Sin duda, a su hija la escuchará.

—No tanto como podéis suponer.

Las palabras le salieron de la boca sin pensar, como una tos que le llevara irritando la garganta demasiado tiempo. Fynch clavó sus pequeños ojos marrones en ella y la examinó con gesto inquisitivo.

—Donmata —dijo—, ¿puedo preguntaros cuándo fue la última vez que salisteis del palacio de la Salvación?

—Cuando asistí a la celebración de los mil años de gobierno Berethnet.

—Eso fue hace tres años.

—Así es.

Su padre la había enviado con un fornido contingente de

guardias. Y, durante todo el descenso por la montaña, Marosa estaba convencida de que en algún momento cambiaría de opinión. Aun así, el carruaje había seguido ladera abajo, hasta los campos de lavanda.

Tras una agotadora jornada la llevaron al galeón real, el Príncipe Therico. Vio por primera vez el mar, la tempestuosa costa de Inys, y por fin su famosa capital, Ascalon, sede histórica del culto a las Virtudes.

La reina Sabran se comportó como una anfitriona muy generosa, y la impresionó con su elegancia y su ingenio. Tenían más o menos la misma edad, y ambas habían perdido a sus respectivas madres cuando eran jóvenes. Quizá por eso Sabran se había preocupado tanto de que se sintiera cómoda, presentándole a todas las personas que pudo. Quizá fuera también por eso por lo que Sabran se abstuvo de dar su opinión sobre si la reina Sahar merecía ocupar un lugar en Halgalant, dejando la decisión al gran santario de Yscalin.

Durante los doce días de celebraciones, Marosa había cenado con diversos cortesanos ménticos deseosos de presentar sus respetos a su futura gran princesa. Había bailado con lords y caciques, jugado a las cartas con las damas de honor y había salido de caza por el bosque de Chesten. Incluso conoció al embajador ersyri, Chassar uq-Ispad, que no había pisado Cárscaro desde el día de la muerte de su madre, cuando se había interrumpido todo contacto diplomático entre Yscalin y el Sur, pero Inys había mantenido una relación cordial con el Ersyr, y Chassar —un gigantón encantador— se había mostrado muy interesado en asegurarse de que estaba bien.

«Donmata —le había dicho, con su voz grave—, si alguna vez decidís visitar el Ersyr, vuestros tíos estarían encantados de recibiros en Rauca». «Sois muy amable, excelencia, pero no creo que sea posible. Al menos de momento», había respondido.

—A mí me parece mucho tiempo —dijo Fynch, devolviéndola al presente—. ¿No deseáis ver más de Yscalin?

Habría querido decirle que su padre se lo había pensado durante meses antes de dejarle ir a Inys. Que no habría querido permitírselo, de no ser porque él mismo no tenía ningún deseo de hacerlo y porque su heredera era la única sustituta aceptable.

Y que desde aquel momento la presión que ejercía sobre ella se había vuelto aún mayor.

—Por supuesto —dijo ella—. Pero su majestad no tiene más descendencia. Creo que se preocupa por mi seguridad.

Fynch no respondió inmediatamente, pero Marosa sabía lo que pensaba. Su prematura muerte provocaría una crisis sucesoria, pero ni siquiera la reina Sabran, que no estaba prometida ni tenía hijos, pasaba sus días confinada en un palacio, y *su* dinastía era la que mantenía sometido al Innombrable.

—Lo entiendo —dijo Fynch—. ¿Tenéis alguna noticia sobre vuestro matrimonio con el príncipe Aubrecht?

—Su majestad fijará la fecha cuando llegue el momento.

Una vez más, Fynch hizo gala de su exquisita educación y no hizo comentarios, y una vez más Marosa le leyó el pensamiento. Ya estaba en edad de tener hijos, y no había ningún motivo claro para que no contrajera matrimonio cuanto antes.

Quizá aquel interés repentino por parte de Inys espoleara por fin a su padre a actuar. En cierto modo, aquella idea la animó.

—La semana que viene me embarco en dirección a Ascalon —dijo Fynch—. Este calor está haciendo mella en mí. —Se acabó su bebida—. Volveré a Cárscaro a tiempo para la Fiesta de la Templanza.

—Dudo que el calor haya disminuido para entonces —respondió Marosa—, pero entiendo que necesitéis unas vacaciones, milord.

—Gracias por vuestra comprensión.

Inys era una isla fría y lluviosa, azotada por los fuertes vientos del mar Cetrino. Era sorprendente que Fynch pudiera soportar el calor de Yscalin, pero solo volvía a casa una o dos veces al año para ver a su hija.

Marosa entendía por qué. Ella vivía en un lugar asolado por la ausencia, y de haber podido escoger, no se habría quedado allí mucho tiempo.

—Creo que habéis recibido una carta de su majestad hoy mismo —dijo Fynch, poniéndose en pie—. A la reina Sabran le gustaría mucho veros de nuevo, si decidierais ir a visitarla. Buenas tardes, vuestro esplendor.

—Buenas tardes, su excelencia.

Esa noche, Marosa se arrodilló de nuevo en el Santuario Real, con la mirada fija en un relieve de Glorian la Temible, décima reina de Inys, que lucía una inscripción debajo con su nombre, porque todas las reinas Berethnet de la historia tenían exactamente el mismo aspecto que la anterior.

Marosa no tenía muy claro si aquello le habría gustado. Aunque se parecía mucho a su madre, se sentía diferente; sin duda, establecer parecidos resultaría doloroso. Pero cada Berethnet daba a luz solo a una hija, que acababa convirtiéndose en la viva imagen de su madre: una saga de mujeres idénticas que se extendía por un milenio. Una señal de su divinidad.

Habían pasado seis siglos desde que Isalarico el Benevolente, antiguo rey de Yscalin, había visto aquella señal con sus propios ojos, cuando Glorian naufragó en sus costas. Sobrecogido por su belleza, había abandonado el culto a los antiguos dioses de las montañas para casarse con ella, creando la Cadena de la Virtud. Y, como consecuencia de ese amor, a partir de aquel día, Yscalin rindió culto al santo.

Marosa bajó la vista y la posó en su anillo, pensando en Aubrecht. El hombre que sería su compañero para toda la eternidad, incluso en Halgalant.

Solo habían pasado doce días juntos, siempre vigilados por su séquito de damas. La primera vez, Aubrecht acudió a la corte para presentarle sus respetos. A Marosa le sorprendió que su padre considerara siquiera el compromiso. Mentendon era un elemento peculiar dentro de los Territorios de las Virtudes, y el hecho de que comerciara con Seiiki —una isla que adoraba a los dragones marinos— era un constante motivo de discordia. Siempre había pensado que se acabaría casando con un lord inys o un cacique hróthi.

Aubrecht había hecho gala de una cortesía exquisita. Marosa recordaba sus ojos oscuros y su mata de pelo cobrizo, y su sonrisa nada más verla. Ella no sabía bien cómo actuar y había estado algo rígida, reticente. Afortunadamente, Aubrecht era méntico, y hasta los ménticos más tranquilos mostraban una curiosidad insaciable. A la hora de cenar le hizo un montón de preguntas sobre su vida, sus intereses y sus proyectos para Yscalin. Y, cuando ella respondía, Aubrecht la escuchaba como si no hubiera nadie más en el salón. No solo era detallista y culto, sino que también tenía un gran talento para contar historias. Los ménticos eran conocidos por sus artistas, que pintaban al óleo; Aubrecht pintaba con sus palabras, que la transportaron a Mentendon, para que se imaginara como su gran princesa. En el mundo que le describía él, contemplaban los barcos que zarpaban de los muelles de Ostendeur, recorrían las calles adoquinadas de Brygstad, cabalgaban por el bosque de las Novias. Oía el borboteo de las aguas del Hundert y sentía el contacto de las pesadas pieles que necesitarían con la llegada del invierno.

Hacia el final de la semana, solo con verlo ya sonreía. Y cuando se fue de Cárscaro montado en su caballo, se sintió como si hubiera perdido a un viejo amigo.

Aubrecht había vuelto seis meses más tarde, después del anuncio oficial de su compromiso. A Marosa le preocupaba que se hubiera perdido aquella conexión mutua, pero Aubrecht se mostró encantado de verla otra vez, y ella sentía lo mismo. Brindaron por el compromiso con los mejores vinos del valle de Groneyso. Celebraron un banquete, y luego, un baile.

Después se sentaron en una terraza, con vistas a Cárscaro, y él la agarró suavemente de la mano para colocarle el anillo en el dedo. «Esto es un símbolo de mi lealtad. La promesa de que te querré siempre».

Marosa no era tonta. Sabía que dos encuentros no bastaban para que floreciera el amor, aunque la ausencia de Aubrecht le había dolido como si se hubiera fracturado una costilla. Sabía que los hombres podían ocultar sus intenciones; que cabía la posibilidad de que Aubrecht llevara una máscara, como su padre, cuyas sonrisas no eran más que la vaina que escondía una espada.

Pero quería confiar en Aubrecht. Aunque hubiera sido viejo y desagradable, lo habría necesitado.

Una vez casados, como consorte, Marosa tendría obligaciones en Mentendon. Su padre tendría que dejarla marchar. Y en cuanto se quedara embarazada, le diría que los humos tóxicos de Cárscaro eran demasiado peligrosos, y que la lava era un riesgo demasiado grande para un recién nacido.

No volvería a encerrarse en aquel palacio.

Aun pensando en escapar de allí, volvió a notar aquella sensación de sofoco. El santuario no tenía ventanas. Para distraerse, se quitó el anillo del dedo y leyó las palabras grabadas en el interior.

EL TIEMPO • UN AMIGO • HASTA EL FINAL

Para Aubrecht, la paciencia era la séptima virtud. Aunque tuvieran que esperar, su amistad se volvería más firme con el tiempo, y formaría unos sólidos cimientos para su matrimonio. Una base sólida para su plan.

Su sueño, que mantenía oculto, como el vino en las bodegas, iba madurando con cada año que pasaba. Volvió a ponerse el anillo en el dedo. Miró hacia atrás por encima del hombro, y levantó una baldosa suelta del suelo. Debajo, escondido, había un espejo con una cadena de plata, junto con una imagen en miniatura de su madre.

La reina Sahar tenía una sonrisa que denotaba confianza en sí misma. La pintora de la corte había sido una de sus damas, y había hecho un buen retrato de ella. Su cabello negro, recogido hacia atrás, dejando a la vista un par de pendientes de oro ersyri, y sus imponentes ojos marrones, enmarcados en gruesas pestañas. Marosa pasó los dedos por el marco, sintiendo cómo el corazón le dolía.

«¿Por qué tuviste que dejarme?».

Levantó la cadena lentamente, con cuidado de no rozar el espejo. El colgante ovalado era magnífico, un espejo enmarcado en una filigrana de plata. Su madre lo llevaba bajo la pechera. Era un símbolo de la fe de Dwyn, que ya pocos seguían, incluso en el Sur.

Un símbolo prohibido en los Reinos de las Virtudes.

«Busca en los demás tu propia imagen. Trátalos como te tratarías a ti misma —le había dicho su madre—, con la esperanza de que ellos te concedan la misma gracia. Es lo que dicta la fe de Dwyn».

Aún le dolía ver el espejo y la miniatura. Limpió la plata para evitar que se desluciera, y luego usó el espejo para mirarse a los ojos, de un ámbar tan intenso que era casi naranja. Los ojos de Oderica la Forjadora, prisionera en la antigua Cárscaro y más tarde primera reina de Yscalin. Ella también había estado atrapada en la oscuridad nueve años.

Marosa volvió a meter el espejo en su escondrijo y lo tapó.

Su plan podría llevarle nueve años o más. Quizá le costara el resto de su vida.

Pretendía hacer de Yscalin un lugar tan seguro como Lasia, donde los que rechazaran la fe dominante no fueran condenados a la ejecución; donde la gente como su madre no tuviera que convertirse; donde pudiera abrazar a su tío del Sur sin que eso se viera como una traición al Santo; donde la gente tratara a sus vecinos con la misma benevolencia que tenían por sí mismos.

Su matrimonio con Aubrecht era el primer paso, la llave que abriría su jaula. Esperaba tener en él a un aliado, una vez que reuniera el valor necesario para contárselo. A diferencia de otros territorios de las Virtudes, en Mentendon no mataban a los no creyentes; incluso permitían que los intelectuales cuestionaran las seis virtudes. La casa de Lievelyn había declarado su lealtad al Santo, pero en principio los ménticos habían sido convertidos a la fuerza. Sin duda, él entendería la necesidad de imponer la tolerancia.

Tendría paciencia. Por el Santo y el Séquito Sagrado, por su reino y para asegurarse de no perder el juicio, se aferraría al Príncipe Rojo de Mentendon con todas sus fuerzas.

«Santo, tú hiciste gala de tu compasión con la Damisela, una mujer que no compartía tu fe. —Se tocó el broche de su patrono, un escudo, símbolo del caballero del Valor—. Ayúdame a ofrecerle esa compasión a Yscalin».

Melaugo

Bosque de Afelayanda
Reino de Yscalin
1003 E. C.

—¿Estás seguro de que es un lindorm?

Estina Melaugo se cruzó de brazos, intentando mostrar el escaso músculo que le quedaba. Vestía su elegante daga ersyri, que estaba claro que el leñador ya había visto. No paraba de mirarla, así como el cabello rojo y el rostro enjuto y lleno de costras.

—Lo pregunto —añadió Melaugo— porque yo no mato basiliscos. Su veneno es demasiado peligroso.

—Yo nunca he leído un bestiario —dijo el leñador—, así que no puedo estar seguro.

«Tú no has leído nada en toda tu vida —pensó Melaugo, para sus adentros—. En este páramo, nadie sabe leer».

—Mi hermana se encontró su rastro por casualidad y lo siguió hasta una cueva. Por los huesos, parece que ha estado cazando ciervos por el bosque.

Si hubiera sido un basilisco, no habrían quedado huesos. Melaugo soltó un suspiro.

«¿De verdad vas a hacer esto otra vez?».

—Muy bien. —Levantó la barbilla—. Normalmente cobraría diez gelvas por un lindorm.

—Un alto precio hasta para los nobles —señaló el leñador—.

Pero aquí no usamos dinero, sean monedas de oro o de otro metal.

—Soy consciente de ello. ¿Qué puedes ofrecerme si lo mato?

—Te daremos un carnero. Uno castrado.

Melaugo resopló.

—Intentaré pasar por alto tal insulto. ¿Tú sabes lo peligroso que es enfrentarse a un durmiente?

—Es un buen carnero.

—No me importa si tu carnero es la criatura más virtuosa desde el mismísimo Santo. No voy a arriesgarme a sufrir una muerte atroz —el peor tipo de muerte que ha existido nunca— por una maldita oveja.

—Su lana te será útil en los meses de frío.

—Y a ti, mi espada te será útil todo el año —replicó Melaugo—. Debe de haber muchos durmientes en estas montañas. Este no será el último que os amenace. Han permanecido en letargo cinco siglos. Cuando se despierten, todos ellos se sentirán hambrientos, y llegará un punto en que los ciervos no basten para saciarlo.

Era al menos tan alta como el leñador, aunque enjuta como un junco. Tensó las comisuras de la boca.

Había escogido a aquel hombre a propósito. Todos los aldeanos murmuraban sobre la bestia, pero ese era uno de los ancianos del lugar, alguien que podía tomar decisiones. Al verla había echado mano de su hacha, dispuesto a hacerla retroceder, hasta que ella pronunció las palabras: «Yo lo mataré».

—Pensaba que hablábamos de una sola ejecución. Que tenías pensado irte pronto de aquí —dijo él—. Pero quieres ser uno de nosotros. —Melaugo no dijo nada—. Está bien, que así sea. Si prometes matar a todos los durmientes que se despierten en esta región, gozarás de dos comidas al día. Además del carnero.

Melaugo se lo quedó mirando, por un momento sin palabras.

—Estás a una sola palabra de una mandíbula rota —le espetó—. ¿Qué te hace pensar que aceptaría ese tipo de trato?

—Que te serviría para poner algo de grasa entre esas costillas —dijo él, con el rostro duro como el granito—. Te hemos visto intentando cazar y buscando comida, forastera. Y robándonos. Tienes suerte de que te hayamos dejado quedarte en ese árbol.

Nunca como en ese momento había deseado tanto matar a alguien.

—Las comidas son un punto de partida —dijo él—. Gánate nuestra confianza, gánate el sustento, y no te echaremos. Hay una casa vacía en el pueblo, si la quieres. Pero primero tendrás que matar a ese lindorm.

Melaugo se imaginó el fuego en la chimenea, una cama caliente. «Sí —pensó—. Aparentemente, vas a hacerlo otra vez».

—Si sobrevives, tendrás que mantenerte alejada del pueblo unos días más, para que estemos seguros de que no tienes la peste.

—He sobrevivido hasta ahora sin vuestra ayuda.

—La bestia tiene su madriguera unos tres kilómetros al norte —dijo el leñador, frunciendo los ojos—. Sigue el arroyo hasta el árbol de Haytha, luego gira al este y camina unos cien pasos más.

—¿Qué narices es el árbol de Haytha?

—Es un tejo. Lo reconocerás cuando lo veas —respondió, con una sonrisa tensa—. No te preocupes: cuando tengas cerca al durmiente, lo olerás.

Los niños de los Reinos de las Virtudes conocían las antiguas historias que se enseñaban en todos los santuarios y en todas las casas, de ricos y de pobres, que contaban la aparición del Innombrable —un malvado wyrm rojo— de las profundidades del monte Pavor, decidido a conquistar el mundo, hasta que cayó derrotado ante un caballero inys, que pasaría a la historia como el Santo.

Quinientos años más tarde, el monte Pavor había entrado en erupción otra vez, y de su cráter surgieron cinco wyrms más, las sombras del Oeste, con Fýredel a la cabeza. Todos hechos a imagen del Innombrable. Y todos decididos, por algún oscuro motivo, a acabar con la humanidad.

Tras ellos, del monte Pavor había salido una jauría de wyverns, wyrms más pequeños y ágiles, pero no menos terribles. Siguiendo órdenes de Fýredel, se habían extendido por el mundo, usando a los animales para engendrar feroces siervos a su servicio: basiliscos, cocatrices, ofiotauros y muchos otros.

Durante más de un año, el ejército draconiano —los wyrms, los wyverns y las bestias que habían engendrado— había arrasado todos los continentes, en lo que se llamó la Caída de las Sombras. Habían destrozado ciudades, quemado cosechas y extendido una peste que hacía que los afectados sintieran que les ardía la sangre. Hasta la llegada del cometa del Santo, que había puesto fin a la violencia, despojando a aquellas criaturas de su fuego. Las bestias se habían arrastrado hasta las cuevas y pozos más cercanos, donde cayeron en un profundo letargo.

Se suponía que había miles de durmientes, escondidos en las profundidades de la Tierra. Habían pasado así siglos sin moverse, a menos que se los molestara.

Pero ahora el ejército draconiano se estaba despertando sin motivo aparente.

Melaugo trepó por la ladera, abriéndose paso entre abetos, pinos y alcornoques. No tenía ni idea de si el problema se extendía más allá de Yscalin, de cuánto tiempo llevaría sucediendo, ni de si el rey Sigoso estaba al corriente. Las bestias estaban despertándose sin que nadie pudiera predecir cuándo, y de momento no se habían registrado avistamientos de wyverns o de wyrms.

Pero una sola de aquellas bestias draconianas podía devastar una aldea. Y donde se instalaba el miedo, siempre había negocio.

Eso, o un cuenco de gachas y un carnero.

—¿Qué *pensabas* que iba a ofrecerte? —murmuró para sus adentros—. ¿Un banquete y un baño de leche?

Apretó la mano derecha, y luego la izquierda, estableciendo contacto mental con sus dedos. Una no se enfrenta a un durmiente sin ser consciente de que puede perder un miembro en la batalla. Matar a una de aquellas bestias era cuestión de aprovechar las oportunidades, como robar en una casa. Podías encontrártelo de caza, perfectamente despierto, o inmóvil como una roca.

Incluso en épocas de sequía, el bosque se mantenía verde y sombrío, alimentado por los arroyos de la montaña, pero el terreno era agreste e inhóspito. Aunque Melaugo tenía poco más de veinte años, se sentía rígida y cansada como una mujer de tres veces su edad.

A mediodía encontró un enorme tejo con una inscripción grabada en la corteza, hecha con runas iguales a las que había visto nada más llegar a aquella región. Aquel debía de ser el árbol de Haytha. Se sentó junto al arroyo para comerse los piñones que había estado recogiendo.

Durante el tiempo que había pasado en Perunta, le encantaba bailar en las tabernas y escalar los acantilados por diversión. Ahora, con apenas recorrer un kilómetro a pie, ya estaba agotada.

Se remojó la cara, llenó la cantimplora, echó un vistazo a la brújula y giró hacia el este. A un centenar de pasos encontró un rastro de huesos de animales que se apartaba del arroyo, y lo siguió.

No tardó en llegar a la entrada de una cueva. Se asomó, pero enseguida se echó atrás, con una mueca de asco. Olía a azufre y había restos de algo por el suelo; observó en las paredes un revelador color amarillo.

La prueba de que por allí había pasado un durmiente.

Melaugo cogió aire. Hacía más de tres meses desde la última vez que hacía algo así.

Se arrodilló para desempaquetar el material. Se puso una túnica de piel encerada sobre la cota de malla, para evitar el contacto con la sangre y las salpicaduras. Nadie sabía muy bien cómo se contagiaba la peste draconiana —había quien era más vulnerable al contagio—, pero se decía que todos aquellos monstruos la transmitían, y Melaugo no quería correr riesgos. Lo mejor era dar por sentado que podía pasar, y taparse bien.

Luego vinieron la capucha, los guanteletes y las grebas, un trapo grueso para taparse nariz y boca y un par de lentes ribeteadas. Todo ello comprado en Aperio, cuando tenía liquidez. Aparte del puente de la nariz y un resquicio de la frente, no le quedaba a la vista ni un centímetro de piel.

A continuación preparó sus armas: ballesta, espada ropera, podón y mazo. Ni siquiera los exterminadores con menos escrúpulos usaban rifles; ya era bastante peligroso encender fuego dentro de una madriguera, así que mucho más usar la pólvora, ni que fuera para herir a los durmientes.

No, Melaugo podía arreglárselas sin la pólvora, aunque eso supusiera sudar más. Se colgó la ballesta del gancho oxidado del cinto.

Luego cogió su yesquero, encendió la vela de su farol de minero y ajustó la pantalla, bloqueándola con el pestillo. Quizá no bastara. Cada vez que entraba en una madriguera, corría el riesgo de que el aire sulfuroso prendiera, o de que el farol se le apagara, dejándola a oscuras con un monstruo. Pocos exterminadores seguían con vida más allá de su primera o segunda presa. Así que podía dar gracias de haber llegado tan lejos.

Con las manos sudorosas, agarró con fuerza el escudo y el farol. Había perdido su lanza para osos —su mejor arma— durante su última cacería; sus posibilidades eran aún más bajas de lo habitual.

Aun así, no se encomendó al Santo. Usaba su nombre en vano de vez en cuando, pero no rezaba desde que había perdido a sus padres.

Unas cuantas arañas se alejaron correteando de la luz del farol. El calor de su propia respiración le quemaba la garganta. Avanzó poco a poco, deteniéndose cada pocos pasos a escuchar. Rodeó una esquina esquivando montones de huesos y manchas de sangre. Se decía que los wyverns se alimentaban de lava, pero sus crías preferían la carne.

Mientras seguía adelante, esperando que el farol le estallara en el rostro, repasó mentalmente los bestiarios que había leído. Su oponente podía ser de muy diferentes tipos: el lindorm era una serpiente de vientre hinchado. Podía rodearla con sus anillos y estrangularla, pero al menos no escupía un veneno que fundía la carne y los huesos, como el basilisco.

Aparte de la luz de su farol, allí todo estaba negro. Lo recomendable era atraer a los durmientes al exterior y enfrentarse a ellos a campo abierto, pero esa cueva era demasiado profunda y angosta como para intentarlo.

Al final de otro túnel franqueó otra abertura y se dejó caer al otro lado. Gracias a los trapos que se había atado en torno al calzado, aterrizó casi sin hacer ningún ruido. Levantó el farol y esperó a que sus ojos se adaptaran a la oscuridad. Aquella caverna era más grande, y el aire, seco y cálido.

Y ahí estaba el lindorm, rodeado de huesos medio roídos.

En su día debía de haber sido una víbora, o un lución, o algún otro animal sin patas, que iría a lo suyo, hasta que un wyvern lo transfiguró. Ahora medía al menos seis metros de largo y estaba provisto de una armadura draconiana, tan dura y áspera como la roca volcánica.

Pero afortunadamente estaba dormido.

Melaugo colgó el farol de un saliente. Si el lindorm destruía su única fuente de luz, moriría.

El corazón le latía más fuerte de lo que habría querido. Dejó el escudo en el suelo y recordó su primera presa. En una cueva apestosa en Aperio, tan angosta que dos veces se había quedado atrapada. La impresionante imagen de aquella culebreya, una serpiente alada, enroscada en un hueco. El sonido ronco de su respiración. Y la constatación, terrible por su magnitud, de que todas las historias del pasado eran ciertas.

Aquellos monstruos *estaban* acechando en la oscuridad.

Cargó la ballesta con un arpón. Según los rumores, el hierro meteórico era lo mejor para matar a las bestias draconianas, pero nadie sabía dónde encontrarlo. Ese arpón, con punta de acero, solo funcionaría si impactaba con un punto débil. En absoluto silencio, apuntó, parpadeando con fuerza, notando que se le emborronaba la vista. Incluso en aquella situación, mirando de frente a una bestia que podría comérsela viva, lo que más la impulsaba era su propia hambre. Se quedó esperando a que la bestia se moviera, a que abriera sus malditos ojos.

—Despierta —le ordenó.

El lindorm permaneció inmóvil.

Estaba enroscado de un modo que podía ocultar los huecos del pellejo. Si iba a mantener los ojos cerrados, tendría que acercarse más. Suponiendo que el sueño de la bestia fuera tan profundo como parecía, podía usar su podón para arrancarle una escama, pero ese era el último recurso. Dio unos pasos adelante.

El lindorm levantó la cabeza. Cada uno de sus colmillos era tan largo como el rostro de ella.

—Encantada de conocerte, serpiente —dijo Melaugo; también ella mostró los dientes en una sonrisa nerviosa—. ¿Te he despertado?

De sus fauces salió un sonido rasposo que le puso de punta el vello de la nuca.

—No —dijo Melaugo, y la sonrisa se borró de su rostro—.

Por el Santo, me estabas... esperando. Has notado que me acercaba, así que me has tendido una trampa.

Antes de que tuviera tiempo de procesar la información, el lindorm empezó a desenroscarse, y su silbido resonó por toda la cámara. Tiempo atrás, sus ojos brillarían con el fuego del wyvern que lo había creado. Ahora eran como brasas moribundas, por lo que muy probablemente su señor seguiría dormido.

Melaugo se mantuvo a distancia de ataque. Mientras el lindorm se le acercaba, localizó el punto débil que buscaba: un hueco sobre el corazón, donde algún valiente guerrero le había arrancado una escama para intentar matarlo durante la Caída de las Sombras.

De repente, el lindorm atacó. Melaugo disparó su ballesta, pero el arpón no le dio en el ojo por un par de centímetros.

Echó a correr.

La caverna era más grande de lo que pensaba, lo que le daba espacio para esquivar al lindorm; por suerte, porque era evidente que aquel desgraciado estaba muy dispuesto a perseguirla. Rodearon una columna de caliza, y Melaugo sintió el cálido aliento de la bestia en la espalda, que apestaba a sangre. Se deshizo de la ballesta, agarró el escudo y desenvainó la espada ropera.

Su farol emitía una luz temblorosa desde la entrada, proyectando extrañas sombras. Aunque se sentía débil y no podía correr rápido, dejó que su instinto la gobernara, y confió en él para evitar cada ataque. Hizo girar el escudo justo a tiempo para bloquear una embestida que habría podido acabar con ella, pero allá donde fuera el lindorm la seguía de cerca, arrastrando su enorme cuerpo, amenazando con aferrarla y aplastarla. Aquellos anillos parecían estar por todas partes, por toda la cueva.

Con un gruñido, lanzó un ataque contra el punto débil de la bestia. No era más ancho que su puño, pero eso era mucho espacio para un espadón. Cuando el lindorm alargó la cola para bloquearle el paso, aceptó el riesgo y trepó encima, sintiendo el calor que desprendía el cuerpo bajo sus pies. El pellejo de la bestia no era liso, como el de una serpiente, sino áspero, cortante, así que de no haberse puesto los guantes y las grebas habría podido cortarse.

El cuerpo empezaba a protestarle. A la hora de enfrentarse con otros durmientes, siempre había sentido un fogonazo de energía, una ráfaga de claridad. Pero esta vez no acababa de llegar. La comida que se había obligado a ingerir en preparación para el choque —el pescado seco, las bayas, los frutos secos— no bastaban para un enfrentamiento así. Atacó con la espada, aunque solo consiguió rascar la gruesa armadura, y soltó un improperio.

La bestia le arrancó el escudo de la mano. De algún modo, Melaugo consiguió escabullirse otra vez, pero su instinto primitivo empezaba a fallarle. Si no huía enseguida, aquella cueva sería su tumba. Pero se sentía muy cansada, y hambrienta, y la fatiga le hacía perder velocidad..., lo cual acabaría siendo su muerte.

De pronto sintió un coletazo en las costillas y salió disparada contra la pared de la cueva. Las gafas se le cayeron y se rompieron en pedazos. Cayó al suelo, sin soltar su espadón, pero con la cabeza dándole vueltas.

Aquella criatura infernal se irguió ante ella, con un brillo en los ojos que le iluminaba el rostro. Por un momento, un momento terrible, Melaugo quiso rendirse y entregarse. Solo quería dejar de luchar y dormir.

Sin embargo, mientras contemplaba la garganta de la bestia, se preguntó cuánto tiempo duraría en su tripa. Aquella idea la hizo reaccionar. De repente vio la imagen de sus padres. Liyat apareció ante ella como una ensoñación, gritándole que se levantara, justo en el momento en que el lindorm se preparaba para lanzar el ataque definitivo. Abrió sus asquerosas fauces, decidido a engullirla de un bocado. Pero ella esperó a que desencajara la mandíbula... y le clavó la espada en el paladar.

La bestia soltó un chillido ensordecedor, estremeciéndose. La sangre oscura brotó a borbotones, manchándole la pechera y goteándole por la manga. En un movimiento desesperado, Melaugo tiró de la espada y se escabulló. Un par de colmillos de acero cayeron con fuerza a un par de centímetros del lugar donde antes estaban sus botas.

Melaugo ya veía cerca la victoria. Y, sobre todo, la comida. Con un último esfuerzo, hundió su espadón en el punto vulnerable del lindorm, que se revolvió, sangrando también por ese hueco entre las escamas. Respirando agitadamente, Melaugo se quitó la cota de malla y le rebanó la cabeza.

La luz de su farol tembló y se apagó.

Buscó a tientas la salida de la cueva. Una vez fuera, con la luz del día, se quitó el brazal del antebrazo izquierdo y se arremangó para controlar el estado de esa extremidad. No había señal alguna de arañazo o rasguño. Se le escapó la risa, cayó de rodillas y vomitó.

Le llevó un buen rato regresar de la madriguera del lindorm. Y más aún encontrar al leñador. Al verla viva, se la quedó mirando con los ojos desorbitados, como si tuviera delante la reencarnación del Santo. Mantuvo las distancias, pero le señaló en dirección a su primer pago.

Para cuando Melaugo llegó a su roble, arrastrando consigo al irritable carnero, el sol ya casi se había puesto.

—Te juro por el Santo —le dijo— que más vale que seas una joya, o te comeré, lord Gastaldo.

El carnero baló.

—Sí, así te vas a llamar. —Ató la cuerda en torno a un abedul—. Él también es un borrego viejo y amargado.

Dejó al malhumorado animal y metió la cabeza en el interior del árbol. El hueco del tronco era mayor de lo que podía parecer desde el exterior, con espacio para todas sus armas y las herramientas que se había tallado con madera.

El día en que encontró aquel refugio llevaba más de una semana sin comer. Y, pese a estar oscuro y sucio, le había proporcionado reparo del viento y de la lluvia.

Apoyó la cota de malla, que ya había limpiado en el arroyo. Ahora solo quedaba esperar a ver si se había contagiado de la peste.

Antes, en Perunta, se sentía fuerte como una mula. Ahora los huesos de las caderas se le marcaban en la piel y se le veían todas las costillas, doloridas tras el combate. Todo ese trabajo por la promesa de tener algo para comer, probablemente poco más que una escudilla de estofado y un pedazo de pan. Se sentó a comer los dos pequeños peces que había secado la semana anterior.

Sin embargo, de pronto sintió un retortijón en el estómago. Apenas tuvo tiempo de salir al exterior para escupir la bilis que tenía en la boca. Había tenido suerte de conseguir aquel encargo, aunque acabara matándola. Total, ya estaba a las puertas de la muerte.

Cuando era niña, en las calles de Oryzon, siempre temía acabar sola. Más le valía haberlo previsto. Así se habría preparado también para morir sola.

Melaugo no había sido siempre una exterminadora de bestias draconianas; ni tampoco había sido una trotamundos. Había crecido entre los viñedos de Vazuva, donde sus padres hacían vino, como tantos otros del valle de Groneyso, donde la brisa siempre era suave y el río Gáuria mantenía verdes los prados.

En cuanto aprendió a caminar, aprendió también a recoger la uva. Sus padres eran pobres —eran pequeños agricultores, que cultivaban sus viñas sin ayuda—, pero, aunque trabajaran de sol a sol, Melaugo recordaba el amor que le tenían a ella y que se profesaban el uno a la otra.

Hasta que el rey Sigoso introdujo el impuesto de la templanza, aparentemente para luchar contra la indolencia en todo Yscalin. Al ver que los nobles estaban exentos de pagarlo, sus padres se pusieron de mal humor. Y un año, tras una cosecha pobre que los dejó a todos con la barriga vacía, empezaron a enfurecerse.

Al final acabaron vendiendo su vino en el mercado negro.

En menos de un año los pillaron y los apresaron, pero Melaugo solo tenía nueve años, por lo que no podía ser considerada culpable. La metieron en un orfanato, donde escupió a una estatua del Santo, exigiendo que la llevaran de nuevo con su familia. Un santario la azotó con un cinturón de soga con nudos, un nudo por cada una de las seis virtudes. Aquella misma noche se encaramó a una ventana y se fue de allí, cojeando, decidida a encontrar a sus padres.

Otros niños se habrían amilanado y habrían muerto. Melaugo era demasiado testaruda. A los once años sobrevivía robando carteras y bolsas a marineros y borrachos en el puerto de Oryzon, bebiendo agua de lluvia y comiendo de lo que podía robar, y durmiendo en cualquier ratonera que encontrara.

Trece años más tarde, poco había cambiado. Aquel árbol hueco era solo un pequeño paso adelante con respecto a los adoquines del puerto.

El combate había llevado a su hambriento cuerpo al límite. Se durmió, casi pensando que no volvería a despertarse, pero lo hizo: era mediodía, y el calor resultaba sofocante. Estaba magullada, dolorida, sucia y pegajosa.

Melaugo se quitó una araña de la frente y se miró los dedos, buscando el color rojo que anunciaba la peste draconiana. Pero tenían el mismo color oliváceo de siempre, y presentaban las mismas pequeñas cicatrices de los anzuelos y de las peleas.

Tenía la boca seca, y volvió a sentir arcadas. Quiso vomitar en una túnica, pero sintió el sabor de la sangre en la boca. Volvía a tener las encías irritadas.

Una vez vestida, con un fuerte dolor de cabeza, se dirigió a sus trampas, pero no encontró nuevas presas, así que se volvió a su árbol. Se sentía demasiado débil como para salir a cazar o a pescar.

En el exterior del árbol encontró una gran hogaza de pan oscuro.

Se dejó caer junto al roble y recogió el pan. Aún estaba caliente. Con la boca hecha agua, le clavó los dientes, partiendo la corteza. Era áspera y dura, y lo mejor que había probado nunca.

Al llegar a aquel lugar, había pensado que su ballesta le bastaría para alimentarse, pero las liebres y los pájaros eran más rápidos que las bestias draconianas. Había observado a los lugareños cuando salían a recolectar setas y bayas, fijándose en cuáles cogían, pero eso no le había bastado para mantener el hambre a raya.

Se comió hasta la última miga de pan y lo acompañó con un buen sorbo de agua del arroyo. Tendida sobre el duro suelo, en el hueco del árbol, se imaginó de nuevo en la costa, despertándose con Liyat en su habitación sobre la tienda. El día en que la conoció, sobre la cálida arena de la cala de los Amantes, donde los contrabandistas escondían sus mercancías. Aquel primer beso en un muelle de Perunta iluminado por las estrellas.

«Tu orgullo te llevará a la tumba, Estina. —Su voz resonó entre sus recuerdos—. Pero, por esta vez, nada más, antes me tragaré el mío».

Cada día llegaba una hogaza de pan oscuro, a veces con un poquito de mantequilla o una cuña de queso granuloso. Melaugo ya se había comido seis panes para cuando uno de los aldeanos se presentó en su roble.

Se puso en pie, quizá con demasiada premura, y se mareó un poco, pero enseguida se le pasó y salió al exterior, parpadeando para protegerse de la luz del sol.

Allí le esperaba una mujer enjuta de edad avanzada, con el ceño fruncido como una castaña asada, con las manos cubiertas de callos de cortar madera con el hacha, y con una larga trenza. Melaugo la reconoció del día de su llegada.

«A menos que puedas ofrecernos algo que necesitemos, estás sola, forastera».

—¿Qué hay? ¿Es que habéis decidido que no me integro bien? —respondió Melaugo, con voz glacial—. ¿O es que ya tenéis otra bestia draconiana de la que queréis que me encargue?

—Ninguna de las dos cosas —respondió la mujer, examinándola con la mirada—. Si nos hubieras dicho que eras una exterminadora, te habríamos llevado enseguida al pueblo. Incluso tienes tus propias armas. ¿Por qué esconderse hasta morir de hambre?

—Esperaba que os compadecierais…

—No hemos sobrevivido todo este tiempo dando limosna a los forasteros. Ya tenemos suficientes enfermos y necesitados que cuidar —replicó, cortante—. Me hubiera gustado dejarte aquí una semana o dos más, para asegurarme de que no estás contagiada, pero te requieren en la taberna. Un hombre pregunta por ti.

—¿Un hombre?

Se le encogió el estómago. Ese recién llegado podía ser un agente del rey.

—Un forastero. Y por su aspecto parece rico —dijo la mujer. Melaugo se tensó—. No te angusties. No es ningún cazador de forajidos. Pero está buscando a una joven de cabello rojo y de ojos como la miel. He pensado que podías ser tú, exterminadora.

Melaugo digirió aquellas palabras.

—Ese hombre… ¿tiene cicatrices en la cara, marcas de viruela?

—Sí. —La mujer la miró de arriba abajo—. Deberías venir y que te den de comer.

Se volvió hacia los árboles. Melaugo se apoyó en el roble, agarrándose las doloridas costillas, y suspiró.

Los Caballeros Defensores no habían conseguido dar con ella, pero, de algún modo, Harlowe sí.

Melaugo

Bosque de Afelayanda
Reino de Yscalin
1003 E. C.

Triyenas se encontraba en las profundidades del bosque de Afelayanda. Allí vivían setenta personas, siguiendo la ley del Santo. Pero de vez en cuando también acogían a forasteros que buscaban distanciarse de las autoridades.

Aquel lugar no aparecía en ningún mapa. Pocos sabían de su existencia. Melaugo había sabido de él por Liyat, que se había enterado por una historia que le había contado una amiga de la región. Un joven había sido pillado con un ídolo de Fruma, el antiguo dios de la forja de las montañas y, para no morir en la hoguera, había huido al enorme bosque. Allí había encontrado unas extrañas inscripciones rúnicas en los árboles que le habían llevado hasta una pequeña aldea, donde se escondió durante veinte años, hasta que la gente se olvidó de su rostro y de su nombre.

Una leyenda circulaba entre los forajidos. Hablaba de un lugar que podía hacer la vista gorda con sus delitos, donde podían escapar de la represión de la sociedad. Melaugo no tenía claro que existiera hasta que lo vio con sus propios ojos, semanas después de salir de Aperio.

Bañada en sudor llegó a la taberna, un edificio de madera con el techo de paja situado en un extremo del pueblo.

Al pasar, unas cuantas personas la saludaron con la cabeza. Una semana antes la habrían echado de nuevo al bosque, sin piedad, pero ahora era su exterminadora. Les resultaba útil.

Entró en la taberna y miró a su alrededor lentamente. Contó quince aldeanos, todos hablando en voz baja mientras comían. Hacía meses que no tenía cerca a tanta gente.

Y ahí estaba el capitán Gian Harlowe, sentado entre ellos.

Estaba en una esquina oscura, y tenía una taza de arcilla en la mano. Como siempre, llevaba unos gemelos de plata y un jubón de brocado de seda. Era sorprendente que nadie le hubiera robado por los caminos de montaña que recorrían el bosque, pero aquella mirada gélida y aquel rostro huesudo debía de haber mantenido a los ladrones a raya. Era evidente que la tabernera estaba fascinada. Probablemente era la primera vez en su vida que veía un brocado de verdad.

Cuando Melaugo apareció frente a él, Harlowe la miró de arriba abajo. Se había puesto la mejor de sus tres arrugadas camisas, y llevaba unas botas tan gastadas que las suelas se pelaban a cada paso.

—Estina —dijo—. No sé si atreverme a preguntarte cómo estás…

—Primero dime cómo narices me has encontrado.

—Liyat.

La muy bocazas.

—Siéntate —le dijo Harlowe, en yscalino—. Por la pinta que tienes, me sorprende incluso que puedas mantenerte en pie.

Melaugo obedeció, observando el plato trinchero con comida que había sobre la mesa. Se imaginó todos los defectos que veía en ella: el cabello enmarañado, los ojos apagados y hundidos, la cantidad de zurcidos que llevaba en la ropa.

—Liyat va un día o dos por detrás de mí —dijo Harlowe.

Melaugo levantó la vista.

—¿Viene hacia aquí?

—Primero tenía que encontrar otro caballo —respondió, echando una mirada cáustica a los aldeanos—. He tenido que darles a estos patanes una cuarta parte de mi comida para que me hicieran el honor de ir en tu busca.

—Aquí todo se paga.

—Pues sí. —Cruzó los dedos, mostrándole un anillo de zafiro—. No parece que sea el paraíso que cuentan las historias, ¿no?

Melaugo frunció los labios.

—Bebe esto. Por tu voz, parece que estás seca. —Le acercó una taza, llena de la leche de piñones que había visto hacer a los lugareños—. No me esperaba que en Yscalin hiciera tanto calor. Sobre todo en primavera.

—Podrías soltarte aunque solo fuera un botón de la camisa. Te sentirías mejor.

—No seas insolente, Estina. ¿Qué crees que estás haciendo en el bosque de Afelayanda?

—Estoy sobreviviendo, Harlowe, y te agradeceré que me dejes seguir haciéndolo.

—¿Cuánto tiempo llevas aquí?

—Tres meses. —Apartó la mirada de la comida y volvió a fijar la vista en el inexpresivo rostro de Harlowe—. Supongo que Liyat te contaría lo que pasó en Perunta.

—Me lo contó Suylos. Liyat me dijo que te llevó a Aperio.

—Habría ido a la cala, pero Suylos me mandó lejos. No quería verme por allí.

—Sí, porque el interventor te quiere ver colgada de la horca. Para Suylos eras un lastre, pero habrías podido pasar desapercibida en otra ciudad, incluso con ese cabello tuyo. —Se inclinó hacia delante, por encima de la mesa—. ¿Por qué has decidido llamar la atención haciéndote exterminadora, Estina?

—¿Lo sabes?

—Por supuesto que lo sé. Infringiste una de las Leyes de la Desolación. En las plazas del Norte, los heraldos aún siguen voceando tu descripción. No tardamos mucho en deducir quién era el Vengador de Vazuva. —Meneó la cabeza—. ¿Qué cabeza de chorlito escogería un nombre como ese?

Estina se recostó en su asiento. Ni en su peor momento habría querido decepcionarle.

—Tener como enemigo al interventor de Perunta no es poca cosa —observó Harlowe—, pero el ministro de Defensa es algo muy diferente. —Un músculo se tensó en su angulosa mandíbula—. Por el amor del Santo, deja de babear sobre ese pobre pollo y cómetelo. Me estás poniendo enfermo.

—Ya he comido.

—Sí, un buen puñado de aire, ¿no?

Melaugo apretó los dientes. Harlowe le acercó el plato y por fin el hambre se impuso al orgullo. Le dio un bocado a un muslo de pollo y engulló un trozo de queso blanco duro.

—Primero háblame de Perunta —dijo Harlowe, observándola—. Luego pasaremos al asunto de la exterminación.

—Ya sabes lo de Perunta —respondió ella, con la boca llena.

—Quiero oírlo de ti, Estina.

Melaugo tragó, y a punto estuvo de atragantarse. Tenía que acordarse de masticar.

—El interventor confiscó el Vendaval y colgó a toda la tripulación, así como al equipo del puerto. En las bodegas había valiosas mercancías del Este, procedentes de Mentendon —dijo—. Suylos estaba furioso. Reunió a todos los contrabandistas y a todos los rufianes que conoce para que lo ayudaran a entrar en la Oficina de Aduanas. No solo para recuperar la mercancía, sino para demostrarle al rey Sigoso quién controla la costa.

—Suylos es un aliado de confianza cuando está tranquilo —dijo Harlowe, con tono grave—. Pero cuando se calienta es un botarate. —Apretó los labios—. No tenía que haberte dejado con él.

—No, me alegro de que lo hicieras —reconoció Melaugo—. Me encantó trabajar para los Zancas Verdes. La cala de los Amantes fue como un hogar para mí. Aunque la vida fuera dura y corriera la sangre, era... como volver a tener una familia.

Harlowe frunció los párpados.

—Bueno, me alegro de oír eso.

Melaugo dio un sorbo a la leche de piñón. Aunque le escociera, estaba contenta de ver de nuevo a Harlowe, que la conocía mejor de lo que se conocía ella a sí misma, después de sufrir tanta soledad.

—La mitad de nosotros nos encargamos de mantener ocupados a los guardias y a los aduaneros —prosiguió—. El resto debían colarse en la Oficina de Aduanas y saquear los almacenes. Liyat estaba en el segundo grupo.

—Liyat no me dijo que participara —señaló Harlowe, frunciendo el ceño—. No es propio de ella seguirle el juego a Suylos cuando hace esas tonterías. ¿Por qué iba a dejarse ver con una banda de contrabandistas y saqueadores en Perunta?

—Entre la carga había algunas reliquias ménticas. No podía permitir que quedaran destruidas en la contienda, así que accedió a colaborar. —Melaugo bajó la mirada—. Los oficiales la arrinconaron. Liyat podría herir a alguien en caso de necesidad, pero no sería capaz de matar. Ni siquiera para salvar la vida.

—Así que lo hiciste tú por ella.

Melaugo asintió, y de pronto vio la escena otra vez ante sus ojos. El caos de la refriega. Los oficiales de aduanas, con sus espadas y rifles, dispuestos a acabar con los contrabandistas que infestaban sus costas…, y Liyat, en manos de un guardia de la ciudad, que se la quería llevar a la cárcel, donde encontrarían su colgante párdico, algo que la identificaba como infiel. Acabaría en la pira al cabo de pocos días.

Así pues, Estina Melaugo había desenfundado y había disparado su pistola. Solo pretendía herir al oficial, pero la bala le dio en el cuello. El propio interventor la había visto, y su cabello pelirrojo hacía que destacara como un bufón de la corte. Así que había huido al este, se había convertido en exterminadora y vivía como una forajida.

Y así había acabado en el bosque, muerta de hambre.

—No la vieron —dijo Melaugo—. No tuvieron ocasión de quitarle la máscara.

—Así que te llevó a Aperio, donde podías pasar desapercibida —dijo Harlowe—. Te lo preguntaré otra vez. ¿Por qué te dedicas a matar bestias draconianas?

—Porque no sé hacer nada más, Harlowe —replicó, airada—. Perdí la ocasión de aprender un oficio. No tengo ninguna habilidad útil. —Arrancó el otro muslo al pollo—. Intenté encontrar trabajo, pero no había nada que diera tanto dinero como la exterminación. Si consigues un buen mecenas, puede cambiarte el destino.

—¿Hay *nobles* que se dediquen a fomentar este negocio?

—Solo cuando las bestias inciden en sus intereses. Mi antigua patrona era propietaria de una rica mina, pero estaba infestada de lindorms. Todo ese oro rojo, inaccesible durante siglos.

—Oro rojo. —Harlowe ladeó la cabeza—. ¿No sería tu patrona la princesa Viterica, por casualidad?

—Sí que lo era. Y pagaba *muy* bien —reconoció Melaugo—. Aun sin lindorms, habría resultado muy peligroso entrar en una mina tan antigua. —Se metió otro trozo de pollo en la boca—. Los otros exterminadores habían muerto en aquel agujero. Viterica me pagó todo lo que les había prometido a ellos, pero aun así apenas me llegó para sobornar al interventor, y yo quería algo para mí.

—La maldición de alguien que sabe lo que es ser realmente pobre —dijo Harlowe—. Que vive siempre bajo la sombra del recuerdo y el miedo a pasar apuros. —Se sacó del jubón una pajuela para encenderse la pipa—. ¿Y luego qué pasó?

—Un patrón anónimo me ofreció un contrato —dijo Melaugo—. Pero resultó ser una emboscada. Me escapé por el pelo de una gamba. El alcalde de Aperio informó a lord Gastaldo Yelarigas, que ordenó a los Caballeros Defensores que me cazaran como a un perro, para poder quemarme en la hoguera. Liyat me había hablado de Triyenas, pero... lo cierto era que no esperaba encontrarlo, por desesperada que estuviera. No tenía nada con lo que negociar, así que los aldeanos me expulsaron, para que me muriera de hambre en el bosque.

—Pues parece que han estado a punto de conseguirlo. —Harlowe miró a su alrededor—. ¿Cómo es que ahora te permiten la entrada?

—Les ofrecí lo único que tengo. Yo les mato a las bestias draconianas y ellos me dan comida.

—Suylos te habría matado de un tiro si se entera de que has hecho un trato tan malo.

Eso era cierto.

—Ahora me puedo quedar —dijo Melaugo, orgullosa—. El otro día maté a mi primera presa. Ahora puedo sobrevivir fuera de la ley.

—Eso, si no acabas muerta en alguna madriguera apestosa. —Harlowe sostuvo la pajuela sobre la vela que había en la mesa, para que prendiera, y la usó para encenderse la pipa—. Dentro de poco tiempo vas a estar muy ocupada, Estina. He oído que cada vez salen más durmientes a cazar. Incluso se han visto wyverlings volando.

—¿Dónde?

—En Lasia y en Inys, de momento. —Le dio unas caladas a su pipa—. Se acerca, inevitablemente, una segunda Caída de las Sombras. Si esas bestias empiezan a despertarse... también lo harán los wyverns. Y, por tanto, también los señores que los gobiernan.

Melaugo le escrutó el rostro.

—¿De verdad crees que van a despertarse las sombras del Oeste?

—Pues sí —dijo él—, y muy pronto su majestad va a necesitar a alguien a quien echarle las culpas.

—¿Qué quieres decir?

—Sigoso Vetalda ya está culpando a los exterminadores, y al pueblo llano, en general, como responsables de que los dragones se despierten. Afirma que la gente está azuzando a estas bestias para divertirse, y que por eso están empezando a salir de sus madrigueras.

—*Algunas veces* pasa, pero no siempre.

—Se está protegiendo por si alguien le acusa. Sabe que algunos le harán responsable, puesto que es el monarca, y que dirán que ha airado al Santo, o alguna tontería de esas. Es más fácil acusar al pueblo llano, para que nos peleemos entre nosotros.

—Tanto la reina Sabran como el rey Raunus permiten la exterminación. Y supongo que los ménticos también.

—Sigoso tiene sus propias ideas sobre la justicia y la verdad. —Exhaló el humo del tabaco—. Él siempre tan devoto.

El rostro se le endurecía al hablar del rey. Es algo que a Melungo le había llamado la atención desde el principio. Durante años, Harlowe había trabajado en colaboración con los bajos fondos de Yscalin. Había usado su barco para transportar mercancías de contrabando, e incluso había incorporado a gente como ella en el negocio. Era un gran riesgo para un rico oficial de la Marina inys, que gozaba de la confianza de la reina de Inys, amiga y aliada de Sigoso.

Si la reina descubría que Harlowe estaba privando a Sigoso de cobrar sus impuestos, no le gustaría nada. Y aun así él persistía. Su perseverancia era prueba de un gran resentimiento.

Pero ¿cómo podía estar resentido un contrabandista con un rey?

—Ya te habrás dado cuenta —dijo Harlow— de que Liyat y yo no vamos a dejarte aquí para que acabe contigo alguna de esas bestias. No he cruzado esas montañas para irme con las manos vacías. Y no te he sacado de los callejones para verte en este estado otra vez.

—Nunca te pedí que me salvaras.

—No empieces, Estina.

—Tengo veinticuatro años, Harlowe. Tomo mis propias decisiones —dijo Melaugo—. Me quedo aquí.

—¿Con una gente que ha estado a punto de dejarte morir de hambre, jugándote la vida, o corriendo el riesgo de perder un miembro, solo para poder cenar? —Harlowe la atravesó con sus fríos ojos, derribando todas sus defensas. Aquello era irritante—. No. Voy a hacerte una oferta mejor, y tú vas a aceptarla.

—Adelante.

—Necesito una nueva sobrecargo.

Ella parpadeó, incrédula.

—¿Qué?

—Ya me has oído. Si puedes matar a un durmiente, cuentas con la entereza que necesito.

—Un momento —dijo ella, irguiendo la cabeza un poco—. ¿Quieres que viva en tu barco?

—Lo dices como si te hubiera pedido ser la matarratas de a bordo. —Sopló el humo de su pipa en dirección a los aldeanos—. No solo quiero que vivas en mi barco, Estina. Quiero que seas la voz de mi tripulación.

—La voz de tu... —No pudo evitar reírse—. ¿Por qué iba a escuchar tu tripulación a una mequetrefe huérfana como yo?

—Porque eres de esas mequetrefes huérfanas capaces de disparar a un oficial de aduanas, condenándose al patíbulo, solo por proteger a una camarada. Y los marinos, más que nadie en el mundo, respetan ese tipo de camaradería.

Suylos la había increpado por haber salvado a Liyat, diciéndole que era una boba cegada de amor. La idea de que alguien pudiera respetar aquella acción le resultaba novedosa.

—Esto no me gusta —le advirtió a Harlowe—. ¿Qué le sucedió al último sobrecargo?

—Una ola endiablada. —Harlowe dio una calada a su pipa—.

No te mentiré. Hay riesgos. Pero el Rosa es un buen barco, un buen hogar. Tendrás comida y bebida, y nuevas vistas cada mañana. Podrás ver las luces del cielo bailando en el Norte. Incluso te llevaría hasta el Este.

—Harlowe, no soy marinera. Lo sabes muy bien. ¿Para ser sobrecargo no se necesitan años de experiencia?

—Tendrías que ganarte el puesto. Empezarías como marinera raso —dijo—. Pero le he hablado de ti a la tripulación, y todos están dispuestos a dejar que pruebes tu valía. Saber que eres una exterminadora les servirá de advertencia. En cualquier caso, sabes lo suficiente como para moverte por un barco. Me aseguré de eso cuando te puse en manos de Suylos. Le dije que te metiera en unas cuantas fiestas de marineros.

—¿Has estado *planeando* esto?

—Por si acaso —dijo, con la mirada firme y fría—. Llevas luchando por sobrevivir en Yscalin desde el día en que naciste. Antes incluso de que aparecieras en Oryzon, tus padres ya pasaban dificultades, porque las seis virtudes solo tienen efecto sobre algunas personas. No hay generosidad para los pobres, ni templanza ni valor entre los caballeros ladrones. No hay justicia para los exterminadores como tú, que proporcionan seguridad a la gente y son perseguidos por ello. Eso tus padres lo vieron. Por eso desafiaron al rey.

—Y yo que pensaba que era simple codicia.

—No. El impuesto de la templanza abrió los ojos a la gente y les hizo ver la maldita hipocresía de todo esto. Morían en cárceles para morosos, contagiados de peste, con el fuego en la sangre. ¿Quieres acabar igual que ellos?

—Obviamente, no.

Harlowe se había informado acerca de sus padres, después de que ella le dijera sus nombres. Intentó no imaginarse sus muertes.

—Te habría dejado con los Zancas Verdes —dijo Harlowe—, pero ahora que eres una fuera de la ley no pararán hasta darte caza. Abandona las tierras del Santo, aléjate de toda esta mojigatería y únete a mi tripulación.

—La ira del interventor caerá sobre ti, por no hablar del rey Sigoso.

—La ley de Yscalin no es aplicable en alta mar.

Ya casi se lo imaginaba. Una vida entre las olas, avistando nuevas tierras a lo lejos, sin tener que suplicar nunca más por algo para comer. La idea le provocó una dolorosa y súbita nostalgia, una necesidad de huir, de buscar *algo más*.

Cerró los ojos a la visión, como una tortuga escondiéndose en su caparazón.

—No puedo marcharme —dijo—. Este es mi hogar, Harlowe.

—Dices eso solo porque nunca has conocido nada más.

—No. Amo a Yscalin —insistió—. Me encantaba mi vida en la costa. Me encantaba escabullirme de los aduaneros. Me encanta el buen vino y las peras rojas y frescas, los veranos tan cálidos que te da la impresión de que Fýredel está…

—No pronuncies ese nombre —la interrumpió, en voz baja—. El ala derecha lo oye todo, allá donde esté durmiendo.

Quizá Harlowe se considerara un ilustrado, pero en el fondo era tan supersticioso como cualquier otro marinero. Aunque, por otra parte, Melaugo también lo era. Al igual que muchos otros vinicultores de baja cuna, sus padres habían realizado todo tipo de rituales para asegurarse buenas cosechas, como plantar muñecos de maíz en el suelo. Probablemente, aquello contraviniera alguna ley, pero, cuando eres más pobre que las ratas, la supervivencia es lo primero.

—No *puedo* marcharme —dijo ella de nuevo—. Liyat está aquí.

—Liyat no sentará la cabeza. Estás persiguiendo un sueño imposible, Estina.

—No la conoces lo suficiente como para poder decir eso.

—La conozco desde antes que tú —le recordó Harlowe—, y sé que está casada con su trabajo. También tiene la cabeza más dura que el casco de mi barco. No podrías atravesarla ni con un cañonazo.

El miedo que la había rondado durante meses, silencioso y siniestro, y que Harlowe le había arrancado de la mente, cayó de pronto con fuerza sobre la mesa, desparramándose y obligándola a afrontarlo.

—Aun así, podrías visitarla —sugirió él. Ella apartó la mirada—. La mitad de mis marineros tienen amantes en puerto.

—¿Y tú? —rebatió ella.

—No —dijo, con una mirada tan gélida que Melaugo no se atrevió a replicar—. Tengo negocios en Oryzon —añadió—, pero quizá Liyat consiga hacerte entrar en razón. Si cambias de opinión, estaré allí, en mi residencia, hasta la Fiesta de la Primavera. Puede que ames a Yscalin, pero, por lo que yo veo, Yscalin nunca te querrá, Estina. Antes o después perderás agilidad o fuerza, ya no podrás matar a esas bestias, y la ley del Santo se cobrará su precio.

—Entonces cortaré leña. Aprenderé a cazar —respondió Melaugo, con un gruñido—. Encontraré otra forma de sobrevivir.

—Te mereces algo más que eso.

Melaugo se sumió en un silencio lúgubre. Harlowe la observó mientras picoteaba los últimos restos del pollo.

—No vengas a buscarme más, Gian —dijo ella, malhumorada—. Nunca fui tu lastre.

—Intenta no ser un lastre para ti misma, Estina.

Liyat llegó al roble la tarde siguiente. Melaugo la vio acercarse desde su escondrijo. Observó la vegetación que la rodeaba como si fuera la primera vez, y de pronto sintió una vergüenza insoportable.

Había pasado más de un año desde la última vez que se habían visto. Melaugo sabía que no era una gran belleza, pero al menos en la costa tenía un cepillo, y poseía suficiente dinero como para poder comprarse jabón de limón. Quizá por miedo al cambio, no se había decidido a cortarse el cabello, que le llegaba a la cintura, pero ahora lo tenía enmarañado y sin brillo, y sus dientes, ya torcidos de por sí, parecían haber perdido su fuerza.

Salió por fin de su agujero. Liyat dio medio paso adelante, sosteniendo un farol.

—Estina —exclamó, sorprendida—, ¿de verdad eres tú?

—Soy yo —dijo ella, con una sonrisa forzada—. ¿No tengo pinta de elegante forajida?

Liyat cubrió la distancia que las separaba y la abrazó, tan fuerte que le dolieron los moratones. Hacía tanto tiempo que nadie la tocaba que Melaugo casi había olvidado lo que se sentía. Estaba tan hambrienta de contacto humano como lo había estado de comida.

—Estás muy delgada —le dijo Liyat, con la cabeza sobre su hombro—. Se te notan todos los huesos.

—Estoy bien, Liyat.

—No me engañes otra vez. Dijiste que te quedarías en Aperio. —Liyat echó el cuerpo atrás, mirándola con severidad, como acusándola de algo—. No puedo creerme que te hayas hecho exterminadora. Por eso Gastaldo Yelarigas te anda buscando.

—Liyat, no me quedaba...

—No me digas que no te quedaba elección. ¿No tenías otra opción que ponerte a matar durmientes?

—Lo hice por nosotras —respondió Melaugo, acalorada—. Pensé que podría ganar suficiente dinero como para sobornar al interventor para que borrara mi historial, y así poder volver a Perunta. O que podría encontrar algún otro sitio para las dos. —Dejó caer los hombros—. Pero, de pronto, todo se desmoronó. No sabía qué hacer, solo se me ocurrió venir aquí.

Ahora Liyat tenía una mirada extraña en el rostro.

—No debí de haberte hablado de este lugar. Más te valía haber salido de Yscalin. —Cogió aire y se recompuso—. No quería perder los nervios. ¿Puedo entrar?

No muy convencida, Melaugo la dejó pasar a su guarida. Liyat tuvo que agacharse para hacerlo. Observó el suelo de tierra, las arañas, el saco asqueroso que Melaugo usaba como camastro improvisado.

—Estina —dijo—, ¿cuánto tiempo llevas viviendo así?

—Me las apaño.

—Harlowe me ha contado lo de tu trato. Esta gente ha vivido apartada del mundo desde la Caída de las Sombras, y se tienen los unos a los otros en caso de necesidad. ¿Cuánto tiempo pensabas que podrías aguantar tú por tu cuenta?

—He aguantado tres meses. No está tan mal para una mujer de la ciudad.

—Y ahora parece que estás al borde de la muerte. Si esta gente solo te quiere para que extermines a sus bestias...

Liyat se quitó su fina capa de verano. Pese a la fatiga del viaje, tenía un aspecto hasta demasiado elegante para aquel entorno salvaje.

—La tienda —dijo Melaugo—. ¿Está bien?

—Sí. Los guardias no me vieron la cara, gracias a ti, así que puedo seguir en Perunta. —Liyat se quitó la bolsa que llevaba colgada en bandolera, donde guardaba su pistola y sus cuchillos—. Harlowe fue a la cala de los Amantes a buscarte. Suylos le dijo que me preguntara a mí, y él me pidió que lo llevara a Aperio. Ahí es donde leímos tu nota.

—No me gusta que le cuentes a Harlowe dónde estoy. Ya está convencido de que soy un rotundo fracaso.

—Se preocupa por ti. Y debes aceptar su oferta.

—No puedo.

—¿Prefieres vivir aquí, mientras te siguen buscando por alta traición el resto de tu vida? —dijo Liyat, con la voz tensa por la frustración—. Harlowe te ofrece algo más que una vía de escape. Te ofrece todo el mundo. ¿Qué más podrías pedir?

Melaugo se dejó caer sobre la dura tierra. Liyat se arrodilló frente a ella, buscando su mirada.

—¿Qué pasa? ¿Por qué prefieres quedarte?

Mientras hablaba, Melaugo no podía quitarle la vista de encima. Aquellos rizos oscuros, recogidos hacia atrás, que creaban un marco en torno a sus ojos grises y sus angulosos pómulos. El minúsculo lunar sobre la comisura del labio.

«¿Es que no es evidente —habría querido preguntarle— por qué no quiero marcharme?».

—No puedo... dejarles que ganen —dijo entre dientes. Liyat la miraba con curiosidad—. Nací en Yscalin. He vivido, trabajado y luchado por sobrevivir en este maldito país. ¿Por qué debería abandonar mi hogar, solo porque soy pobre y huérfana? ¿Solo porque no soy lo suficientemente buena para el Santo?

—Estina —dijo Liyat, agarrándola de los codos—. Tú sabes lo que es pasar hambre y miedo. Entiendo lo mucho que significaba la cala de los Amantes para ti. De verdad. Pero no podemos volver atrás.

—Podríamos. Si esperamos... —Se le quebró la voz—. Seguramente, la donmata será benevolente, como su madre. La postura oficial sobre la exterminación podría cambiar. Antes o después, Yscalin derogará la Ley de Restricciones, equiparándose con el resto de los Reinos de las Virtudes. Quizá podría obtener el indulto.

—Oigo demasiados *podría* y *quizá* —dijo Liyat, con calma—. Nadie conoce a la donmata Marosa. Aunque sea más comprensiva que el rey Sigoso, podrían pasar décadas antes de que alcance el trono. No vivas en la negación. —La agarró con más fuerza—. No podemos hacer retroceder el tiempo, pero podemos seguir viviendo. Si no quieres seguir a Harlowe, te vienes conmigo a Ortégardes.

—No puedo ir a una ciudad.

—Sé de un tabernero que te dará refugio. Y, cuando hayas recuperado las fuerzas, si sigues decidida a no unirte a la tripulación de Harlowe, te llevaré a Lasia. Allí la ley del Santo no puede hacerte nada.

—Liyat, no conozco a nadie en Lasia. Allí seré igual de pobre y estaré igual de sola que aquí, en Triyenas.

—No seas boba. Yo conozco a gente. Puedes vivir en mi casa, en Nzene, y, cada vez que vuelva a ver a mi patrona, te visitaré. Te encontraré trabajo en una forja.

Aquella misteriosa patrona. En Perunta, Liyat era conocida como comerciante de curiosidades. En secreto, buscaba libros prohibidos, reliquias de cultos perdidos y otras piezas que podrían considerarse pruebas de herejía. Una patrona anónima del Este, que vivía en Nzene, le pagaba por encontrarlas.

Durante tres años, Liyat había ido formando una red de colaboradores para buscar aquellos objetos, llevarlos a Perunta y de ahí enviarlos de contrabando a Nzene. Pese a los peligros que implicaba, aquel trabajo era su vocación. Precisamente esa pasión fue lo primero que atrajo a Melaugo de ella, la noche en que se habían conocido, cuando Liyat le dejó claro que no toleraría ninguna falta de respeto de esa delincuente recién llegada a Perunta.

Melaugo había flirteado con un par de chicas en Oryzon, pero Liyat era una mujer independiente y decidida, que no se dejaba impresionar por halagos vacuos. De hecho, nadie había conseguido conquistarla. Era aliada de Suylos, socia en sus negocios en la costa, pero no respondía ante nadie en Yscalin. Y en cuanto se encontró con aquella mujer, Estina Melaugo se enamoró de ella.

Había ocultado sus sentimientos con todas sus fuerzas, intentando que no resultaran evidentes. Y, sin embargo, fue Liyat la que la había besado la primera vez. Aquella fue la única ocasión en su vida en que una de sus insensatas esperanzas había dado su fruto.

—No —respondió—. No puedo aceptar tu oferta, Liyat.

—Tú me salvaste la vida. Deja que yo salve la tuya.

—Ya lo hiciste, sacándome de Perunta, llevándome a…

—No, Estina. Te debo una vida —la interrumpió Liyat—. Y esto no es vida.

Melaugo se pasó una mano por la melena llena de nudos, conteniendo las lágrimas de frustración.

—No mueras sola y asustada en la oscuridad —insistió Liyat, suavizando la voz—. Deja atrás esta locura de la exterminación. Ven conmigo y afrontemos juntas la próxima bifurcación del camino.

El cuello de la camisa se le había abierto, dejando a la vista un pequeño medallón de peltre con una inscripción en párdico, un idioma más antiguo que el propio Yscalin. Y ese colgante era como una sentencia de muerte.

—Ortégardes —accedió Melaugo, derrotada—. De momento.

Liyat le puso una mano bajo la barbilla y la besó. Sus labios eran más suaves que ninguna otra cosa que hubiera en el bosque. Melaugo tiró de ella, deseando que ninguna de las dos hubiera tenido que abandonar la cala de los Amantes, donde Suylos desembarcaba su mercancía. Aquella playa cálida, iluminada por las hogueras; una recóndita ensenada de arena blanca.

—Recoge tus armas. Les diremos a los aldeanos que te vas —dijo Liyat—. Hoy dormirás conmigo en la habitación que me han ofrecido para pasar la noche. Hace demasiado tiempo que no duermo a tu lado.

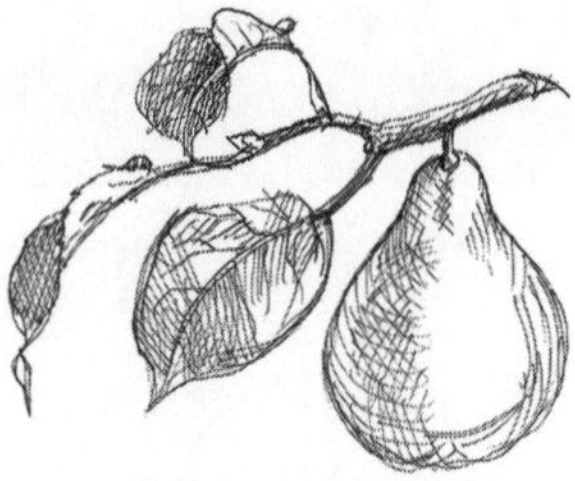

Marosa

Cárscaro
Reino de Yscalin
1003 E. C.

Cuando Marosa era niña, muchos de sus familiares vivían en Cárscaro. Pero luego llegó la lava, y la princesa Viterica, su tía paterna, declaró que la casa de Vetalda no debía ignorar aquel evidente claro. Si el monte Fruma entraba en erupción, morirían todos, y la dinastía acabaría en un día. El rey Sigoso no estaba de acuerdo. «No tienes fe en el Santo —le había dicho a su hermana—. El caballero del Valor te escupe a la cara, Viterica».

Viterica, inmune a cualquier amenaza que incluyera esputos del santo caballero, decidió llevarse a sus hijos al norte, pero escribía a menudo a Marosa, pidiéndole que fuera a visitarla. A lo largo de los años, aquellas invitaciones habían ido convirtiéndose en un consuelo, aunque Marosa no tenía otra opción que declinarlas.

Sus otros parientes se habían trasladado a sus propios castillos, la mayoría en el valle de Groneyso. Ahora su padre y ella eran los últimos que quedaban en Cárscaro, y cada vez que la llamaba a su lado se ponía de lo más tensa.

Ermendo la escoltó hasta los aposentos del rey, que ocupaban las plantas más altas del palacio de la Salvación. Marosa mantuvo las manos pegadas al cuerpo. Ya no le temblaban cuando su padre la llamaba, pues había aprendido a gestionarlo. Lo único que tenía que hacer era presentarse como una pobre boba incapaz de pensar.

Al llegar a la cámara privada del rey Sigoso, se lo encontró concentrado en su trabajo. Su espeso cabello castaño empezaba a teñirse de gris, igual que su barba, que acababa en punta bajo la barbilla. Del cuello de su librea le colgaba una cadena con un rubí en forma de pera.

De joven era conocido por su ingenio, su interés por el estudio y por su devoción por las seis virtudes. Más tarde recibió elogios por emular al Santo al casarse con una conversa del Sur.

Una conversa que había acabado traicionándolo.

Ahora casi nunca sonreía; en el dedo ya no lucía la alianza. A menudo, Marosa se preguntaba por qué no se había buscado otra consorte. El santario mayor se lo habría permitido.

Ermendo cerró la puerta a sus espaldas, y Marosa se presentó: no valía la pena esperar a que el rey se fijara en ella.

—Su majestad —dijo, con una reverencia.

—Marosa.

El rey Sigoso no levantó la vista del documento que estaba escribiendo. De hecho, casi nunca miraba a Marosa, porque veía en ella la imagen de su reina infiel. El parecido era innegable: tenía su misma nariz aguileña y esos pómulos marcados, también la tupida melena negra de su madre; eso sí, los ojos eran la prueba de que era hija del rey.

—Me ha escrito tu tío —la informó.

—¿Hablas de lord Ussindo, padre?

—Tu tío del Sur, Marosa. El desvergonzado infiel que se denomina a sí mismo «rey de reyes».

Eso era raro. Por lo que ella sabía, hacía nueve años que el rey Jantar no había escrito a su padre.

—Ya veo —dijo, fingiendo desinterés—. ¿Y qué quiere?

—Su carta hace referencia a tu madre.

Marosa sintió una presión en el pecho.

—Jantar no se cree que su querida hermana muriera por su propia mano. Según parece, cree que la tuve encadenada en mis mazmorras —dijo su padre—. No tengo ni idea de qué cree que me habría servido ahí abajo, pero ese bobo se ha pasado casi una década negando la evidencia. En lugar de aceptar lo sucedido, me culpa a mí por las decisiones de tu madre. Así que exige una prueba de que estás bien.

Marosa hizo un esfuerzo por no sentir, no pensar, no mostrar ninguna reacción.

—Esa intemperancia es insultante. Solo alguien tan retorcido como él podría imaginarse algo así —dijo ella—. ¿Qué podría haberle llevado a lanzar esas acusaciones tan graves ahora que han pasado tantos años?

—No sabría decirte. La mente de un hereje es un lugar extraño y oscuro. —El rey Sigoso la miró, impasible—. Responderás a su carta. Le asegurarás que estás perfectamente y le convencerás, con todas las palabras que hagan falta, para que abandone sus delirios y deje en paz a Yscalin, o se las verá con mi ejército. ¿Lo entiendes, Marosa?

—Sí, padre.

—Bien. —Mojó la punta de la pluma y siguió escribiendo—. ¿Cómo está tu prometido?

Lo sabía perfectamente. Toda paloma mensajera que llegaba al palacio estaba adiestrada para que volara hasta una garita cerca de sus aposentos, donde el ministro de Defensa leía las cartas que llegaban.

—Parece que el príncipe Aubrecht está bien —dijo Marosa—, aunque la última vez que escribió me dijo que el clan de los Vatten estaba provocando a la casa de Lievelyn. Sospecha que aún desean recuperar Mentendon.

Que pensara que no tenía nada que ocultar. Que pensara que no le importaba que leyera sus cartas, o que no se había dado cuenta de que lo hacía.

—Ese es uno de los motivos por los que he acordado este compromiso —dijo el rey Sigoso—. La casa de Lievelyn es joven y temperamental. Te asegurarás de que mantienen la paz con los hróthis. Que sus antiguas disputas no afectan a Yscalin.

Yscalin había manifestado su oposición al alzamiento méntico, que había acabado con la liberación de Mentendon del dominio hróthi. Marosa sabía que tardaría un tiempo en ganarse la confianza de sus súbditos ménticos. Y para ello tenía que asegurarse de que los hróthis no intentaban recuperar el territorio que habían perdido.

—Por supuesto. —Marosa hizo una pausa, pero, de pronto, reaccionó—. Entonces… ¿Está ya decidido el día de nuestra boda?

—Sí. Te casarás con el príncipe Aubrecht el día de la primera luna nueva de otoño. Los preparativos ya están en marcha. Una boda que será signo de nuestra prosperidad.

Aquel giro de los acontecimientos la animó. La carta de la reina Sabran debía de haber animado al rey a hacer realidad sus planes.

Al menos ya sabía cuándo se marcharía.

—La decisión es tuya, padre —dijo, haciendo un gran esfuerzo por no demostrar el alivio que sentía—. ¿Dónde se celebrará?

—En el Gran Santuario de Ortégardes. Es el mayor y el más antiguo de Yscalin, el lugar más apropiado para la donmata. —Devolvió la pluma a su soporte—. Después de la boda, te unirás al príncipe Aubrecht en su viaje por Mentendon. Los Lievelyn quieren que visitéis once ciudades.

—Haré todo lo posible para ser digna representante de Yscalin.

—Eso espero.

En un único movimiento, su padre se levantó de su escritorio y la agarró de la barbilla. Ella se quedó muy quieta.

—El Príncipe Rojo nos es útil —dijo—. Pero tú no eres una méntica. En cuanto tengas un hijo, volverás aquí, y me aseguraré de que crías a un heredero virtuoso para Yscalin. Tu primogénito no se verá corrompido por un reino que comercia con los amantes de los wyrms del Este. —Apretó un poco los dedos, clavándole las uñas en la piel—. No me decepcionarás, ¿verdad, Marosa?

—No, padre.

—¿Y no intentarás huir, como tu madre?

—Soy la heredera de este reino. Nunca lo abandonaría.

—Bien.

Marosa le aguantó la mirada, negándose a parpadear. Que Sigoso viera sus propios ojos reflejados en los suyos, los ojos de Oderica.

—Escríbele a tu tío. Dale la carta a lord Gastaldo antes de mañana por la noche —dijo su padre, poniendo fin a aquel pulso—. Y, si ves a lord Wilstan Fynch, dile que me deje en paz.

Como era habitual, esta noche soñó con su madre, y en su sueño vio cómo se la llevaban por la fuerza.

En Ersyri había quien pensaba que las rosas ayudaban a combatir las pesadillas. La reina Sahar había plantado rosales en su terraza y con los pétalos de rosa rellenaba bolsitas de satén que metía bajo la almohada de Marosa antes de que se fuera a la cama.

Ahora ya no había rosas, así que habían vuelto las pesadillas.

—Marosa, despierta. —Un susurro al oído, acentuado por el miedo—. Escúchame. No debes hacer ningún ruido.

—¿Qué pasa, madre?

—Vamos con tu tío, en Rauca. Te lo explicaré cuando estemos a salvo.

Volvía a tener dieciséis años, en su antiguo dormitorio, y su madre y Denarva le estaban trenzando la larga melena y recogiéndosela en un gorro, negándose a responder a sus preguntas, con el gesto tenso, apenas visible en la penumbra. Luego se vistieron con blusones y delantales, como las lavanderas, y cargaron los pesados abrigos y los paquetes envolviéndolos en sábanas para que no se vieran.

Ahora estaban saliendo del palacio a hurtadillas, con Denarva uq-Bardant, la doncella ersyri, y no podían arriesgarse a encender más que una vela, así que Marosa apenas veía adónde iban. Su madre le agarraba la mano con fuerza, y tenían que ir rápido, no había tiempo que perder…

Y ahí estaban los guardias, esperándolas.

Marosa se despertó de golpe, bañada en sudor, con Priessa profundamente dormida a su lado. Levantó la cabeza despacio, se sentó en la cama y bebió de la infusión de hierba dormilona que tenía junto a la cama.

Habían pasado nueve años, pero los recuerdos eran tan claros como siempre, y seguían haciendo temblar las puertas de su cuarto, pidiendo a gritos una explicación. No tenía ni idea de por qué estaban huyendo de su propio hogar en plena noche, ni por qué creía su madre que corrían peligro. Tras tres días de miedo, un guardia le había pasado una nota bajo la puerta, escrita en ersyri.

Lo hice para protegerte. No desafíes a tu padre ni le hagas enfadar. Si te pide que reniegues de mí, obedécelo, pero no olvides que eres todo mi mundo y mi corazón. Mantente firme, como una rosa del desierto, y llegarás a ser reina. Con los sueños que tengo para ti, todo Edin podría sembrarse con rosas imperecederas.

Marosa aún conservaba aquella nota vieja, escondida en la hornacina donde guardaba el colgante. Fue la última vez que tuvo noticias de su madre.

Una semana más tarde, lady Sennera Yelarigas había sacado a Marosa de su habitación, la había hecho sentarse y le contó por qué se había marchado su madre. La reina Sahar se había enamorado de un criado. Planeaba huir al Ersyr con él, abandonando sus obligaciones como reina consorte de Yscalin. Cuando la pillaron in fraganti, se había quitado la vida para no pasar la vergüenza de tener que rendir cuentas ante un tribunal.

Mucho más tarde, Marosa se enteró de que Aryete Feyalda, tercera dama de honor, fue quien la traicionó. Sahar había confiado en ella, y ella se lo había contado al rey, para impedir que se llevara a Marosa. En recompensa por su lealtad, Aryete recibió un pequeño castillo.

Sin embargo, Marosa no recordaba a ningún amante secreto. Eran solo ellas tres. Quizá su madre hubiera planeado reunirse con él en la puerta de Niunda.

A veces, en sus sueños febriles, Marosa tenía la convicción de que Denarva había luchado. Le parecía ver un fuego sin humo; el olor a carne y cabellos quemados; fogonazos rojos en las paredes de un negro intenso. Pero no había duda de que eso serían imaginaciones de una mente perturbada por el miedo.

Denarva —la bondadosa y audaz Denarva, cazadora consumada, siempre risueña— había sido ejecutada como cómplice de la traición. Tras el juicio, seguramente Sahar habría sido enviada al exilio, de no haberse quitado la vida ella misma. En circunstancias normales, a Marosa le habrían permitido ver el cuerpo, pero su padre lo había prohibido, afirmando que la visión del cadáver le habría afectado.

No había demasiado terreno libre en Cárscaro. La mayoría de

sus muertos se enterraban en la Gran Llanura de Yscalin, en un lugar sagrado donde crecía el romero. Pero a la realeza no se la enterraba bajo las flores. Se la sepultaba en unas tumbas negras en el palacio de la Salvación.

A la reina Sahar no se le había concedido tal honor. Era una traidora adúltera, cuya conversión a las seis virtudes había sido, evidentemente, o falsa, o deshonesta. Quizá incluso fuera una espía.

Marosa nunca supo lo que había sido de su cuerpo. Era mejor no preguntar. El de Denarva lo habían lanzado a la lava, para que su alma vagara para siempre, sin posibilidad de entrar en la corte celestial.

La hierba dormilona hizo efecto enseguida. Y mientras Marosa se iba quedando dormida, una última imagen le cruzó la mente. No fue algo que hubiera presenciado, sino una escena que se le había presentado en sus pesadillas. Sahar atando sus sábanas unas con otras, y luego escribiendo esa nota a la luz de una vela.

Colgada del techo como una hoja colgada de un árbol.

Marosa volvió a despertarse, esta vez más despacio. Al principio pensó que el movimiento de su cama se debía a uno de sus temblores incontrolados. Los sufría de vez en cuando, cada vez que tenía pesadillas.

Pero no, lo que estaba temblando era el palacio de la Salvación.

Marosa se puso en pie y abrió una ventana. Por toda la ciudad, las antorchas de las calles oscilaban. La gente gritaba, y el Tundana escupía lava, iluminando el cielo. Incluso desde allí arriba oía las voces.

—Marosa…

Priessa se había despertado. Intentó apartar a Marosa de la ventana, pero ella se resistió, no podía apartar la mirada de la ciudad. De pronto se oyó un rugido procedente de las Escarpadas que le resonó en los huesos.

—Se ha oído muy fuerte —murmuró Priessa—. ¿Es que el monte Fruma ha entrado en erupción?

—Si es así, estamos condenadas —dijo Marosa, con una extraña calma—. No conseguiremos huir a tiempo.

Muy por debajo veían a la gente corriendo hacia la puerta de Niunda, la antigua entrada a Cárscaro. El arco de piedra marcaba el inicio del único camino pavimentado y seguro a tierra firme.

—Pero no temas —dijo Marosa—. El palacio de la Salvación nunca ha caído. Aguantará.

—Aun así, mejor no jugársela —respondió Priessa, dirigiéndose a la puerta del dormitorio—. Tienen que preparar un carruaje para vos.

Marosa se quedó contemplando la ciudad, sintiendo aquel incesante temblor bajo las palmas de las manos.

Cuando la reina Rozaria había decidido dar más altura al palacio de la Salvación —una torre como ninguna otra que hubiera visto el mundo— había contratado a los mejores albañiles hróthis para llevar a cabo su proyecto. Los constructores norteños sabían lo que era vivir en un terreno tan inhóspito, puesto que su país estaba cubierto de montañas de fuego y humeantes manantiales de agua hirviendo. Habían hecho un análisis detallado de la ciudad, asegurándose de construir los cimientos en roca firme, lejos de las minas abandonadas que recorrían el subsuelo de Cárscaro. La torre se construyó para que pudiera soportar el paso del tiempo, y así había sido durante siglos.

Cuando regresó, Priessa estaba congestionada y sin aliento. Tenía la trenza medio deshecha y se le salían mechones de pelo por debajo del alquinal.

—Su majestad ha ordenado que nos quedemos aquí —dijo—. Debemos esperar a que pase el terremoto.

—Entonces, eso haremos —respondió Marosa—. Siéntate, Essa.

Priessa se dejó caer en la cama. Marosa se arrodilló ante ella y le agarró las manos, temblorosas.

—Amiga mía, no nos pasará nada —dijo—. Estamos a salvo.

Se había contado la misma historia durante años; sabía hacer que una mentira sonara convincente. Priessa la vio asentir e imitó sus movimientos. Muchas veces había sido ella la que había reconfortado a Marosa cuando algo la asustaba.

Cárscaro no dejaba de temblar. Marosa y Priessa se metieron juntas en la cama para no perder el equilibrio estando de pie, e intentaron dormir pese a las sacudidas. Marosa fijó la vista en el dosel de la cama, recordando todos los temblores de menor intensidad que habían vivido desde su infancia. Su madre debió de asustarse mucho la primera vez que vivió uno tras su matrimonio.

Por fin, hacia las dos en punto, Cárscaro quedó en silencio.

Unos golpes en la puerta las sobresaltaron. Priessa abrió los postigos y dejó entrar a Ermendo.

—¿Hay noticias? —le preguntó.

—La ciudad ha sufrido algunos daños menores —dijo él—, pero el palacio de la Salvación está intacto.

—Gracias al Santo —exclamó Priessa, pasándose una mano por la cintura—. ¿Todo el mundo se encuentra bien?

—Sí, mi señora. Algunos de los mercaderes ya han recogido sus carruajes y se han marchado, pero supongo que serán el hazmerreír de Cárscaro cuando regresen. Todo un modelo de coraje —comentó Ermendo, sarcástico. Marosa sonrió—. ¿Queréis que os traiga un poco de vino, donmata?

—Sí. —Marosa se frotó los ojos—. Gracias, Ermendo.

Priessa volvió a su lado, algo más pálida de lo habitual. Marosa la abrazó.

—¿Lo ves? No ha sido nada.

—No estoy tan segura. Primero el Tundana, y ahora esto —dijo Priessa, con un tono algo tenso—. Cuando os coronen, debéis escoger una nueva capital, por el bien de todos.

—Calla —dijo Marosa, apoyándole una mano en el brazo—. No debes ni pensar en su muerte.

Priessa apartó la mirada y recobró la compostura.

Enseguida llegó Ruzio con vino de miel, aceitunas rellenas y queso blanco. Yscabel apareció detrás con el pan, siguiendo a su hermana mayor, como era habitual. Se llevaban más de una década.

—Yscabel, deberías volverte a la cama —dijo Priessa—. Tus obligaciones no empiezan hasta el año que viene.

—No quería estar sola —respondió ella, con una reverencia—. Sé que estoy decepcionando al caballero del Valor, pero… los temblores me asustan, lady Priessa. Preferiría quedarme, si a la donmata le parece bien.

Solo hacía un mes que Yscabel había cumplido catorce años.

Al ver que Marosa asentía, Priessa le indicó con un gesto que se acercara a la mesa.

—Muy bien —dijo Priessa—. Pues ahora honrémoslo siendo valientes.

Para entonces ya casi había amanecido. Comieron, bebieron y charlaron de temas inofensivos. Cuando empezaron a cansarse y decidieron acostarse para recuperar el sueño perdido, sonó un trueno enorme que hizo que toda la ciudad volviera a temblar.

Marosa regresó a su ventana. Sus damas de compañía fueron con ella, apretujándose a ambos. Oyó el traqueteo de las tejas en los tejados, y luego un temblor más profundo que las minas que recorrían el subsuelo de la ciudad, lo que le hizo levantar la vista hacia el monte Fruma. Sorprendida, observó cómo varias losas enormes de piedra se soltaban y caían por la ladera.

—Que el Santo nos proteja —murmuró Ruzio—. ¿Eso qué es?

—Un desprendimiento —dijo Priessa, sosteniéndole la mano a Marosa como si quisiera protegerla—. Deben de haberlo causado los temblores.

Marosa no podía apartar la vista de la montaña. En Cárscaro a veces se producían desprendimientos de rocas sueltas, pero aquello era diferente.

—No pasa nada —dijo Priessa—. El palacio está a salvo.

—Pero ¿qué hay de los picapedreros, de la torre del agua?

El ruido cambió: ahora era como si se resquebrajara algo. Ante la mirada atónita de Marosa, una lasca de piedra cayó montaña abajo, fragmentándose. Ruzio contuvo un grito de horror al verla caer por la escarpada ladera, seguida de otros fragmentos menores y envuelta en una nube de polvo gris. Los escombros alcanzaron el extremo este de la periferia de Cárscaro, cubriendo las casas que encontraban a su paso.

La nube de polvo tardó un rato en posarse. Cuando lo hizo, Marosa no podía dar crédito a sus ojos. En el lugar del que se había desprendido aquella lasca de piedra, había ahora un gran hueco.

Se había creado una caverna en la ladera de la montaña.

—Fruma —dijo Yscabel, con un susurro apenas audible—. Busca vengarse de los hijos de Isalarico.

Marosa la miró, atónita, e Yscabel se llevó una mano a la boca, tapándosela.

—Donmata, os ruego que me perdonéis —dijo—. No son más que cotilleos de cocinas. No quería decir…

Lo que Yscabel quería o no quería decir Marosa nunca lo supo, porque de pronto un enorme estruendo invadió la noche.

De la grieta de la montaña salió una luz siniestra, tan intensa como la del río de fuego. Marosa se agarró a la balaustrada, con los nudillos blancos, observando el violento movimiento en el interior de la hendidura.

Era como si una nube de tormenta saliera de la cueva. Marosa no entendía lo que estaba viendo, aquella erupción de algo que parecía sólido y líquido a la vez, y que avanzaba a toda velocidad hacia el palacio de la Salvación. Una masa de sombras enredadas con un movimiento que no se parecía a nada que hubiera visto nunca. Pero antes de que pudiera llegar a su posición, Priessa y Ruzio la apartaron de la ventana.

—No, no —protestó, intentando zafarse—. Tengo que…

—Donmata, tenemos que escondernos —insistió Ruzio—. ¡Yscabel, aléjate de las ventanas!

Marosa no era especialmente fuerte, pero contaba con el factor sorpresa. Nadie esperaba que los nobles hicieran movimientos repentinos. Con un tirón seco, se liberó del agarre de Priessa y Ruzio, que estaba distraída vigilando a Yscabel. Antes de que pudieran detenerla, salió a toda prisa de sus aposentos y corrió por los pasillos, perseguida por sus guardias.

Corrió hasta que llegó al balcón. Y, justo en el momento en que abría las puertas, la nube pasó por encima de la lava, y pudo verla en detalle, toda ella. Las alas de murciélago y las colas de serpiente, como una galería de imágenes de un bestiario.

Wyverns.

La palabra se le quedó atravesada en la mente, paralizándola. No quería aceptar la evidencia de lo que estaba viendo. Por primera vez en quinientos años, una bandada de wyverns sobrevolaba Cárscaro.

El grupo se disgregó al llegar al borde del despeñadero, provocando los gritos de la gente en las calles. Con unos chillidos penetrantes, los wyverns se lanzaron en picado desde el precipicio, siguiendo las corrientes de lava hacia la Gran Llanura de Yscalin.

Y en ese momento, a la tenue luz del amanecer, Marosa contempló una imagen que se le clavó en el alma como un cuchillo. Había soñado con la muerte desde que tenía dieciséis años, pero ninguna de sus pesadillas se acercaba a lo que estaba presenciando. Una sucesión de llamaradas rojas que estallaban en la Gran Llanura de Yscalin, hasta donde alcanzaba la vista. Al principio eran pequeños fuegos aislados. Pero uno por uno esos fuegos fueron creciendo.

Tienen su propio fuego.

Aquella constatación le dejó la piel insensible al tacto. El cometa del Santo había extinguido su fuego al sumirlos en un profundo letargo.

Como una terrible bandada de estorninos, los wyverns se extendieron por toda la llanura, cubriéndola con aquel fuego rojo antinatural, la luz del propio monte Pavor. Por un momento se hizo un silencio profundo: los carscarianos observaban las llamas, perplejos. Y lo único que oía Marosa era su propio corazón, y la respiración entrecortada de los que tenía detrás.

Luego la mitad de la bandada regresó y los chillidos empezaron de nuevo. Los wyverns sobrevolaron el Gran Aviario, situado en un saliente por encima de la Casa Vatana, y lo aplastaron contra el suelo. Marosa estaba demasiado en alto como para ver a su pueblo; solo podía oírlos chillar despavoridos.

Por la comisura de los ojos vio otro fuego. Un pequeño wyvern volaba siguiendo el Tundana, rozando la lava con la punta de las alas, para luego lanzar una llamarada contra los arqueros que protegían la puerta de Niunda. Otras bestias se lanzaron contra las catapultas y balistas en lo alto del despeñadero, armas construidas en previsión de una segunda Caída de las Sombras, pero que estaban desatendidas. Marosa las vio consumirse entre las llamas.

—Saben lo que tienen que destruir —constató Priessa, congestionada—. ¡Recuerdan!

Marosa Vetalda estaba acostumbrada a las pesadillas, pero ahora se sentía como si la hubieran arrastrado a un relato popular. En ese momento, todos los héroes de la Caída de las Sombras estaban en su interior. Mantuvo la posición, como un soldado en la guerra, y observó al centenar de wyverns que aterrizaban sobre los tejados.

Durante la Caída de las Sombras, los carscarianos habían huido a las antiguas minas para ocultarse mientras arrasaban con su ciudad. Pero ahora esas minas estaban precintadas, por seguridad. Un amargo giro del destino.

—Por favor —le rogó Ermendo—. Entrad, donmata.

Finalmente, Marosa dejó que la apartara de allí, y cerraron el balcón tras ella con un sonoro portazo.

Al cabo de menos de una hora, la Gran Llanura de Yscalin estaba cubierta de llamas hasta el horizonte. Las flores que Isalarico el Benevolente había plantado para celebrar su boda desaparecieron, todas. Hacia el mediodía había tanto humo en Cárscaro que Marosa ya no veía a dos palmos de la ventana. Así que, cuando se oyó aquella voz, una voz que era como piedra rascando contra piedra, tuvo la impresión de que no procedía de ningún lugar en particular.

—¡¡Rey de Yscalin —dijo—, da la cara, o tu ciudad arderá!!

En Inys, la Junta de los Duques —sucesores del Séquito Sagrado, los seis caballeros que habían servido al Santo— presidía el Consejo de las Virtudes. Los monarcas de Yscalin contaban con el asesoramiento de los grandes, cabezas visibles de las seis cabezas con más títulos nobiliarios y que controlaban más territorio en el reino.

Marosa siguió a Ermendo, y juntos bajaron la Escalinata Real seguidos de otros guardias. Desde allí ya se oían las voces de la Sala del Consejo.

Desde el momento en que su propia familia había abandonado la capital, el rey Sigoso había reducido al mínimo las dimensiones de su Consejo Real. En total eran dieciocho personas, y destacaban por su capacidad para halagar al rey y obedecerle. La mayoría ya estaba allí cuando Marosa llegó a la Sala del Consejo, un gran salón circular en la duodécima planta del palacio de la Salvación. De las relucientes paredes negras colgaban retratos de sus ancestros. Las pesadas cortinas escarlata se encontraban cerradas, para que nadie pudiera ver desde fuera ni mirar al exterior desde dentro.

Allí no solo estaban los miembros del Consejo Real. También reconoció a los grandes del reino, los pilares del Gobierno, así como varios caballeros y embajadores y otros residentes en la corte, todos reunidos en torno a su padre, que ocupaba la cabecera de la mesa, observando a sus asesores, con gesto impenetrable. Estaba vestido como si se tratara de un banquete, y lucía una corona de oro rojo. A su lado, en posición de firmes, el capitán general de los Vardya.

En lo relativo a asuntos de religión, los yscalinos se sometían a la decisión de la reina de Inys, la voz del Santo. Para todo lo demás, el rey era dueño y señor, una presencia imponente que tenía a sus súbditos en vilo. Nadie hablaba sin su permiso. Nadie le contradecía. Todos los ojos estaban fijos en él, pendientes de cualquier indicio de contrariedad.

Pero ahora reinaba el caos, y el protocolo de la corte había desaparecido.

Marosa cruzó una mirada con él desde la otra punta del salón. Era la primera vez que pisaba aquel lugar, la sede del Gobierno, donde se decidía la suerte de Yscalin. Su padre siempre se lo había impedido. Esta vez asintió, dándole permiso.

Los nobles tardaron un rato en ser conscientes de su presencia.

—Debe de haber otro modo —decía lord Alvo Sánctogan, con su largo rostro congestionado—. ¡No podemos enviar a su majestad a las fauces de un wyrm!

—Si no lo hacemos, caerá toda la ciudad —replicó sir Robrecht Teldan—. Y con ella su majestad y la donmata.

—¡Méntico rastrero! ¿Es que esperas que tu Príncipe Rojo suplante a su majestad?

—¡No seas absurdo!

Marosa recorrió la sala con la mirada. Si su padre permitía ese grado de desorden, tenía que ser por un motivo. Estaba dejando que todos se interrumpieran y hablaran a la vez, cosa que hacía que el pánico se impusiera al decoro; así se podía ver la verdadera personalidad de cada uno. Estaba claro que aprovecharía el miedo de los nobles en su beneficio.

Quizá debiera seguir su ejemplo ella misma. Ya había observado un detalle curioso: en Yscalin había cuatro embajadores extranjeros, pero solo tres estaban presentes.

Wilstan Fynch no se encontraba allí.

La duquesa de Ortégardes fue la primera en dirigirse a ella:

—Donmata. Gracias al Santo que estáis bien.

Lo dijo lo suficientemente fuerte como para acallar a los demás, que poco a poco se fueron girando hacia Marosa.

Ella los conocía a todos de vista. Priessa le había mostrado sus miniaturas, pero solo unos pocos habían aceptado sus invitaciones a alguna comida. Por sus expresiones, era evidente que a algunos de ellos les pilló por sorpresa ver lo mayor que se había hecho. Ya hacía muchos años que no correteaba entre ellos.

—Es una sombra del Oeste —dijo—. ¿No es así?

A pesar del miedo, su tono era decidido.

—Eso nos tememos, donmata —respondió un joven—. Los wyverns nunca han sido capaces de hablar ninguna lengua humana.

Marosa se lo quedó mirando. Era lord Bartian Feyalda, conde de Oryzon. De niños habían jugado juntos, pero en la última década solo lo había visto de lejos. Se había convertido en un joven alto y atractivo, con los rasgos marcados y una barba a la moda. Como la mayoría de los presentes, iba en bata y zapatillas. Era evidente que llevaban allí desde la aparición de los wyverns.

—Dos cayeron durante la Caída de las Sombras —dijo ella, dirigiéndose a todos los presentes—. ¿A cuál de los otros tres nos enfrentamos?

Se produjo un silencio tan largo como profundo.

—Solo uno sería tan osado como para amenazar a un rey —dijo su padre. Habló en voz baja, pero todo el mundo lo oyó—. Uno que lo primero que hizo al revelarse ante nuestros ancestros fue matar a un vástago del Santo. El ala derecha del Innombrable se ha despertado de su letargo.

Nadie se atrevía a respirar siquiera. Bartian apartó la mirada del rey y la fijó en Marosa.

—Fýredel —dijo Marosa.

Aquel nombre profano era como veneno en sus labios. Un estremecimiento generalizado recorrió toda la sala.

—Todo este tiempo… —dijo el duque de Aperio—. Todo este tiempo, ¿estaba durmiendo ante nuestras narices?

—Nadie acabó con él —señaló el consejero de Guerra—. En las Escarpadas hay muchas cuevas, y pocas de ellas han sido exploradas.

—¿Estamos seguros de que en las minas de Gulthaga no se ocultan más wyverns o criaturas draconianas? —le preguntó Marosa—. ¿No seguirán apareciendo bestias de debajo de la tierra?

—En mi opinión, no, vuestro esplendor. El rey Alarico selló las minas completamente. No hay modo de entrar ni salir de ellas.

—Entonces ¿no podemos llevar a nuestros súbditos allí abajo para protegerlos, como hicimos durante la Caída de las Sombras?

—No.

Marosa miró a su padre, que seguía inmóvil en la cabecera de la mesa.

—¿Puede soportar Yscalin otra Caída de las Sombras? —les preguntó a los nobles—. ¿Estamos listos para esta guerra?

De pronto se dio cuenta de que le resultaba fácil hablar ante una multitud, aun con su padre presente. Lo único que había querido siempre, durante nueve largos años, había sido poder dirigirse a sus futuros asesores sin restricciones.

—Desde luego, en el Norte sí —aseguró uno de los embajadores, un hróthi corpulento, mirándola a los ojos—. Confío en que los yscalinos también se hayan preparado.

—Su majestad ha tomado todas las precauciones razonables, igual que hicieron sus ancestros —dijo lord Gastaldo, perfectamente vestido pese a lo calamitoso de la situación. No le faltaban ni el collar de su librea ni los puños de encaje—. Desde la Caída de las Sombras hemos invertido en una gran cantidad de armas y maquinaria de guerra.

—Los wyverns han quemado la artillería —apuntó Marosa—. Lo he visto con mis propios ojos.

—Cárscaro está bien situada para repeler un ataque procedente de la Gran Llanura de Yscalin, pero no de enemigos alados venidos de un lugar tan próximo —reconoció el consejero de

Guerra—. Quizá lleven ya un tiempo estudiando nuestras defensas.

—No deberíamos habernos quedado aquí. Fue una locura, una decisión arrogante —dijo Marosa sin pensárselo dos veces—. La tía Erica hizo bien en marcharse.

—Cállate, Marosa —la reprendió el rey Sigoso—. Tú no sabes nada de ese asunto.

Algunos de los consejeros apartaron la mirada. En otro tiempo, Marosa quizá se habría encogido, pero no apartó la mirada de los ojos de hielo de su padre.

—Esta es la situación —dijo el consejero de Guerra, rompiendo el silencio—: Toda la artillería ha quedado destruida, y es evidente que hay demasiados wyverns como para que podamos abatirlos con arcos y rifles. —Hablaba caminando por la sala—. Mientras la Gran Llanura de Yscalin no deje de arder, no hay modo de salir de la ciudad ni de que nuestros aliados vengan en nuestro ayuda. Cárscaro tiene unas vistas incomparables del entorno; ahora esa ventaja se nos ha vuelto en contra. Aunque pidiéramos ayuda, los wyverns matarían a cualquier soldado que respondiera a nuestra llamada.

El rey Sigoso apretó los dientes. Tenía los ojos hundidos en sombras, y una vena le cruzaba el rostro desde el nacimiento del cabello hasta la nariz. A Marosa su silencio le resultaba más escalofriante que sus palabras.

—¿Qué proponéis? —le preguntó al consejero de Guerra, tomando de nuevo la palabra—. ¿Hay algún precedente de tiempos de la Caída de las Sombras?

—Los wyrms arrasaron ciudades sin contemplaciones ni previo aviso, pero había momentos en que interrumpían sus mortíferos ataques.

—Efectivamente —dijo el gran santario—. Eso me recuerda la última gran batalla inys contra Fýredel, cuando asedió Cresta Hueca y exigió que Glorian la Intrépida saliera a plantarle cara. Pero justo en ese momento la llegada del cometa del Santo le salvó la vida.

Marosa no soportaba mirar a ese hombre, con su túnica verde, su gesto plácido y las mejillas hundidas por el ayuno. Pese a que predicaba la generosidad como una de las grandes virtudes, no había mostrado ninguna compasión cuando le preguntaron si la reina Sahar podría entrar en Halgalant, y le había negado el acceso formalmente, condenándola a vagar toda la eternidad.

—Entonces ¿qué pasará ahora? —preguntó, dirigiéndose a todo el Consejo—. ¿Alguien lo sabe?

—No hay ninguna certeza, vuestro esplendor. En la antigüedad se observaron muchos cometas —dijo sir Robrecht Teldan—, pero, por lo que saben los astrónomos de Mentendon, no se espera que ningún cometa cruce nuestros cielos en al menos cuatro años. Nuestros homólogos seiikineses lo confirman.

—No hable de los herejes del Este —le advirtió el gran santario—. Fue el Santo quien envió el cometa, para salvar a su querida descendiente. Hará lo mismo por Yscalin.

Sir Robrecht apartó la mirada, con la mandíbula tensa bajo su plateada barba.

—Es posible matar a las sombras del Oeste. Eso lo sabemos —dijo Marosa, cada vez más decidida—. En Lasia abatieron a Dedalugun, y en Seiiki, a Taugran. Quizá no sepamos cómo lo hicieron, pero…

—¡¡Da la cara, Rey de la Montaña!!

Marosa se estremeció al oír aquella voz, que parecía rascar contra la piedra de los mismos cimientos de Cárscaro. Si el monte Pavor pudiera hablar, estaba segura de que sonaría muy parecido a la voz de Fýredel.

—¿Por qué ocurre esto ahora? —dijo una voz tenue, apenas un susurro—. ¿Por qué se han despertado ahora?

—El vicio y la perversión están muy extendidos entre el pueblo llano —dijo el duque de Groneyso, con una mueca de repulsa—. No todos siguen las seis virtudes como hacemos en la corte de su majestad. Quizá el Santo haya decidido retirarnos su protección.

—Son esos exterminadores infieles —añadió lord Gastaldo, con una mueca burlona—. Viles delincuentes codiciosos que se aprovechan del miedo del pueblo. Han estado incordiando a los durmientes durante años, con la única ambición de hacer dinero. He dado órdenes a los Caballeros Defensores de que acaben con ellos, pero son muy persistentes.

Marosa los observó, y tuvo claro que ninguno de ellos tenía

idea de por qué estaba ocurriendo todo aquello. Ni siquiera el gran santario.

—Ya basta —ordenó—. Haya paz. Debemos decidir qué hacer.

—Bien dicho, donmata —respondió lord Gastaldo, recobrando la compostura—. Majestad, estamos a sus órdenes. ¿Qué decís?

El rey Sigoso agarró con fuerza los brazos de su silla. Era evidente que las ruedas de su cerebro giraban a toda velocidad, como el mecanismo de un reloj de bolsillo. Si respondía a la llamada de Fýredel, muy probablemente el wyrm lo asara vivo. Si no lo hacía, le estaría fallando al caballero del Valor.

—Llamad a mi doble —le ordenó a lord Gastaldo—. Vestidlo con ricos ropajes y ponedle la corona gris.

La menos valiosa. Lord Gastaldo hizo una reverencia y abandonó la Sala del Consejo.

—Nadie debe abandonar el palacio de la Salvación. No hay terremoto ni wyrm capaz de derribar esta torre —añadió el rey Sigoso, haciendo caso omiso a las miradas de todos—. Sea lo que sea lo que quiere Fýredel de nosotros, mi doble enseguida lo sabrá.

La duquesa de Ortégardes se aclaró la garganta.

—¿Quién es vuestro doble, majestad?

—Orentico Feyalda. Tiene un parecido razonable.

Bartian apartó la mirada. Los Feyalda eran una rama menor de la casa de Vetalda, y siempre habían sido fieles, pero Marosa no podía imaginarse que ninguno de ellos decidiera correr ese riesgo por voluntad propia.

—Tenemos acumulado grano suficiente para cuatro años —dijo el consejero de Guerra—, pero eso no nos servirá de mucho si Fýredel nos convierte a todos en cenizas. Por lo que he leído, el asedio de los wyrms a una ciudad nunca ha durado demasiado tiempo.

—Eso no significa nada —replicó la duquesa de Samana, cortante—. Durante la Caída de las Sombras, los wyrms eran algo nuevo, apenas habían surgido del monte Pavor. No sabemos cómo se comportarán en esta nueva era.

Se hizo un silencio prolongado, como si nadie se atreviera a llamar la atención, pese a los metros de roca que los protegían y los ocultaban de los wyrms. Al final, Marosa fue a situarse junto a Bartian, que estaba mirando a través de un resquicio entre las cortinas.

—Donmata —dijo, mirándola—. Ojalá hubiéramos podido reencontrarnos en unas circunstancias algo distintas.

—Desde luego. Me alegro de verte, Bartian.

Él se quedó mirando un momento su sonrisa seria, antes de volver a mirar por la ventana.

—¿Por qué no nos ha matado aún? —dijo él, entre dientes—. Ha arrasado los campos. ¿Por qué no ha destruido también la ciudad?

—Quizá quiera matarnos de hambre. Como venganza —murmuró Marosa—. ¿Los wyrms entienden ese concepto?

—Supongo que sí.

—¿Qué es lo que pensarán que merece tal violencia?

—Un wyrm no piensa. Es el mal encarnado. Nosotros adoramos al Santo, que derrotó a su señor. ¿Eso no basta? —dijo Bartian, pero al ver su cara suavizó el tono—. El cometa volverá. Estoy seguro de ello.

—Pero no hoy.

—No, desde luego. —Miró por encima de su hombro—. ¿Dónde están vuestras doncellas?

—En mis aposentos. —Lo miró a los ojos—. Orentico es mi primo segundo, creo, pero no nos conocemos.

—Su majestad no tiene demasiado afecto a los bastardos.

—¿Es notable el parecido?

—Mucho, pero Orentico es más joven —dijo él—. Quizá Fýredel se dé cuenta del engaño.

—Aun así, no puede saber qué aspecto tiene mi padre.

—En cualquier caso, Orentico está condenado.

—Glorian la Intrépida sobrevivió a Fýredel dos veces. Es posible. —Marosa le puso una mano sobre el brazo, en un gesto que pretendía consolarlo—. Orentico está haciéndole un gran servicio al país. El caballero del Valor se lo recompensará, sea aquí o en Halgalant.

Bartian asintió y le apretó la mano él también.

—No toques a mi hija —le advirtió el rey Sigoso, cortante como un alfanje—. Está prometida.

Marosa dio un paso atrás, con el rostro encendido.

—Perdonadme, majestad —se disculpó Bartian, bajando la cabeza—. La donmata solo quería…

—Confío en que no pretenderás discutir con tu rey, Bartian.

Lord Bartian cerró la boca.

Marosa se dirigió a otro rincón de la Sala del Consejo, buscando ella también un lugar desde el que mirar. Muy pronto, los otros nobles también estaban asomados a las ventanas, haciendo esfuerzos por ver a través del humo que lo cubría todo. Más allá de su reflejo, Marosa apenas pudo ver un par de wyverns encaramados a los tejados, observando la ciudad.

Calculó que cada uno tendría entre quince y veinte metros de longitud, desde el morro hasta el final de su cola reptiliana. Tal como describían los bestiarios, contaban solo con dos patas traseras, pero cuando aterrizaban podían usar sus alas coriáceas casi como brazos para reptar por el suelo. Sus espolones eran imponentes, al igual que el par de cuernos que asomaban del cráneo. Se decía que tenían los huesos huecos —sin duda, debía de ser así para que pudieran volar—, pero no se esperaba que tuvieran aquellas alas tan inmensas, rematadas con unos ganchos temibles en la punta.

A su lado había un wyverling, de la mitad de tamaño. A diferencia de los otros, este se mantenía erguido, como un pájaro, con las alas plegadas en los costados. Las tres criaturas presentaban cicatrices de guerra, y habían perdido más de una escama.

Las cicatrices de la Caída de las Sombras, dejadas por guerreros muertos muchos años atrás.

Marosa apartó la vista, con la nuca cubierta de un sudor frío. A los pies del palacio, cientos de carscarianos se habían reunido junto a la muralla defensiva que rodeaba las plantas inferiores del edificio, probablemente en busca de la protección de sus gruesos muros volcánicos, pero ella conocía a su padre. No permitiría la entrada del pueblo llano en su palacio. Habría querido decirles que cejaran en su intento y fueran a buscar refugio. Gracias a la Ley de Protección, todos los edificios de la ciudad eran de piedra o ladrillo, sin tejados de madera ni de paja por ningún lado. En sus casas estarían protegidos de las llamas.

Por fin se abrieron las puertas del palacio. Cuando surgió una figura del interior, la multitud se hizo a un lado.

El doble. Marosa no podía verle la cara desde tan arriba, a través del humo. Acompañado por los guardias de la ciudad, Orentico Feyalda se subió a un carruaje tirado por caballos.

El carruaje se puso en marcha, avanzando junto al río de fuego, y los carscarianos le hicieron espacio. Bartian observaba la escena, con el rostro tenso, mientras su primo avanzaba lentamente hacia la fisura en la ladera de la montaña.

Al cabo de un rato perdieron de vista a Orentico. En un momento dado, allá donde acababa la carretera, tendría que seguir a pie.

—Donmata, quizá deberíais apartaros de las ventanas —sugirió Ermendo, con la vista puesta en un wyvern que se había girado para mirarla.

Marosa se retiró despacio.

Tras el día llegó el atardecer, y tras el atardecer, la noche. La luna llena se elevó en el cielo, proyectando su luz plateada sobre el humo y poniendo al descubierto a más wyverns que antes. Por fin, Bartian se arriesgó a entreabrir una ventana, haciéndoles llegar los sonidos y los olores de la ciudad. Había menos ruido de lo que se esperaba Marosa: solo un murmullo interrumpido por los silbidos ocasionales de los intrusos, y los sollozos desesperados de los carscarianos en la lejanía.

Pero de pronto el ruido aumentó, justo cuando un peso cayó en el balcón, junto a la Sala del Consejo.

Bartian abrió las puertas de par en par.

—¡Lord Bartian! —le gritó el capitán general, pero él ya estaba fuera, y el humo entraba en el salón, provocando accesos de tos en la mitad de los nobles.

Marosa fue hasta el umbral y vio a Bartian agachado junto a una cosa con piernas y brazos.

Era la primera vez que veía un cadáver. Estaba tan quemado que no podía verle la cara. Solo los dientes. Y lo único que podía hacer era mirar. Apenas una hora antes, aquello era un hombre. Un hombre vivo.

—¡¡El Rey de la Montaña intenta engañarme!! —dijo Fýredel. Su voz estentórea resonó por la ciudad, haciendo vibrar los vasos sobre la mesa—. ¡¡Ahora tu pueblo te conocerá mejor!!

Ni siquiera en aquella noche, cuando tenía dieciséis años, la más oscura de su vida, había pasado tanto miedo Marosa.

—¡No puedes esconderte! —exclamó el wyrm—. ¡Da la cara, rey cobarde! ¡Eres un insulto para tus súbditos!

Uno a uno, todos se giraron hacia el rey Sigoso.

—No hay elección, pues —dijo la duquesa de Ortégardes.

El rey Sigoso la miró, con unos ojos que eran los de un lobo, un cazador.

—Decidme, excelencia —dijo él—: ¿os imagináis la muerte de vuestro soberano?

Ella palideció con el color de una nube. El rey Sigoso se levantó de su silla, ante la mirada aterrada de los nobles. Marosa se preguntó si se negaría a salir. Si decidiría quedarse en el interior de aquellos muros, poniendo su vida por delante de la del resto.

—No permitiré que un wyrm me llame cobarde —dijo—. El Santo me protegerá, igual que protegió a Glorian la Intrépida.

Marosa observó que se ponía en pie, y sus ojos se encontraron. Si no regresaba, por la mañana ella sería reina.

«¿Le digo adiós, o dejo que se vaya sin más?».

Finalmente decidió no hablar. Al fin y al cabo, él mismo le había ordenado que guardara silencio. Sigoso le lanzó una mirada dura como el acero, y en ese momento Marosa supo que su propio padre estaba deseando poder enviarla a ella en su lugar. Y mientras lo veía ir al encuentro de su destino, sintió que en su pecho se libraba una batalla entre el escalofrío que le recorría el cuerpo y una triste sensación de triunfo.

«Ahora te toca a ti desaparecer».

El Consejo Real se quedó a la espera, observando. Las flores ardieron toda la noche. Cada minuto se alargaba, convirtiéndose en una hora de agonía.

Cárscaro siguió llenándose de humo, y la gente se vio obligada a encerrarse en casa mientras rezaban por su rey. Los que habían huido antes por el terremoto empezaban a regresar por la puerta de Niunda, tosiendo y estornudando, y al hacerlo se encontraron la ciudad invadida. Los wyverns los dejaron pasar, observándolos sin atacarlos desde lo alto de los tejados.

—No puedo soportarlo más —dijo un noble—. ¿Qué estarán haciendo?

—Esperando órdenes, quizá.

—¿De la sombra del Oeste?

Bartian no decía nada. Estaba sentado en el suelo, con la mirada fija en la pared.

A las tres, un soldado bajó a hablar con la guardia de la ciudad. Le informaron de que la mayoría de los que habían huido habían sucumbido por culpa de las quemaduras o por aspirar demasiado humo.

Marosa se sentó al final de la mesa, observada en todo momento por los nobles. La luz del exterior había cambiado muy poco; el denso humo había sumido la ciudad en la oscuridad. Podría ser medianoche o estar amaneciendo.

Por fin el capitán general apareció en la puerta, alterado.

—Su majestad ha vuelto —dijo, con voz ronca—. Está vivo.

El gran santario hizo la señal de la espada, mientras la consejera de Finanzas caía al suelo, desmayada. Marosa salió del Salón del Consejo y bajó corriendo por las escaleras.

—Id en busca de la médica de la corte —les ordenó a los criados que tenía más cerca.

La mayor parte del Consejo Real la siguió. Solo unos cuantos se quedaron atrás, como anclados a su asiento.

El palacio ya bullía de actividad. Marosa no tardó en llegar a las plantas inferiores, donde los pasillos eran anchos y tenían techos altos y balcones desde los que se podían ver varias plantas a la vez. Se encontró cada vez más cortesanos y criados que la miraban entre sorprendidos y temerosos, pero no paró hasta llegar al vestíbulo principal, con la piel cubierta de sudor. Lord Gastaldo y los demás no tardaron en llegar a su altura.

—Mantened la calma —ordenó lord Gastaldo a los cortesanos más próximos—. El Santo está con nosotros.

Marosa tragó saliva. Tendría que haber sido ella quien lo dijera, pero no encontraba la voz.

Las puertas de ébano, con refuerzos de hierro, tenían casi siete metros de altura. Cuando se abrieron, entró una figura familiar. Marosa vio a su padre, agachado y solo, y se dirigió hacia él.

—No te acerques —le ordenó su padre, extendiendo una mano—. Marosa. No te acerques.

Ella se detuvo. Varios de los guardias que la seguían rodearon a su rey.

—Padre —dijo Marosa, con un hilo de voz—, ¿qué ha pasado?

Pese a estar a varios metros, le llegaba el olor de su ropa, a hierro y a humo.

—Fýredel ha hablado conmigo. Ahora lo veo —respondió el rey Sigoso—. Hemos vivido… engañados, todos estos siglos.

—No lo entiendo…

—Dad voces y que circule la noticia. Enviad a todas las palomas de Cárscaro que hayan sobrevivido. Decidles a todos, a cada ciudad y a cada territorio, que nuestro reino ya no está encadenado al legado del perverso Galian Berethnet, el falso Santo. A partir de ahora, este será el Reino Draconiano de Yscalin, súbdito fiel del Innombrable.

Levantó la cabeza. Marosa dio un paso atrás, casi cayendo sobre Ermendo, que la ayudó a recobrar el equilibrio.

Sigoso Vetalda, rey de Yscalin, ya no tenía los ojos de Oderica. Ahora eran completamente grises, como la ceniza fría.

Melaugo

Ortégardes
Reino de Yscalin
1003 E. C.

Ortégardes era una de las seis capitales de región de Yscalin, conocidas en su conjunto como ciudades santas. Estaba rodeada de campos de naranjos y limoneros, en el camino del Peregrino, a orillas del río Salbon, y era el lugar donde había sido coronada Oderica la Forjadora, primera reina Vetalda.

Ningún otro lugar de Yscalin era más devoto al caballero de la Cortesía. Aquí era posible contratar a escribas para que escribieran elocuentes cartas: se podían encontrar regalos para todas las ocasiones; abundaban los artistas y sus mecenas. Se fabricaba un famoso jabón de aceite de oliva y bolsas de olor. La entrada a los baños públicos era barata, porque lavarse se consideraba una cortesía para con los demás. En sus cientos de santuarios, los yscalinos se encomendaban a la dama Medwin Combe, pidiendo compasión, amor o inspiración.

Melaugo solo esperaba encontrar un vaso de vino, una cama decente y ningún lindorm en cien leguas a la redonda.

Había sido un viaje pesado, que había acabado poniéndole aún de peor humor. Al llegar a orillas del Salbon, había usado sus últimas monedas de Aperio para comprarse un sombrero de ala ancha, tanto para protegerse el cuero cabelludo del sol como para ocultar el rostro por el camino. Sus padres llevaban ese mismo tipo de sombrero cuando trabajaban en los viñedos, aunque hecho de paja, en lugar de tela.

Pasaron por campos de granados en flor. Melaugo habría preferido que estuvieran cargados de fruta. En Aperio solía comprarse granadas, cuando tenía dinero y podía permitírselo.

Se estaban acercando a Ortégardes.

—Harlowe nunca me contó cómo os conocisteis —dijo Liyat.

—Cuando no está enfadado, es un hombre de pocas palabras.

—Sí. Lo cierto es que para mí es todo un misterio, aunque ya hace tiempo que lo conozco.

—No es el único —dijo Melaugo. Liyat no respondió, y Melaugo intentó no pensar en la punzada de culpabilidad que sintió de pronto por su brusquedad—. Harlowe me encontró en Oryzon cuando yo tenía trece años. Me pilló intentando robarle la cartera. Pensé que me llevaría ante el magistrado, que me azotarían, pero, en lugar de eso, pagó a una herrera para que me aceptara como aprendiz.

—Eso no sale barato.

—Por lo que yo sé, es rico como un lord. La reina Rosarian le tenía mucho aprecio. —Melaugo echó un trago de su bota—. La herrera hizo lo que pudo conmigo, pero no era fácil enseñarme. Yo odiaba a la gente de Oryzon por su hipocresía, por la crueldad con que trataban a los niños de la calle. Tras varios años remoloneando en la forja, un día perdí los nervios e insulté a uno de sus mejores clientes, un caballero. A partir de entonces no me hizo trabajar más, aunque pude quedarme con ella hasta el regreso de Harlowe, que venía de vez en cuando.

—¿Se enfadó mucho contigo?

—Por supuesto. Es raro que no se enfade mucho. —Guardó la bota de agua para guiar a su caballo y evitar una rodada del camino—. Durante el tiempo que pasé con la herrera, Harlowe descubrió lo que les había sucedido a mis padres. Le dije que quería ser contrabandista como ellos. En los años que pasé en Oryzon conocí a unos cuantos; algunos incluso me pagaron para que les hiciera de informadora. Harlowe se dio cuenta enseguida de que no estaba hecha para un trabajo honesto.

—Así que te puso en manos de los Zancas Verdes.

—Sí.

Liyat asintió. Habían compartido cama muchas veces, pero aún sabían muy poco la una de la otra.

En aquellas latitudes, tan al sur, la primavera era cálida como el fuego de los wyrms, y ambas estaban sudando. Liyat espoleó un poco a su yegua, y Melaugo la siguió.

Ataron a sus caballos cerca de la puerta de la ciudad y se deslizaron por el foso, hundiendo los tobillos en el fango. Melaugo se había recogido el cabello, por lo que tenía su roja melena bien escondida. Pretendía usar gallarita para teñírselo de oscuro una vez instaladas en la posada, y así poder aventurarse a dar cortos paseos. Se colaron por un desagüe que los contrabandistas solían usar para sus actividades en la ciudad y deslizaron una reja que daba a un callejón adoquinado.

Melaugo ya había estado antes en Ortégardes, pero solo de noche, y no mucho tiempo. De día, a la luz del sol, la Ciudad de la Cortesía era impresionante. Ella nunca había podido contemplar toda aquella majestuosidad, las casas encaladas, las cascadas de flores, los cipreses y las palmeras a los lados de las calles… Algunos de los edificios más antiguos parecían sureños, porque eran de una época en la que en el continente de Edin imperaba una única cultura, que solo se había conservado en el Ersyr. Eso se lo había contado Liyat una noche que habían pasado juntas, mientras admiraba una de sus reliquias.

La joya de la corona era el Gran Santuario de Ortégardes, el primero que se construyó en Yscalin. Sus ventanales, de vivos colores, tenían siglos de antigüedad. Estaban hechos de mármol de Vazuva, como las columnas blancas con el fuste helicoidal que había a los lados de las puertas. Era un monumento a la belleza, como todo lo que había en aquella ciudad.

—La donmata se casará aquí —dijo Liyat—. Espero que sea feliz.

—He oído que el Príncipe Rojo de Mentendon no está tan mal —respondió Melaugo—, pero, en cualquier caso, no es que me dé demasiada pena. Lleva una vida de lujo obsceno sin tener que levantar ni un dedo.

—Yo no me cambiaría por ella. Por nada del mundo. Imagínate. Tú y yo no podríamos estar juntas. Al menos hasta que una de las dos tuviera un hijo, y aun así quizá estuviera prohibido.

Melaugo estaba preparada para discutir, pero esa respuesta la descolocó.

Liyat la llevó junto a una elegante columnata por donde se colaba la luz del día reflejada por las aguas del Salbon. Unas barcas de recreo flotaban en las aguas transparentes, rodeadas de peces de color naranja. Muchas personas iban vestidas con colores amarillo, albaricoque o rojo granada, una puesta de sol de fina seda y lino. Melaugo contempló el esplendor de la escena entre la admiración y la repulsa, y pensó en el botín de oro que guardaba en su casa de Aperio, y que a esas alturas lord Gastaldo ya habría confiscado.

Cruzaron un puente, llegaron al barrio de los Paños y entraron en una posada llamada La Pera Dorada, donde Liyat habló con una mujer en lasiano. Lo siguiente que supo Melaugo fue que estaban en un modesto dormitorio con el suelo de baldosa y una puerta que daba al patio, donde podía tomar el sol.

—Gracias —dijo Melaugo—. De verdad, Liyat.

—Ya hablaremos de adónde vas después —respondió Liyat—, pero de momento debes recuperar fuerzas.

Melaugo asintió. Se sentó en la cama y aspiró el limpio aroma a cañas del suelo.

Liyat fue a tumbarse a su lado y le rodeó la cintura con el brazo. La luz del sol atravesaba la ventana y le acariciaba la mejilla.

Melaugo se echó atrás los rizos con una mano. Ambas necesitaban comer, pero el viaje había sido largo y habían pasado mucho calor; antes de que pudiera reaccionar, ya estaba dormida.

Pasaron varios días, y Melaugo intentó descansar. Había un pequeño baño y un arcón donde guardar sus armas. Cada día, a mediodía, comía en la cocina y se mantenía lejos de la vista de los otros clientes. Aunque estaba hambrienta, si comía demasiado, le dolía.

En su sexta mañana en Ortégardes, Melaugo dio cuenta de una cazuela de queso blanco con huevo duro y verduras, intentando no llenar demasiado la barriga, y se bebió un brebaje ersyri de color negro que la despertó. Los postigos estaban abiertos, así que podía ver a la gente yendo a lo suyo por la calle, oír sus risas y el tañido de las campanas del santuario.

Contempló la escena, interiorizándola. Aunque no podía salir por miedo a la muerte, sí podía escuchar cómo vivían los demás. Sin duda, aquello era mejor que lo de Triyenas.

«Tú te mereces algo más que eso».

«Sal de mi cabeza —le dijo a Harlowe—. Ya me tienes harta, pirata de tres al cuarto».

Liyat volvió de la panadería. Cuando llegó, se encontró a Melaugo tendida en la cama, con los postigos orientados para evitar la entrada del sofocante sol, tal como hacían la mayoría de yscalinos a mediodía durante los meses de calor.

—Toma —dijo Liyat, presentándole un paquetito—. Tu favorito.

Melaugo levantó la cabeza, se sentó en la cama y abrió el paquete. Dentro había una pasta en forma de caracola, de las que le encantaba comer en Perunta.

—Gracias —dijo, con una sonrisa fatigada—. Esto lo echaba de menos.

—Mañana compraré mi dulce favorito. Pastel de naranja —dijo Liyat—. Especialidad de Ortégardes —Dejó a un lado dos hogazas de pan recién horneado—. Cuando lo pruebes, ya no te gustará ningún otro dulce.

—No veo la hora. —Melaugo partió la pasta por la mitad y saboreó el relleno de almendra—. ¿Alguna noticia?

—Los heraldos aún andan por ahí voceando tu descripción, incluso aquí. —Liyat pasó a su lado para entreabrir las puertas y que entrara la brisa—. Yo no veo elección. Debes ir a Lasia.

—Preferiría arriesgarme que quedarme en Ortégardes.

—¿Y cómo ibas a hacerlo?

—Me teñiría el pelo y llevaría siempre el sombrero.

—Con eso no bastaría.

—Tendrá que bastar —dijo ella, cambiando de posición en la cama—. Liyat, piénsalo bien. No hablo lasiano.

—Podrías aprender. —Liyat colgó la capa y se soltó la bandolera—. En unos días podrías unirte a una caravana que atravesará las Marcas. Mientras tanto, yo enviaré una paloma a mis amigos para que te consigan un puesto como aprendiza. En Nzene, los buenos forjadores están muy valorados.

—Yo no quiero ser herrera.

—Entonces ¿qué quieres hacer?

—Quiero estar contigo, pero es como si quisieras librarte de mí —dijo Melaugo, y Liyat levantó la vista de golpe—. Santo bendito, ¿ni siquiera vas a atravesar las Marcas conmigo, Liyat?

Liyat la miró como si aquello le hubiera dolido.

—He ido a buscarte —respondió—. Fui a Triyenas.

—De no haber sido por Harlowe, quizá ni habrías venido. Tres meses, y ni siquiera te habías dado cuenta de que me había ido de Aperio. —De pronto, Melaugo estaba encendida—. ¿Te importaba lo más mínimo que me hubiera ido, o te fue bien que matara a aquel oficial en Perunta, para poder apartarme de tu vida, igual que hizo Suylos?

—Estina, no eres justa. Sabes que no puedo dejar así mi trabajo —dijo Liyat, congestionada—. Pero siempre he tenido la intención de volver a verte a Aperio.

—Eso suena a excusa, Liyat.

—¿De verdad crees que soy tan fría?

—No. Creo que eres orgullosa y precavida, hasta un nivel impresionante, aún más que yo, y que te aterra ser vulnerable, porque en el pasado te han hecho daño muchas veces.

Liyat estaba tensa como un ciervo perseguido por los cazadores. Era evidente que estaba luchando contra su instinto, que le pedía alejarse de allí y evitar aquella confrontación.

—No te vayas —dijo Melaugo, suavizando el tono—. Escúchame.

Tras una pausa, Liyat asintió.

—En Oryzon nunca dejaba que se me acercara demasiado ninguna chica, para no encariñarme. Antes o después empezaba a evitarlas, aunque les doliera. Aunque me provocara justo el efecto que pretendía evitar.

No se atrevía a mirar a Liyat al hablar, porque habría sido un tormento.

—Durante mucho tiempo me vi como una carga, como un lastre —dijo, con la mirada fija en el suelo—. A los ojos de la ley, ya lo era. Una delincuente callejera en busca de una moneda. Una boca que nadie quería alimentar. Solo con verme, la gente de Oryzon ya se ponía nerviosa, porque era la demostración de que el Santo podía olvidarse de una niña como yo, pero ninguno de ellos quería abrirme las puertas de sus casas perfectas. No tenía la categoría suficiente. Sabía que, en el fondo, habrían deseado que... desapareciera, sin más.

Al oír aquello, Liyat dio un paso adelante.

—Estina...

—Espera. Déjame que confiese esto, o nunca lo haré —dijo Melaugo, frenándola—. He sido testigo de lo mucho que te preocupas por el mundo, por la gente. También de tu buen humor y tu calidez, y también he visto lo rápido que puedes ocultar todo eso (todo lo que eres) cuando crees que ya has mostrado demasiado. Lo entiendo, porque yo era igual. Me he pasado años defendiendo mi dignidad como si mi vida dependiera de ello, por miedo a que nadie la pisoteara más de lo que la habían pisoteado ya. Tú, sin embargo, has conseguido que deseara bajar la guardia. Ser vulnerable. Me permito soñar con la confianza y el afecto. Pero me temo que tú no eres capaz de hacerlo.

Liyat la escuchaba manteniendo la distancia, muy seria.

—Pensaba que estabas contenta con lo que teníamos en Perunta —dijo—. Que podíamos reconfortarnos la una a la otra.

—Sí, tú querías que alguien diera calor a tu cama. Yo deseaba lo mismo —respondió Melaugo—, pero cada vez que dormía en tu taller, deseaba que me pidieras que me quedara.

Liyat se quedó rígida como un maniquí, pero su mirada era todo lo contrario, dulce y tierna.

—Sé que cargas con mucho dolor. En sueños hablas con los muertos —dijo Melaugo—. Yo esperaba que pudiéramos ayudarnos a curar las heridas del pasado la una a la otra. Me hice esa idea yo sola, sin consultarte, y está claro que fue muy egoísta por mi parte. Lo siento. —La voz se le tensó—. Pero necesito saberlo, de una vez por todas, para no volverme loca: ¿hay alguna posibilidad de que quieras construir una vida conmigo, o estoy persiguiendo un sueño imposible, como dice Harlowe?

—¿Eso ha dicho Harlowe? —susurró Liyat.

—Él dice que estás casada con tu trabajo. Pero yo nunca intentaría quitarte eso. —Melaugo se le acercó, situándose a apenas unos centímetros de distancia—. Ya sé lo incómoda que te hago sentir, simplemente por el hecho de que tengas que enfrentarte a esto. Me duele hacerlo. Pero necesito comprenderlo, para poder valorar cuánto debo invertir en esta relación. Soy la hija de un vinicultor: no desperdiciaré el fruto de mi trabajo derramándolo por el suelo. Así que dime, ¿puedes ofrecerme una copa?

Liyat parpadeó, claramente sorprendida, algo por lo que Melaugo no la podía culpar. Se había sorprendido hasta ella misma con aquel arranque poético improvisado.

Antes de que Liyat pudiera responder, alguien llamó a la puerta, haciendo que se giraran. Melaugo se deslizó, ocultándose detrás, mientras Liyat abría con cautela.

—¿Sí?

—Los Caballeros Defensores han convocado al pueblo de Ortégardes —dijo una voz desconocida—. Sin excepciones.

—Muy bien —respondió Liyat, manteniendo la compostura—. ¿Adónde hay que ir?

—Toda la gente de este barrio debe presentarse en la plaza Oderica.

El hombre se fue para seguir llamando a otras puertas. Liyat cerró y se giró hacia Melaugo, que apretó los dientes y recogió su nuevo sombrero.

Se unieron a la marea de gente que salía de sus tiendas y hogares. Liyat, que conocía bien la ciudad, iba delante. Aquello no auguraba nada bueno, pero Melaugo intentó no pensar en ello. Se caló el sombrero, dejándose arrastrar por la multitud hacia la plaza Oderica, donde se encontraba el Gran Santuario de Ortégardes.

Habría querido matar al guardia de la ciudad por haber interrumpido su conversación con Liyat, pero, aunque fuera algo de lo que tenían que haber hablado bastante antes, quizá Liyat necesitara más tiempo.

Aún le ardían las mejillas de su último arrebato de genio. Quizá fuera cierto que debía abandonar Yscalin y convertirse en una especie de bardo errante. Lo más probable era que con todo aquello solo hubiera conseguido que Liyat se encerrara aún más en sí misma, con lo que habría destruido una de las pocas cosas buenas que había tenido en la vida.

Las gentes de Ortégardes iban saliendo de sus casas y residencias, algunos de ellos de evidente mala gana. Melaugo nunca había visto tantas faldas sin atar ni tantos hombros desnudos. En la mitad cálida del año, los guardias de la ciudad tendían a pasar por alto cualquier infracción de las leyes del decoro, incluso en una ciudad devota del caballero de la Cortesía.

Los Caballeros Defensores esperaban sobre una tarima en forma de media luna en lo alto de la escalinata del Gran Santuario. Había cuarenta de ellos, todos montados en sementales blancos, cubiertos con armaduras y yelmos que recordaban un periodo más cruel de la historia de Yscalin.

Liyat los miró con desconfianza. Eran los últimos vestigios de la Orden de Ederico, que había promovido la conversión de Yscalin a las seis virtudes tras la muerte de Isalarico el Benevolente. A cualquiera que se negara a aceptar la nueva fe por completo, lo habían matado o desterrado. Ahora visitaban los asentamientos de Yscalin de forma aleatoria, castigando el vicio y la herejía, y destruyendo precisamente los objetos que Liyat había luchado tanto por proteger.

Melaugo frunció los párpados para verlos mejor, protegida por el ala de su sombrero. Llevaban un estandarte que mostraba la pera roja de Yscalin, pero *sin* la Espada de la Verdad, que aparecía en los escudos heráldicos de los cuatro países de las Virtudes.

—El estandarte —le dijo a Liyat—. ¿Lo ves?

—Sí, pero… ¿por qué?

—No tengo ni idea.

Ortégardes era una ciudad tan grande —mucho mayor incluso que la capital— que llevaba un tiempo reunir incluso a un único distrito. Al final, uno de los caballeros hizo avanzar unos pasos a su caballo y se hizo el silencio. Era una mujer, y bajo su yelmo de acero grabado se la veía muy seria, inexpresiva.

—Pueblo de Ortégardes —gritó—, soy Donma Lusua Vuleydres, miembro del cuerpo de los Caballeros Defensores.

Tal como era costumbre, la caballero hizo una pausa para que la gente pudiera transmitir sus palabras desde las primeras filas a las últimas de la multitud. Afortunadamente tenía buena voz, y Melaugo, los oídos de una lechuza.

—Durante mucho tiempo habéis sido fieles a Galian Berethnet, el que se hacía llamar el Santo —prosiguió Donma Lusua—. Y, durante mucho tiempo, caballeros como yo se han asegurado de que se cumpliera con su ley en todo el territorio de Yscalin. Pero hoy he venido a deciros que esa época ha quedado atrás.

Melaugo arqueó una ceja. Por toda la plaza se oyeron murmullos de confusión y rabia a medida que el mensaje iba llegando a la gente. Liyat se llevó una mano al cuello.

—No oigo una palabra —protestó un hombre a su lado, haciendo esfuerzos para ver el estrado—. ¿Qué está diciendo?

—Cinco siglos después de la conversión, su majestad, el rey Sigoso de la casa de Vetalda, ha visto la luz del monte Pavor —gritó Donma Lusua, imponiéndose al clamor de las voces—. ¡Ha jurado lealtad al Innombrable, y a Fýredel, el Rey de Hierro, Señor de la Montaña!

Los murmullos se convirtieron en gritos decididos, furibundos. Melaugo no podía creerse lo que estaba oyendo. Aquella mujer no solo estaba condenando al Santo, sino alabando al wyrm que había estado a punto de destruir el mundo. Ya puestos, podía haber cortado un poco de leña y haberse construido su propia pira.

—¿Qué broma es esta?

—Una prueba de fe orquestada por el rey Sigoso, seguro —murmuró alguien—. Para poner a prueba nuestra lealtad al Santo.

—¿Estáis absolutamente seguros de que es eso lo que ha dicho?

—¡Oídme! —gritó Donma Lusua—. El Innombrable solo quiere limpiar el mundo de corrupción. —Su voz resonó en la plaza—. Durante la Caída de las Sombras combatimos al poderoso Fýredel, pero esta vez no debemos resistirnos a él. Hasta que el reino no esté limpio de la influencia del infame Santo…

—¡Blasfema! —gritó un hombre, y su acusación encendió a todos los demás, como una llama al acercarla a un barril de pólvora.

—¡Hereje!

—¿Por qué haces esto?

—No os resistáis —ordenó de nuevo Donma Lusua, pero Melaugo habría jurado que veía miedo en su rostro—. Por favor, no os resistáis.

Con la respiración agitada, Liyat alargó el brazo y agarró a Melaugo.

—Sea esto lo que sea —dijo—, no quiero formar parte de ello. —Empezó a abrirse paso por entre la multitud, que empezaba a empujar hacia delante acercándose a los Caballeros Defensores—. Ese hombre de ahí debe de tener razón. Esto tiene que ser una perversa prueba de fe. Tendríamos que irnos.

Melaugo asintió.

—Podemos esperar en el colector del agua de las tormentas —propuso—. Solo hasta que…

Un chillido escalofriante la cortó en seco.

La multitud se detuvo de golpe y se hizo el silencio. Todas las miradas se elevaron al cielo, de donde había surgido el chillido. Ningún humano habría podido hacer aquel ruido, pero Melaugo ya había oído algo parecido antes. En las grutas húmedas y minas abandonadas donde solo vivían los durmientes.

Así pues, cuando aterrizó sobre la cúpula del Gran Santuario de Ortégardes, fue de las primeras en aceptarlo.

Había visto bestias draconianas antes, pero ninguna tan enorme o aterradora. Era aún más larga que el lindorm de Triyenas, un monstruo cubierto de escamas, con cuernos y unas alas, cubiertas de manchas y cicatrices, que parecían las de un murciélago inmenso. Y, detrás, una cola como un látigo.

Un maldito wyvern, a plena luz del día.

A lo largo de cinco siglos, los habitantes de los reinos de las Virtudes se habían acostumbrado a oír historias sobre la Caída de las Sombras. Sabían lo que tenían delante: uno de aquellos enemigos de los que hablaban los libros de oraciones y los relatos de miedo. Melaugo enmudeció y miró a Liyat, que tenía la mirada fija en el wyvern, aterrada.

Y entonces el wyvern soltó un rugido, y fue como un cañonazo.

Melaugo no soltó a Liyat. De pronto adoptó el papel de exterminadora, y la calma se impuso al miedo, aun cuando el caos estalló en las calles.

Aquel rugido había convertido al wyvern en algo real.

Estaban en un extremo de la plaza. De lo contrario, se habrían perdido entre la multitud, pero hicieron caso al instinto y salieron por el mismo sitio por donde habían venido. Justo cuando empezaban a librarse de la horda, un hombre chocó contra Melaugo, que cayó sobre los adoquines. Se mordió la lengua y sintió el sabor de su propia sangre.

—¡Cabrón! —le espetó, pero él ya se había ido.

—¡Estina! —Liyat gritaba con todas sus fuerzas, pero aun así Melaugo apenas la oía—. Todo el mundo se dirigirá hacia las puertas. Arrasarán con los caballos de los establos. ¡Tenemos que ir por las cloacas para llegar antes!

Melaugo dejó que la ayudara a ponerse en pie. El wyvern, encaramado a la cúpula, volvió a rugir. Levantaron la vista y vieron cinco más agitando las alas sobre la plaza, monstruosos en tamaño y aspecto. Algunos de los guardias de la ciudad estaban cargando las ballestas, mientras que otros habían desenfundado sus espadas.

—¿Dónde están las espingardas, los cañones? —gruñó Melaugo—. ¿Qué *sentido* tiene haberlos construido, si no los usan?

Liyat no respondió. Miraba a su alrededor a toda prisa, examinando sus posibilidades, intentando trazar un plan racional. Ambas echaron a correr, pasando junto a otros yscalinos.

Ortégardes estaba rodeada por una muralla con almenas, construida cuando los monarcas yscalinos se plantearon declarar la guerra a Lasia. Estaba fortificada con espingardas, manganas y cañones, armas de efectividad probada contra los wyrms, pero no estaban usando ninguna de ellas. Aunque la muralla tenía seis torres redondas, era bastante más baja por las puertas, y solo dos de ellas eran lo suficientemente anchas como para permitir el paso a una multitud. Miles de personas se dirigían a la más cercana, y en la calle del Ciprés se estaba formando un embudo.

Melaugo se detuvo cuando otro wyvern pasó sobre sus cabezas. Lo siguiente que vio fue a la multitud cubierta de llamas.

Los gritos eran ensordecedores. Empujó a Liyat, metiéndola en un portal, justo antes de que cayera una segunda lengua de fuego sobre otra parte de la multitud. El calor resultaba insoportable, y Melaugo apenas podía respirar, pero no era solo por la temperatura abrasadora del aire. Las implicaciones que tenía aquello eran desastrosas. Si los wyverns habían recuperado su fuego, quería decir que una sombra del Oeste había despertado, o que estaba a punto de hacerlo.

Podía faltar nada para una nueva Caída de las Sombras.

—¡Abran las puertas! —gritaban desde la multitud, desesperados—. ¡Por el amor del Santo, abran las puertas!

—¿Están cerradas? —exclamó Melaugo—. ¿Por qué demonios iban a estar cerradas?

—Ya has oído a esa desgraciada —respondió Liyat—. El rey Sigoso es cómplice de esta locura.

—Eso no es posible. Ningún wyrm ha tenido *nunca* tratos con…

—Estina, eso ya nos lo plantearemos más tarde. Ahora tenemos que salir de aquí. —Liyat se asomó a la calle, con el cabello pegado a la frente por el sudor—. Las otras puertas también estarán cerradas. El colector para el agua de las tormentas no queda lejos. Esta vez no nos pararemos hasta que lleguemos a los establos. ¿De acuerdo?

Melaugo asintió. Juntas salieron de la protección que les ofrecía el portal y tomaron un estrecho callejón en dirección a la muralla.

Liyat fue la primera en colarse en el sumidero. Melaugo dejó la trampilla abierta, de modo que, con un poco de suerte, alguien más pudiera salir por allí antes de que los Caballeros Defensores se dieran cuenta y la precintaran. Avanzaron por el túnel usado por los contrabandistas y muy pronto volvieron a la superficie y vadearon el foso.

Desde el otro lado de la muralla pudieron ver más wyverns acercándose desde el norte. Olía a cabello y carne quemados, y Melaugo observó que las puertas no solo estaban cerradas, sino aseguradas con cadenas. Por si quedaba alguna duda sobre la participación humana en todo aquello. No había guardias a la vista; nadie a quien poder arrebatarle una llave.

En una de las torres que flanqueaban la puerta había instalada una mangana, aunque no había ningún modo evidente de llegar desde aquel lado. Antes de que Melaugo pudiera improvisar algo, un wyvern hizo saltar la máquina de guerra por los aires de un coletazo, lanzando sobre el foso una lluvia de fragmentos de madera y metal.

Siguieron corriendo hacia los establos. En el interior encontraron a más gente dominada por el pánico que iba haciéndose con los caballos aleatoriamente. Liyat fue a buscar a su yegua, pero un hombre desesperado ya se la llevaba, tirando de las riendas; al ver a Liyat echó mano de su espada.

Pero antes de que pudiera usarla, Liyat le disparó en el hombro. La yegua se encabritó. Mientras el hombre se retorcía de dolor y maldecía a Liyat, ella guardó la pistola y calmó a la yegua lo mejor que pudo.

—¿Adónde vamos? —le preguntó Melaugo, con la respiración entrecortada—. ¿A la frontera con Lasia?

—No. En las Marcas estaríamos al descubierto. Pero Harlowe y su barco seguirán en Oryzon.

—¿Y de qué nos sirve un maldito barco? —replicó Melaugo, casi gritando—. ¡Es de madera!

—Es una salida —respondió Liyat—. Tenemos que salir de Yscalin, y el Rosa Eterna está fuertemente armado. Es nuestra mejor opción. —Echó mano de su silla—. ¡A menos que tengas otro plan!

Melaugo no tenía otro plan. Su mente era un torbellino de ruido blanco y miedo que apenas encontraba espacio dentro de su cráneo. Alguien se había llevado su yegua, así que tiró de un bonito palafrén de color negro que relinchaba, alarmado, resistiéndose a dejarse sacar del establo.

—Confía en mí —le dijo Melaugo, con un gruñido—. No querrás esperar a la llegada de los wyverns. No sé cómo hacen para convertiros en bestias de guerra, pero dudo que te guste.

El palafrén resopló. Mientras Liyat mantenía alejados a los que querían llevarse a su yegua, Melaugo ensilló al caballo y montó. Juntas se unieron al resto de los yscalinos que se habían quedado fuera de las murallas al cerrarse las puertas. Algunos intentaban entrar, gritando los nombres de sus seres queridos, pero la mayoría huía a toda prisa, a caballo o a pie.

Melaugo no se atrevía a mirar atrás. Puso a galopar a su palafrén y siguió a Liyat por el camino del Vino, que llevaba a la costa, dejando atrás al pueblo de Ortégardes, cuyos habitantes suplicaban compasión, atrapados en el interior de su propia muralla defensiva.

Tardaron horas en dejar de oír los gritos de Ortégardes. Cuando lo hicieron, el silencio fue estruendoso. Melaugo esperaba que se debiera a que Liyat y ella se habían alejado lo suficiente, no a la ausencia de supervivientes. Se sabía que los wyrms podían arrasar ciudades enteras, dejando las calles sembradas de huesos.

Durante casi un día, Melaugo cabalgó siguiendo a Liyat, sin apenas pronunciar una palabra. El resto de los fugados mantenían las distancias. Quizá todos estuvieran convencidos de que habían traicionado al caballero del Valor con su huida, pero Melaugo era realista. Aparte de dejar el colector del agua de las tormentas abierto, sin sus armas no podía hacer mucho más. Quizá algún afortunado las encontrara en la Pera Dorada. Ahora solo contaba con una espada.

Y si Harlowe ya había zarpado de Oryzon, esa espada podía ser otra vía de escape.

Enseguida se encontraron con más gente en el camino del Vino, un torrente de yscalinos, todos cargados con lo que habían podido recoger, dirigiéndose a los puertos de Córvugar y Oryzon, en el Oeste. Algunos iban en carros o a caballo, mientras que otros avanzaban a pie. Melaugo vio a algunos con horribles quemaduras; otros estaban cubiertos de ceniza y hollín y tosían sin parar.

Haría ya horas o días que duraba el ataque. Era difícil calcular la cantidad de tiempo. Los wyverns se encargaban de aniquilar a los mensajeros, por lo que era difícil que corriera la voz.

Daba la impresión de que habían llegado desde las Escarpadas, quizá incluso desde Cárscaro. Ahora iban tomando las principales ciudades de Yscalin, en muchos casos anunciados por los Caballeros Defensores, y daba la impresión de que la artillería había sido saboteada previamente. El rey Sigoso había enviado cartas a todos los altos funcionarios y gobernadores, ordenándoles que se aseguraran de que sus súbditos cumplían con lo ordenado.

—¡Juro por el Santo que ha sido cosa suya! —oyeron que decía un hombre, con el rostro congestionado y sudando—. ¡Su majestad nos dijo que destruyéramos las máquinas de guerra! ¡Nos ordenó que no nos resistiéramos a los wyverns!

—Ese es el gran canciller de Abraba. Solía castigar con azotes en público a cualquiera que dijera una palabra contra el rey —comentó Liyat, observándolo—. Si *hasta él* está culpando a Sigoso, debe de ser cierto.

Abraba era la Ciudad de la Templanza. No era de extrañar que se hubiera venido abajo, dado su carácter. Probablemente habrían querido evitar gastar demasiadas flechas. Pero algo más allá Melaugo oyó noticias esperanzadoras sobre Samana, la Ciudad del Valor, donde muchos guardias y soldados habían desafiado a su soberano, negándose a desmantelar la artillería, que estaban usando para combatir a los wyverns. Según parecía, su gran canciller se había unido a la rebelión.

Pero Samana no era más que un ejemplo aislado. Era una ciudad-fortaleza, el bastión del poder militar yscalino, donde se fabricaba la mayor parte de la artillería y de las armas de fuego del Oeste, pero Melaugo tenía pocas esperanzas de que ocurriera lo mismo en el resto de Yscalin. Aunque Yscalin tenía el mayor ejército del Oeste, potenciado por el rey Sigoso tras la repentina muerte de la reina Sahar, ninguno de sus soldados se había enfrentado nunca a los wyverns.

Durante la Caída de las Sombras, quien no se había ocultado había combatido. Por lo que Melaugo sabía, no había habido una rendición formal a los wyrms. Desde luego, la táctica de Sigoso era única, algo nunca visto.

Por fin llegaron al cruce entre el camino del Vino y el camino de la Sal, donde encontraron a gente agotada tirada por el suelo. No todo el mundo tenía caballos, y muchos iban cargados con paquetes o con niños. Melaugo miró atrás. Tenía la frente cubierta de sudor. A lo lejos, el cielo estaba oscuro por el humo.

—No podemos descansar demasiado —dijo Liyat, acercando a su fatigada yegua al río—. Deben de tener secuestrado al rey Sigoso. No puede haber otro motivo por el que nos haya impedido montar una defensa.

—Un buen rey animaría a su pueblo a que luchara para salvarse —respondió Melaugo, contrariada—. Yscalin tiene artillería y…

—No basta. La mitad de las máquinas de guerra se encuentran en estado de abandono —dijo Liyat—. Nadie ha querido gastar un céntimo en su mantenimiento. Generación tras generación, todos han pensado que no era cosa suya.

—¿Eso quién te lo ha dicho?

—Ya sabes que tengo amigos por todo Yscalin.

Melaugo volvió a mirar atrás por encima del hombro, tragando saliva y sintiendo el sabor metálico del miedo.

—Si todos los durmientes de este continente se han despertado, arrasarán con todo en cuestión de días.

—Y volverá la peste draconiana —añadió Liyat, volviendo a montar—. No tenemos otra opción que marcharnos. Se extenderá como el fuego.

—¿Qué hay de tu trabajo?

—Ya pensaré en eso más tarde. Harlowe me ofreció un puesto en el Rosa. Lo aceptaré.

—Un barco no es rival para un wyrm.

—Nuestros barcos no se parecen a nada a lo que se hayan enfrentado hasta ahora. Si Harlowe es capaz de mantener al Rosa libre de la peste, no habrá lugar más seguro.

—¿Y si ya se ha ido?

—No se irá sin ti, Estina. En todos estos años, ¿se ha rendido alguna vez?

Melaugo respiró hondo y no respondió. Liyat le echó una última e indescifrable mirada antes de orientar a su yegua hacia el camino de la Sal.

Melaugo

VALLE DE GRONEYSO
REINO DE YSCALIN
1003 E. C.

Liyat cabalgaba como una exhalación, con Melaugo tras ella, profundamente preocupada. Nunca había tenido demasiadas ocasiones para cabalgar, pero Liyat se pasaba la vida buscando reliquias por todo Yscalin, y estaba acostumbrada a la vida a caballo.

Se ocultaron todo lo que pudieron, cabalgando bajo los árboles y entre campos de trigo, avanzando sobre todo por la noche. Muy de vez en cuando aparecía un wyvern volando sobre sus cabezas, lo que las obligaba a abandonar el camino. Pero el sonido de sus alas les servía para detectar su llegada.

En un momento dado, Melaugo tomó la delantera. Conocía el camino a Oryzon mejor que la palma de su mano.

Al llegar al extremo oeste del valle de Groneyso pasaron junto a los restos del antiguo Santuario de la Rosa. Una santaria se movía por entre los escombros, con la túnica chamuscada y retorciéndose las manos, cubiertas de llagas. Si Oryzon se había visto sumida en ese mismo caos, era muy probable que Harlowe ya hubiera zarpado. En ese caso, tendrían que seguir a caballo hasta Nzene, lo que podría llevarles semanas o meses. Eso, si los wyverns no habían llegado ya al Sur. Tal como estaban las cosas, podían aparecer en cualquier lado.

Durante la Caída de las Sombras, lo único que buscaban era una violencia sin sentido. Y, aunque el rey se hubiera rendido, Melaugo no veía por qué ahora iba a ser diferente la situación.

Ya no faltaba mucho para el puerto de Oryzon, donde Melaugo había pasado su infancia y juventud, y la bandada de wyverns no estaba lejos. Habían oído cómo se lanzaban chillidos los unos a los otros para comunicarse. Melaugo se preguntó si los Caballeros Defensores habrían llegado a la costa antes que ellas, para anunciar su llegada, o si aquella gente aún no tenía ni idea de que el rey Sigoso se había rendido ante Innombrable, pero en cuanto se acercaron oyeron los gritos y el caos.

Cabalgaron hasta la calle Halassa y llegaron a la casa con la puerta amarilla, donde se alojaba Harlowe cuando estaba en la costa occidental. Melaugo llamó a la puerta con fuerza, pero no hubo respuesta.

—Se ha ido —dijo, casi riéndose—. El bastardo se ha ido. Justo cuando estaba a punto de aceptar su oferta…

—Aún podría estar en el puerto —dijo Liyat.

Espoleó a su yegua y Melaguo la siguió, llevando a su agitado palafrén más allá de las imponentes paredes de la Casa de Aduanas de Oryzon, hasta los muelles, donde se agolpaban miles de yscalinos.

La gente tomaba al asalto los pequeños barcos de pesca, muchos de los cuales se habían volcado, y abordaban cualquier barco que tuvieran a la vista, por cualquier medio posible. Algunas tripulaciones los ayudaban, mientras que otras usaban rifles y arpones para ahuyentarlos. Melaugo vio a una niña corriendo por las calles y se tensó, al verse reflejada en aquella criatura, indefensa y sola. La niña la miró fijamente. Sin embargo, antes de que pudieran reaccionar, quedó engullida por la multitud.

Agarrándose el ala de su nuevo sombrero, miró en dirección a los barcos, muchos de los cuales conocía perfectamente de vista. El Luna Roja, una carabela propiedad del interventor de Oryzon, ya estaba a cierta distancia del puerto. El interventor debía de haber sido uno de los primeros en recibir el aviso.

Del resto de las embarcaciones, la mayoría eran viejos buques mercantes. Las olas del mar de Halassa, de un color verdoso emborronado por el limo, golpeteaban contra el casco de los más cercanos. Melaugo vio a una mujer que estaba trepando por un cabo para subir a un velero méntico, hasta que la derribaron de un disparo. Otro cadáver flotaba allí cerca, rodeado de una mancha de sangre. Alguien empezó a rezar en voz alta.

—No podemos arriesgarnos a abordar uno de esos —le gritó Liyat, para hacerse oír entre tanto alboroto—. Estaríamos a merced de sus tripulaciones.

—¡Mejor eso que los wyverns!

—Yo preferiría a un wyvern antes que enfrentarme a ciertos marineros. Al menos sería rápido —dijo Liyat—. ¿Suylos nunca te habló de la gente que había pasado por la quilla? —Se giró, protegiéndose los ojos del sol—. Le dije a Harlowe que pensaba traerte a Ortégardes si rechazabas su oferta. Él sabe lo que se tarda en llegar.

Melaugo se quedó sin habla, y siguió sin encontrar respuesta mientras Liyat se la llevaba por todo el puerto, buscando un hueco entre la multitud. Conocía aquel puerto como las pecas de su cara, y no veía el Rosa Eterna por ningún sitio.

Harlowe se había ido. Por fin lo comprendía. Esperarla a ella habría supuesto la perdición para todo el barco.

—Estina. —Liyat la agarró del brazo, clavándole los dedos en la piel—. Ahí.

Señaló. Melaugo siguió la dirección de su dedo, frunciendo los párpados para protegerse del sol. A lo lejos, a unos cuatro kilómetros, se veía la silueta de un buque de guerra inys.

Un buque de aquel tamaño era difícil de pasar por alto. Y no eran muchos los que llegaban a las costas de Yscalin.

—Mierda —murmuró Melaugo—. ¿Estás segura de que ese es el Rosa?

Sin responder, Liyat se quitó su bandolera, luego se desabrochó el jubón y lo tiró a un lado. Melaugo se la quedó mirando.

—En condiciones normales no me importaría que te desnudaras —dijo—, pero ¿qué demonios estás haciendo ahora?

—Allá donde hay wyverns, llega la peste. Todas las crónicas coinciden en eso —le recordó Liyat—. No sé tú, pero yo preferiría morir ahogada que cociéndome por dentro.

Se agachó para quitarse las botas de montar. Sin mirar atrás, fue corriendo hasta el final del muelle, más allá de los bajíos y de la gente, y se lanzó al agua. Melaugo vaciló, entre impresionada y perpleja; luego soltó una maldición y se desnudó, quedándose en camisa y calzas.

Al llegar al final del muelle se detuvo, con el corazón desbocado. Liyat la esperaba en el agua.

—Liyat —gritó Melaugo—, quizá no sepa lo que es que te pasen por la quilla, pero sí sé que nado fatal. El Rosa está demasiado lejos. Estaremos muertas antes de que…

—No. Tengo una idea —dijo Liyat, agitando los pies para alejarse del muelle—. ¡Date prisa, antes de que nos alcancen los wyverns!

Melaugo soltó otro improperio y se lanzó tras ella.

Se hizo un silencio delicioso, luego sintió la sal en los ojos. Sus compañeros contrabandistas le habían enseñado a nadar, pero no había vuelto a hacerlo desde su marcha de Perunta, y unos pocos días de buena comida no habían bastado para recuperar las fuerzas. Para cuando alcanzó a Liyat, le dolían todas las articulaciones.

—Por la bragueta del Santo —exclamó, balbuciendo—. ¿De verdad Harlowe quiere convertirme en marinera?

—¡Tú nada, Estina!

Pasaron junto a los barcos mercantes y al viejo buque que se usaba como garito para el juego clandestino, en dirección al Rosa, aguas adentro. Melaugo se detuvo a escupir agua; los hombros le ardían pidiéndole que parara. El mar estaba tranquilo, pero solo intentar mantenerse a flote la estaba agotando.

—¡Estina! —dijo Liyat, que volvió atrás al ver que se paraba—. ¡Venga!

—Déjame —respondió Melaugo sin dejar de toser ni de escupir agua salada—. Liyat, por favor, vete sin mí. No puedo…

—Sí, sí que puedes —dijo ella, y le pasó un fuerte brazo por la cintura—. Agárrate a mí.

Melaugo se agarró a sus hombros. Cabeceaban en la superficie como un par de botellas, surcando el agua. Tras ellas, los gritos y el rojo de las llamas se extendían por Oryzon. Liyat, pegada a Melaugo, observaba el cielo.

—¿Qué es lo que esperas? —preguntó Melaugo, tiritando.

De pronto, como en respuesta a una llamada, el sol asomó por entre las nubes. Liyat levantó un brazo, y el pequeño espejo que tenía en la mano reflejó la luz. Lo movió adelante y atrás, haciéndolo brillar.

—Estás enviando señales. —Melaugo se rio con tal fuerza que le dio otra vez la tos—. ¡Estás enviando señales, Liyat!

—Puede que no funcione. Tenemos que seguir adelante —dijo Liyat, tirando de ella—. Nada conmigo, Estina.

Ahora no había elección. Gran parte del puerto estaba en llamas, los wyverns volaban en torno a los barcos, prendiéndoles fuego, desde las barcazas a los galeones más elegantes. Y ellas no eran las únicas que nadaban para salvar la vida.

El Reina Idreiga, un barco de guerra real, estaba atracado en el extremo norte del puerto. Mientras Melaugo nadaba hacia atrás, incapaz de apartar la vista de toda aquella destrucción, tres wyverns se lanzaron sobre él, y la pólvora de su interior se prendió fuego, haciendo estallar el barco con una fuerza que lanzó a los wyverns hacia atrás. Estina se sumergió en el agua antes de que pudiera llegarle la onda de calor. Cuando volvió a emerger, el Reina Idreiga no era más que una ruina en llamas, rodeada de cuerpos que flotaban entre las olas.

Liyat se acercó a su lado. Las dos siguieron adelante, nadando con todas sus fuerzas, aunque Melaugo ya estaba hundiéndose otra vez. Se apoyó en Liyat, que tuvo que dedicarse a mantenerla a flote al tiempo que nadaba.

El sol ya se estaba poniendo, y con él sus esperanzas de salvación. Liyat volvió a levantar el espejo en busca de los últimos rayos. Habían llegado demasiado lejos como para volver atrás. Cuando Melaugo empezó a hundirse, supo que estaba demasiado cansada como para patalear y subir a la superficie. Pero entonces Liyat soltó una risotada.

—¡Estina! —exclamó, jadeando—. ¡Mira!

Melaugo miró. Un bote de remos cabalgaba sobre las olas, acercándose.

Cuando llegó a su altura, una mujer hróthi con una cicatriz les tendió una mano. Liyat se agarró y la izaron al bote, empapada y sin aliento, y cayó entre una docena de personas. Se giró a por Melaugo. No conseguía agarrarla, y Melaugo pensó que se la tragaría el mar, pero de pronto estaban ambas sobre el bote, envueltas en mantas y con una cantimplora de algo caliente en la mano.

—¿Estina Melaugo? —dijo la mujer hróthi. Melaugo asintió—. Bien. ¡Volvemos al barco, venga!

—¿Qué hay de los otros? —preguntó Melaugo, casi sin voz—. Había gente en el agua, estaban nadando…

—No veo a nadie.

Melaugo se giró despacio y miró: tenía razón.

Varios remos palearon por entre las olas. Durante un buen rato, Melaugo no pudo hacer otra cosa que no fuera agarrar con fuerza a Liyat, que estaba tiritando. Sorprendida, observó que Liyat la agarraba con la misma fuerza, e incluso le rozó la sien con los labios, besándola. Melaugo se apoyó en ella y dejó que se le cerraran los ojos. Un hombre les dio a las dos unos gorros de punto para protegerse del aire fresco de la bahía, y se los puso sobre el cabello mojado.

Para cuando llegaron al Rosa Eterna ya estaba casi anocheciendo. El puerto estaba en llamas, aunque en el resto de la ciudad reinaba la oscuridad; solo ardía la vegetación. Los edificios construidos de acuerdo con la Ley de Protección no podían arder, pero eso no quería decir que sus habitantes estuvieran a salvo. Al menos, no durante mucho tiempo. Y lo único que se oía a lo lejos eran gritos.

El Rosa Eterna estaba fondeado en aguas profundas, donde el mar de Halassa estaba muy agitado. Habían reducido al mínimo la luz de sus faroles, de modo que no pudieran verlo desde la orilla. Melaugo subió a bordo, aún calada hasta los huesos, y Liyat, justo detrás. Harlowe esperaba en el puesto de mando, con su pipa en la mano.

—Estina —dijo.

—Harlowe —respondió ella, con la voz ronca.

—Veo que has aceptado mi oferta. Solo ha tenido que llegar el fin del mundo para que accedieras.

Melaugo soltó algo que muy generosamente podría describirse como una risa.

—Liyat. Me alegro de verte. —Harlowe la saludó con un gesto de la cabeza cuando la vio subir a cubierta—. Sabía que Sigoso era un hipócrita, pero esto no me lo esperaba. Imagino que querrás ir a Nzene, pero de momento…

—Sí, acepto la oferta, si aún está vigente —dijo Liyat—. Las dos nos uniremos a la tripulación.

—Estupendo. Me irá bien contar con tus conocimientos.

—Capitán —gritó alguien a sus espaldas.

Melaugo se giró. Un wyvern solitario volaba hacia ellos, apenas visible en la penumbra.

Harlowe se quedó mirando cómo se acercaba, impertérrito. Se les aproximaba a gran velocidad, impulsado por sus enormes alas. Al acercarse, el capitán señaló a uno de sus marineros.

—¿Harlowe? —dijo Melaugo, levantando la voz más de lo habitual—. Harlowe, espero que tengas pensado disparar a ese…

—Veo que ya empieza a gustarte el trabajo —respondió Harlowe, muy tranquilo. Ella le lanzó una mirada de rabia—. Preparado el cañón arponero. ¡Plume, disparad aprovechando el cabeceo, cuando se levante la proa!

—¡Disparad cuando se levante la proa! —repitió el contramaestre, con voz alta y clara.

Melaugo se abrazó al mástil del barco, mientras que Liyat se agarró a la borda. En el momento en que el mar de Halassa elevó la proa del Rosa Eterna, ambas sintieron que sus botas resbalaban sobre la cubierta; Melaugo se preguntó si así era como iban a morir, al igual que Sabran la Ambiciosa y el rey Bardholt, quemados vivos en un barco que se convirtió en su tumba. El wyvern ya estaba lo suficientemente cerca como para verle los ojos, las fauces, y Melaugo sintió que desconectaba del mundo. Los cañones resonaron, con un estruendo tal que le entrechocaron los dientes, y en ese momento salieron disparados los proyectiles y las balas encadenadas. Una de las cadenas se enredó en las patas del wyvern, mientras que una bola de cañón le golpeó en el pecho; uno de los arpones le pasó rozando.

El wyvern soltó un chillido y agitó las alas, retorciéndose. La caída del barco tras el paso de la ola fue tan dura que la mayoría de la tripulación cayó al suelo, y Melaugo con ellos, golpeándose el codo contra la cubierta. Se tragó el dolor y siguió contemplando al wyvern, sus cuernos y sus dientes. Debía de tener unos veinte metros de longitud, y una envergadura de al menos el doble.

Liyat tenía razón. Durante la Caída de las Sombras, a los wyverns, los barcos debían de parecerles juguetes. Pero ahora este se enfrentaba a un buque de guerra, con más de cincuenta cañones por banda.

—Fuego —volvió a rugir Plume, y los cañones soltaron otra andanada.

El wyvern escupió brasas, que cayeron sobre la cubierta, antes de virar y volverse hacia Oryzon.

—Sácanos de aquí —le ordenó Harlowe a su contramaestre—. Antes de que esa bestia regrese con sus amigos.

Sus marineros ya estaban extinguiendo las pequeñas llamas en cubierta. Melaugo contuvo la respiración y se puso en pie. Cuando Harlowe se giró hacia ella, cruzó los brazos con cierta dificultad, chorreando agua de mar.

—Escúchame —dijo—: me dirijo a Ascalon, para advertir a la reina Sabran de lo que le ha pasado a este lugar. Si llegamos a Perchling y sigues sin querer ser mi sobrecargo, te dejaré desembarcar y podrás irte al rincón del mundo que prefieras. Pero concédeme esta travesía para convencerte. ¿Tenemos un trato, Estina Melaugo?

Le tendió la mano, muy serio. Melaugo lanzó una mirada a Liyat, que asintió.

—Tú ganas —accedió Melaugo, y le estrechó la mano.

Avanzaron a buen ritmo, protegidos por la oscuridad de la noche. A pesar de su envergadura, el Rosa Eterna era veloz. La mayoría de la tripulación pasó la noche despierta, pero unos cuantos descansaron en hamacas, Liyat y Melaugo entre ellos. Aparentemente, Liyat pudo conciliar el sueño, pero Melaugo no, a pesar del agotamiento.

Por primera vez en su vida estaba fuera de Yscalin.

Antes de echarse, una artillera les había enseñado el barco a las dos, a la luz de un único farol. Les habían dado pan y estofado de buey, pero ninguna de ellas tenía estómago para comer.

Hacia la madrugada, Melaugo abandonó toda pretensión de dormir y se dirigió a la cubierta, con el cuerpo y el alma demasiado doloridos como para poder descansar. La mujer hróthi de la cicatriz, que se llamaba Bara, le dio una taza de hidromiel caliente. Melaugo decidió ignorar pensar en el evidente riesgo que suponía que tuvieran un fogón en un barco de madera. Aquello era una nimiedad, comparado con los wyverns. Cogió el hidromiel entre las manos y echó a caminar lentamente por la cubierta, observando el cabrestante de hierro, la jarcia y los cañones, entre ellos el de arpones que tanto había contribuido a salvarles la vida.

Nunca había pensado en la cantidad de gente que hacía falta para mantener en movimiento un buque de guerra. En la tripulación de Harlowe había cientos de marineros. Al menos una cuarta parte eran del norte, como Bara, una de los varios carpinteros presentes. Los hróthis tenían una larga tradición marinera. Por lo demás, parecía que había gente de todas partes, incluso del Este, cosa que a Melaugo le sorprendió. La mayoría de los habitantes de los Reinos de las Virtudes no habían visto a nadie del Este en su vida.

Harlowe quería que fuera la voz de toda la tripulación. Para ganarse su respeto, tendría que aprender enseguida, entre otras cosas, a mantener el equilibrio en cubierta. Parecía algo complejo, pero quizá fuera precisamente lo que necesitaba. Una distracción para evitar perder la cabeza.

El Rosa Eterna crujía al cabalgar sobre las olas, con las velas hinchadas por el viento. Sonaban como el golpeteo de un tambor. Sorprendentemente, a Melaugo aquel ruido le resultaba reconfortante. Lo mismo que el movimiento bajo sus pies. De no ser por lo dolorida que estaba, habría dormido muy bien en la hamaca.

En silencio, se dirigió a la borda de estribor. Llevaban horas navegando, y la destrucción de la costa occidental no parecía tener fin. Los wyverns habían arrasado casi todos los puertos.

Su respiración creaba nubes de vapor. Al poco rato echó de menos las mantas de la hamaca. Nunca había sentido tanto frío, ni siquiera en las noches más duras de Triyenas, pero no podía apartar la mirada de las llamas del litoral. Aquel fuego tenía una belleza atroz. Las estrellas brillaban en el cielo, desenfocándose cada vez que parpadeaba, relucientes y penetrantes, pese a la bruma rojiza que se elevaba desde la costa.

Liyat fue a su lado, envuelta en una pesada manta de lana.

—¿No podías dormir?

Melaugo negó con la cabeza.

—¿Tú sí?

—No muy bien —dijo ella, dando un sorbo a su propia taza—. Hace mucho tiempo los míos vivían más allá del gran desierto de sal. Un grupo de ellos siguió a Suttu la Soñadora, sabiendo que quizá nunca regresaran. A menudo me pregunto qué sentirían al mirar hacia atrás por última vez.

No solía abrirse a ella de aquel modo, así que Melaugo no tenía ninguna intención de interrumpirla.

—Supongo que mi tienda ya se habrá quemado. —Hizo una pausa—. Pero quizá sea mejor así.

—¿Y eso? —preguntó Melaugo—. Te encantaba la tienda.

Liyat miró hacia la costa en llamas.

—Hace unos años llegó a mis manos una antigua brújula. En algún momento, la aguja se había oxidado y se había quedado atascada —dijo—. Cuando me encontraste, yo era como esa brújula. Por fin me había establecido y tenía un lugar seguro, un hogar, en Perunta. Pero cuanto más tiempo te quedas inmóvil, más vas oxidándote, y por dentro te vuelves frágil. Y muy pronto el no moverte empieza a dolerte.

—Tú nunca dejaste de moverte. ¿Cuántas veces saliste de Perunta para ir en busca de alguna reliquia?

—Sí, pero Perunta siempre estaba ahí, esperando mi regreso. Mi trabajo podía ser peligroso, pero era lo que sabía hacer, y hasta los riesgos eran predecibles. Quizá fuera por eso por lo que tú me asustabas tanto. Porque tú eras diferente. Quería hacerte un hueco en mi vida, pero me debatía, porque eso me dolía.

Melaugo seguía escuchando.

—Para mí, el cambio es algo difícil. Paralizante. Me hace sentir vulnerable —dijo Liyat en voz baja—. Yo vivo siempre con miedo de tomar una decisión equivocada, porque he visto lo mal que se pueden poner las cosas.

—Y pensabas… que yo podría ser una decisión equivocada.

—Habría sentido lo mismo con cualquiera que me hubiera hecho sentir lo que sentía contigo. —Volvió a beber—. Pero ahora me han quitado de encima la responsabilidad de tener que elegir. Hoy todos hemos visto arrasadas nuestras vidas. Me han arrancado esa capa de óxido. Soy libre de emprender un camino diferente. De empezar de nuevo.

—¿Y qué hay de tu trabajo?

—Harlowe me ayudará a seguir con él, pero también me dará formación como cartógrafa. —Liyat la miró a los ojos—. Estina, si alguna vez te he hecho sentir un lastre, una presencia no deseada, te pido disculpas. No eres ninguna de esas dos cosas. Has traído a mi vida risas y alegría, algo que echaba de menos desde hacía mucho tiempo.

Melaugo se la quedó mirando con un nudo en la garganta.

—No puedo prometerte que me curaré. Quizá sufra una propensión natural a oxidarme —dijo Liyat—. Pero creo que la vida en el Rosa será diferente. Siempre de un sitio a otro, pero siempre en casa. Y, pase lo que pase a partir de ahora, quiero que lo afrontemos juntas. Creo que antes solo habría podido ofrecerte mi copa, para que la llenaras con tu vino, y habría sido una copa pequeña. Y ahora mira lo que tenemos. La profundidad de un océano.

Para demostrar lo que quería decir, lanzó su jarra por la borda. Melaugo se la quedó mirando y soltó una risa. Liyat sonrió con una sonrisa que Melaugo no le había visto antes.

—Pero quizá el océano sea demasiado grande —dijo—. Tal vez este barco baste para contener el vino de ambas, para que madure y se vuelva mejor con el paso de los años. —Miró a Melaugo a los ojos—. ¿No crees?

Antes de que Melaugo pudiera evitarlo, le surcó la mejilla una lágrima que sabía como el mar. Era la hija de un vinicultor, una granuja, una contrabandista, una exterminadora, y pese a todo Liyat estaba dispuesta a aceptarla.

—Sí —dijo—. Sería muy feliz oxidándome a tu lado, Liyat de Nzene.

Liyat la besó en los labios, tomándose su tiempo, y la envolvió con su manta. Una fortaleza que las protegía del viento. Y Estina Melaugo se dio cuenta de que nunca se había sentido tan segura, tan querida ni tan arraigada a nada en su vida, justo ahora que el mundo que había conocido se venía abajo.

Se quedaron así toda la noche, bajo las estrellas, contemplando cómo ardía Yscalin.

II

DESPUÉS

Aubrecht

Brygstad
Estado libre de Mentendon
1003 E. C.

El Estado libre de Mentendon cambiaba a menudo de imagen, pero siempre dominaba el gris, en cualquier estación del año. Un día era un manto de nubes; al siguiente, una capa de niebla, un velo de lluvia. Aun así, los días en los que sí brillaba el sol, Aubrecht sentía que no había mejor lugar que Brygstad en todo el Oeste. Su escritorio estaba frente a una ventana de arco desde la que podía ver toda la plaza Lievelyn, donde su pueblo disfrutaba de aquel día cálido. Comían cerezas y fresas, se refrescaban junto a la fuente de Ebanth y dejaban corretear a sus hijos sobre los adoquines.

Aubrecht deseó poder unirse a ellos, y no era la primera vez. Lo había hecho muchas veces, cuando no era más que un joven conde, a pesar de las reservas que tenían sus padres, pues podría resultar peligroso.

Pero entonces había llegado la Tragedia de Brygstad, que lo había cambiado todo. Y ahí estaba él, el futuro gran príncipe, al que siempre le recordaban que no debía abandonar el palacio. Y cuando leyó la carta, supo por qué.

> A Leovart Lievelyn, Príncipe Gris de Mentendon, deseándoos salud en vuestro octagésimo cumpleaños. Que vuestra vida no

acabe con una muerte entre plumas, pues tal cosa sería una desgracia que se recordaría durante generaciones.

El mensaje estaba escrito en hróthi llano, un dialecto que Aubrecht no había visto ni oído desde hacía muchos años, pero la caligrafía le resultaba familiar, al igual que el sello de cera con la imagen de la rueda del clan Vatten.

Aubrecht levantó la vista de la página y contempló su propio reflejo en el cristal de tono verdoso. No era de extrañar que su tío abuelo hiciera caso omiso a esas cartas.

Brygstad era un nombre hróthi. Había cierto debate sobre si debían cambiarlo por uno méntico —Thisunath, en recuerdo de la capital perdida, o Brudstath, más simple—, pero de momento se había quedado así, como había sido durante siglos. Un recordatorio constante de la ocupación hróthi.

Se giró a mirar a la gente de la plaza. Durante siglos, los ménticos habían sido forasteros en su propio país, gobernados y explotados por los hróthis. Ahora eran independientes de nuevo, pero el clan Vatten aún veía necesario enviar aquellas amenazas insulsas. Eso se acabaría con la llegada de la donmata de Yscalin a la familia.

Al pensar en Marosa relajó la tensión de la mandíbula. Al cabo de solo unas semanas estarían casándose en Ortégardes. Por fin sería su compañera, y él sería el suyo.

Se preguntó cómo reaccionaría cuando se diera cuenta de su situación.

Respiró hondo y recogió las cartas que debía revisar el gran príncipe. Dejó atrás la calma de su cámara privada y se preparó para verse con su tío abuelo.

La fiebre sudorosa había matado a más de la mitad de su familia. Desde la muerte de Edvart y Lesken —el soberano y su heredero—, se había decidido que Aubrecht, que tenía veintidós años, debía ser el siguiente en acceder al trono.

Sin embargo, entonces, Leovart los había convencido a todos de que tenía que ser él quien subiera al trono, pues era evidente que el pobre Aubrecht estaba incapacitado por el dolor. Sería una crueldad coronarlo a tan tierna edad. Mentendon no tenía por qué ser como las otras monarquías, insensibles con los más jóvenes. Los hróthis valoraban la edad y la sabiduría de sus líderes. ¿Por qué no debía hacer lo propio la casa de Lievelyn?

Y así es como Aubrecht había llegado a esa situación, una década más tarde, viendo a Leovart instalado en el trono, y al Consejo de Estado demasiado paralizado por la cortesía como para decir nada al respecto.

Encontró a Leovart medio dormido en la Biblioteca Real, donde debía de estar fingiendo que hacía algo útil. Sobre su cabeza, como supervisando la escena, había un cuadro de una soberana más digna. Kathel Lievelyn, primera gran princesa de Mentendon, que había dirigido el Alzamiento Méntico contra Hróth.

El retrato la mostraba con una melena de magníficos rizos pelirrojos. Según la leyenda, ese color de cabello había motivado la expulsión de sus ancestros del Norte, acusados de ser agentes de un dios del fuego llamado Mentun. Aubrecht sabía que en todo el Oeste lo llamaban el Príncipe Rojo, aparentemente para distinguirlo del Príncipe Gris, apodo que se evitaba que entrara en el interior del palacio con el mismo empeño que si fuera la peste. A Leovart no le gustaba que le recordaran su edad.

Como si los demás pudieran olvidarla. Aubrecht miró al anciano con pena, viéndolo dormido en su silla. El último montón de cartas que le habían traído reposaban apiladas en un estante a su espalda; estaba claro que aún no las había leído.

—Su alteza real —dijo Aubrecht, acercándose al escritorio—. Tío abuelo. Soy Aubrecht.

Leovart siguió roncando.

—Tío abuelo —gritó Aubrecht.

Leovart se despertó de golpe con un bufido.

—Buenos días.

—¡Por el Santo, chico! ¿Qué es lo que pasa?

—Skuldir Vatten ha vuelto a escribir.

—¿Qué es lo que quiere?

—Aunque con retraso, te manda sus buenos deseos para tu cumpleaños, pero también… saca el tema de la muerte. Deberíamos asegurarnos de que las defensas de la costa están…

—Bah, al infierno con Skuldir. La reina Sabran no tolerará más intromisiones de Hróth. —Leovart arrugó la nariz y miró a

Aubrecht—. Desde luego no entiendo por qué no te ofrecimos a ella, en lugar de entregarte a la donmata. He malgastado la opción del único familiar con el que podía estrechar lazos con Inys.

«Estabas demasiado ocupado haciéndole la corte a la reina Sabran tú mismo», pensó Aubrecht.

—Estoy muy contento de casarme con la donmata —dijo—. Y de que ya hayamos fijado la fecha.

—La culpa del retraso es de Sigoso el Frío. Debe de haber perdido la fe en el matrimonio después de lo que… —Leovart hizo una pausa para toser—. Después de lo que le hizo esa pérfida sureña. La verdad es que tiene suerte de que aceptemos a su hija. Nuestra futura princesa consorte. Y la quiere de vuelta en Yscalin al cabo de menos de un año.

—El rey Sigoso no es anciano, tío abuelo. Marosa podrá pasar muchos años en Mentendon antes de que llegue el momento de su coronación.

—No. —Leovart volvió a toser, esta vez con más fuerza—. No. La quiere de vuelta en Yscalin en cuanto tenga a su primer hijo.

Aubrecht estaba seguro de que eso no se lo había contado nadie.

—Ya veo —dijo, tras una breve pausa. Ya asimilaría la noticia más adelante—. ¿Cómo te encuentras tú, tío abuelo?

—Muy bien, gracias.

—¿Qué has estado haciendo hoy?

—Oh, las… cuentas. —Leovart se secó la boca—. Estoy muy ocupado, Aubrecht. Ven más tarde.

En otras circunstancias, Aubrecht habría podido quedarse, para presionarle hasta ponerlo histérico, pero ya hacía tiempo que sabía que Leovart sería capaz de fingir una jaqueca, o cualquier otra dolencia, para evitar hablar de Hróth. Para cuando llegó a la puerta, Leovart se había vuelto a dormir.

A pesar de todo, Aubrecht aún lo quería. Los Lievelyn tenían que mantenerse unidos, en las duras y en las maduras. Había demasiados lobos merodeando como para que los cisnes se pelearan entre sí. Regresó a su estudio, se frotó las sienes y cogió la siguiente carta.

En su momento, Leovart había puesto sobre la mesa el tema de la sucesión. Aubrecht acababa de quedarse huérfano, al cargo de sus tres hermanas menores, entre ellas Betriese, que había sobrevivido a la fiebre sudorosa y se encontraba muy debilitada. También había recibido formación religiosa, a pesar de vivir en la corte. Su tío había querido que fuera gran santario de Mentendon, para mejorar la posición de los ménticos frente a los Berethnet.

En ese momento, asolado por el dolor, pero sin conocimiento alguno de política, Aubrecht no habría sido capaz de gobernar un país. Pero, ahora que *sí estaba* preparado, Leovart parecía decidido a morir en el trono, convirtiéndose en el viento que impedía el avance del navío del progreso.

—¿Aubrecht?

De pronto sentía cierta simpatía por Leovart, aunque nunca hiciera nada. Levantó la vista y vio a sus hermanas gemelas en el umbral.

—Quizá podríamos hablar más tarde —dijo, pero ellas ya habían entrado—. Hoy tengo mucho que hacer.

—Hablas como el tío abuelo —respondió Betriese, mirando por encima de su hombro—. ¿Qué es lo que haces?

—Estoy atendiendo las necesidades de Mentendon.

—Deja de fingir que escribes cartas cada vez que nos ves. —Bedona levantó una hoja y ojeó la abigarrada caligrafía de su hermano—. Esto es un aburrimiento. ¡Por el buen Santo! ¿De qué habla todo esto, Brecht? ¿De alcantarillas?

Las dos iban vestidas al estilo inys, como muchas de las cortesanas más jóvenes. En aquella época del año se llevaba el color albaricoque y el verde hoja, acompañado de joyas de oro rosa, que se daba de tortas con su cabello escarlata, pero Aubrecht sabía muy bien que no debía hacer comentarios.

—Hasta las cartas aburridas merecen respuesta. Especialmente las que hablan de alcantarillas —dijo, resignado—, a menos que queráis que Brygstad quede cubierto de tierras negras.

Deslizó la carta de los Vatten bajo las otras.

—Aun así, estoy a vuestra disposición. ¿En qué puedo ayudaros esta mañana, Bedona?

—Querríamos escribirle a la donmata Marosa —respondió Betriese con su delicada voz—. ¿Habla méntico?

—Lo está aprendiendo. —Aubrecht le tocó la mejilla, tan

rosada, haciéndole sonreír—. Estoy seguro de que agradecerá una carta en méntico, Bette. Cuando la acabes dámela, y yo la enviaré.

—Así al menos tendremos algo que hacer —comentó Bedona.

—Agradeced esa holganza. Ermuna tendrá una agenda llenísima cuando se convierta en mi heredera al trono.

—¿Mientras nosotras nos paseamos por ahí, engalanadas, hasta que nos cases con alguien?

—Bedona, ya te lo he dicho. Mientras yo esté en el trono, te casarás con quien tú quieras.

—Ah, bueno —respondió ella, apoyándose en la esquina del escritorio—. El mozo de caballerizas siempre me ha parecido muy atractivo.

—Siempre dentro de lo razonable —precisó Aubrecht, fingiendo una mirada severa—. Ahora marchaos, las dos, por favor. Estoy trabajando.

—Deja ya de trabajar y empieza a prepararte para tu boda.

—Estoy de acuerdo —convino Betriese, que se sentó en el brazo de la butaca de su hermano y le rodeó los hombros con los brazos—. La donmata no te ha visto desde hace años, Brecht. Tendrás que trabajar durísimo para impresionarla.

—Qué pesada eres —señaló Bedona.

—Bedona… —Aubrecht no pudo evitar sonreír otra vez—. Estás avergonzando al caballero de la Cortesía.

—Dejad a Aubrecht en paz —dijo otra voz—. Bedona, tu maestro de baile te está buscando.

—Oh, que se vaya a paseo el maestro de baile —respondió Bedona, con un suspiro—. ¡Por el amor de Halgalant! ¿Por qué necesito saber bailar?

—Para salvarte de la holgazanería —replicó Ermuna, muy seca—. Ve antes de que llame a tu tutora de buenos modales y te venga a buscar ella.

Con una sincronía perfecta, las gemelas se situaron una a cada lado de Aubrecht y le plantaron sendos besos en las mejillas. Él las abrazó. Su madre había muerto al traerlas al mundo, y él no podría vivir sin ellas. Se fueron de la sala, cogidas del brazo, susurrando en el idioma que habían inventado cuando eran niñas.

—Gracias —le dijo Aubrecht a Ermuna.

Su hermana mayor asintió. A diferencia de las gemelas, Ermuna iba vestida como era costumbre en la corte méntica, en tonos ébano y marfil, con una pechera bordada que hacía que destacara aún más el rojo de su larga melena rizada. Se parecía tanto a Kathel Lievelyn que podrían haberla tomado por su reencarnación.

—Pero Bette tiene razón. Deberías escribir a la donmata.

—¿Cómo sabes que no lo he hecho?

—Porque he visto la cantidad de cartas que tienes aún por responder. —Echó un vistazo al montón—. ¿Te escribe a menudo?

—Cada pocas semanas. —Aubrecht se puso en pie—. Leovart afirma que Sigoso la quiere de vuelta en Yscalin en cuanto tenga su primer hijo.

—Eso no ocurrirá.

—Habíamos acordado que nuestro primer heredero sería para Yscalin.

—Sí, y el segundo para Mentendon. Los necesitamos a ambos antes de que la donmata se marche.

—También podría ser que no concibiéramos ninguno.

—Siempre tan pesimista. —Ermuna le escrutó el rostro—. ¿Qué otra cosa te preocupa, Brecht?

Albrecht le pasó la carta de Skuldir Vatten; su hermana la abrió y la leyó, pasando la mirada por el papel a toda prisa.

—Están mostrando músculo. Deja que se agoten, como los niños cuando tienen una pataleta.

—Ha pasado más de un siglo desde el Alzamiento Méntico. ¿Es que no se van a cansar nunca?

—Para los hróthis, un siglo no es tanto. Son orgullosos. Pero el rey Raunus es un hombre virtuoso. Él y la reina Sabran mantendrán a los Vatten a raya. —Dejó la carta—. Sin Mentendon, no son la gran potencia que eran, ni siquiera en el mar.

—Eso nos convierte en una tentación aún mayor. Mentendon es más rico bajo su dominio.

—Durante las últimas décadas de gobierno hróthi hubo muchos matrimonios mixtos. Hoy la mitad de nuestra nobleza tiene sangre Vatten —le recordó—. Aún hay voluntad de paz. A menos que no tengan otra opción, no atacarán a los suyos.

—Pero en *nuestra* familia no hay sangre Vatten. El tío abuelo se ha negado siempre.

—Como con todo. —Ermuna se giró hacia él—. Si quieres quedarte tranquilo, cuando subas al trono, deberías ligarte a uno de sus rivales. Del clan Ókyrr, quizá. A Clothild, eso le gustaría.

Aubrecht se la quedó mirando.

—¿Tú estarías dispuesta, Erma?

—Si es lo mejor para Mentendon. Cuando seas gran príncipe, yo seré archiduquesa de Ostendeur —señaló Ermuna—. Un buen título, muy tentador para uno de esos caciques.

Como siempre, su expresión era indescifrable. A Aubrecht siempre le había parecido que no le seducía demasiado la idea del matrimonio, pero su hermana mayor, su mejor amiga, seguía siendo un misterio para él.

—¿Eso no sería una provocación para los Vatten?

—Un lobo sin dientes ni garras deja de ser una amenaza, aunque lo provoques.

Su hermana, siempre tan digna, mostrando ese porte y ese orgullo de la realeza. Ella debería haber sido la primogénita.

—Podemos hablar de esto en otra ocasión —dijo Aubrecht—. El tío abuelo ya ha tardado bastante en acordar mi matrimonio con Marosa. Para negociar un matrimonio con los hróthis necesitaría aún más negociación.

—Su reinado ya ha llegado al ocaso. Podría abdicar con dignidad y convertirse en tu asesor.

—Teme convertirse en alguien irrelevante. Puede que tú y yo sintamos lo mismo cuando lleguemos a su edad.

—Yo no pondría mis intereses por delante de los de Mentendon.

Aubrecht la creía.

—Tengo una pregunta más agradable para ti —dijo Ermuna—. La tía Liuthe me ha pedido que le ayude a supervisar los preparativos. Lo tenemos todo controlado, pero me preguntaba si sabrías qué tipo de joyas suele lucir la donmata, y qué flores prefiere.

—Suele llevar ámbar o sardo, que hacen juego con sus ojos. Y las flores que más le gustan son la lavanda, la flor del pero y la rosa.

—Me aseguraré de que las ciudades se engalanan con esas flores.

—Gracias. —Aubrecht suspiró—. Espero que todo esto no cueste demasiado.

—Aubrecht, hablas como si aún fuéramos un reino de pobres. He comprobado las cuentas. El comercio con Seiiki sigue creciendo. Vale la pena gastar un poco para presentarte al pueblo y mostrar al público nuestra alianza con Yscalin. Una nueva demostración de fuerza para que los Vatten la vean.

—Muy bien. —Aubrecht sonrió—. Siempre has sido una digna hija de tu madre, en lo relativo a la economía.

—Lo sé.

Ambos se quedaron mirando el retrato de boda de sus padres. Paltar Lievelyn, antiguo archiduque de Ostendeur, y su compañera, Fralet Dabanon utt Brudstath, de la dinastía Dabanon, una conocida familia de banqueros. Una pareja nacida del amor entre dos ménticos, afianzada a pesar de la imperiosa necesidad que tenía el país de establecer alianzas internacionales.

—Que el Santo los tenga en la gloria de Halgalant —dijo Aubrecht, haciendo la señal de la espada—. Ojalá hubieran podido conocer a Marosa.

—Haremos que se sienta bienvenida y segura, tal como habrían hecho ellos —respondió Ermuna—. Te lo prometo.

—Gracias, Erma. —La besó en la frente—. ¿Qué haría yo sin ti?

—Te olvidarías de que eres un príncipe.

Lo dejó con sus pensamientos. Él hizo una bola con la carta de Skuldir Vatten y la tiró al fuego.

El palacio de Brygstad se había tardado en construir cuarenta años. Era un imponente edificio de mármol méntico, y había sido un remanso de paz para la casa de Lievelyn, excepto en el periodo en que la fiebre sudorosa se había colado por las rendijas. Ahora había piletas en los pasillos para lavarse las manos, y en los patios y jardines abundaban las hierbas medicinales, como la melisa y la lavanda.

En sus aposentos del Pabellón Norte, Aubrecht se bañó y se puso un camisón de seda. El clima era templado, así que su camarlengo real había abierto las ventanas y le había enfriado el vino.

Al cabo de unas semanas, ese dormitorio no sería solo suyo. Marosa tendría sus propios aposentos, pero pasarían muchas noches juntos. Sacó su retrato en miniatura y se lo quedó mirando, y la sonrisa le volvió al rostro.

Siempre había pensado que la leyenda de los ojos de Oderica debía de ser mentira. La historia de una prisionera agonizante, recluida en la montaña durante nueve años. El dios Fruma le había iluminado los ojos, permitiéndole ver en la oscuridad, y le había enseñado a detectar el hierro por el olor, para derrotar a los invasores gulthaganianos. Un origen pagano para una dinastía fiel al Santo, una idea que habían intentado maquillar una y otra vez a lo largo de los años.

Los pintores de la corte mostraban a todos los Vetalda con esos extraños ojos, como oro o bronce. Pero cuando él vio los de Marosa, lo dejaron sin respiración. No le habría costado creer que fuera la dominadora de una forja divina.

Aún no era gran príncipe de Mentendon, pero ser el compañero de la donmata de Yscalin, la gran potencia militar del Oeste, sería de por sí una tarea formidable. Juntos creaban una unión poco convencional, pero de gran fuerza en lo político. Mentendon tenía el monopolio del comercio con el Este, mientras que la casa de Vetalda era rica y de larga tradición, con el mayor ejército de todos los Reinos de las Virtudes. Marosa, además, era sobrina del rey Jantar del Ersyr, un vínculo que Aubrecht pensaba potenciar.

No podían poner las diferencias religiosas por delante del progreso. La historia de Mentendon lo demostraba. Igual que el floreciente comercio con Seiiki, que había salvado a los ménticos de la ruina. Aubrecht esperaba que Marosa acogiera de buen grado la tolerancia méntica para con los heréticos y los librepensadores.

La amistad que había florecido entre ellos era delicada y preciosa como un capullo de rosa. Y pretendía regarla con mimo, dejarla florecer con el tiempo y cariño. Sin embargo, en cuanto se casaran, la corte estaría a la espera. Lo ideal sería que tuvieran dos hijos, por lo menos.

Era algo habitual entre los monarcas de su posición. Aubrecht lo sabía, pero la perspectiva le ponía nervioso. Marosa había estado muy vigilada en Cárscaro, y ahora volvería a estarlo.

Entonces lo vio, con tanta claridad que podía olerlo, oírlo. Su adorada madre, sus sábanas empapadas en sangre, su cobrizo cabello oscurecido por el sudor. Un par de bebés en cunitas a su lado. Los médicos habían intentado detener la hemorragia, pero no lo habían conseguido.

«Cuida de tus hermanas, Aubrecht».

Y luego, ocho años más tarde, la fiebre sudorosa. El olor a vinagre y a romero por todas partes, a medida que morían cada vez más familiares. Aquel sabor agrio en la boca al recordar un funeral tras otro. Liuthe aullando de dolor, un sonido que debería estar vedado al ser humano. El miedo a que todo aquello lo hubieran tramado los Vatten.

Betriese enferma en su cama, pálida como la muerte.

Aubrecht intentó permanecer en el presente, pero los recuerdos se iban abriendo paso en su memoria. La imagen de su pequeño rostro, empapado en sudor, el sonido de su respiración irregular. Había entrado en su dormitorio, haciendo caso omiso a los gritos desesperados de los médicos, y se había pasado oras rezando a su lado, rogándole que abriera los ojos, sabiendo que sería el próximo en caer enfermo.

«Por favor, Santo mío, ella no, Bette no. Mamá me pidió que la cuidara. Te daré lo que quieras».

Y ahora Marosa se iba a unir a su familia. Una familia acechada por el dolor. ¿Y si fuera ella la que decidía llevarse el Santo a cambio de Betriese?

¿Y si Marosa moría como su madre, en el parto, y la culpa era suya?

Aubrecht se llevó los dedos a la frente y apretó en el punto donde empezaba a dolerle. A veces, sus pensamientos se volvían tan intensos que le dolían físicamente. Solo Liuthe estaba al corriente de aquel dolor que sentía, de aquel miedo incontrolable a la pérdida. En parte habría deseado no querer tan intensamente, para que sus locas figuraciones no lo dominaran tan intensamente, pero se conocía demasiado bien como para pensar que aquello pudiera cambiar.

Se impuso calma y empezó a contar sus respiraciones, intentando frenar sus desvaríos. Muchas mujeres daban a luz varias veces y sobrevivían. Marosa aún era joven. Pero saber que sufriría, que incluso podía perder la vida, bastaba para prolongar esa lucha suya con el pasado.

Igual que se había mantenido al lado de Betriese, estaría al lado de Marosa. Rezaría hasta quedarse sin voz. Mandaría que trajeran a las mejores comadronas, aunque tuvieran que ir a buscarlas más allá de las fronteras del reino. Haría lo que fuera para mantenerla con vida, aunque perdieran a su hijo, aunque tuvieran que volver a intentarlo.

Mientras él estuviera ahí, no perdería a ningún otro ser querido antes de tiempo.

Aubrecht

Brygstad
Estado libre de Mentendon
1003 E. C.

Aubrecht.

Se despertó de golpe, con la miniatura aún entre los dedos. Cuando despegó los párpados, vio a Ermuna con una vela en la mano, el cabello recogido en la elaborada trenza que se hacía para dormir.

—La tía Liuthe nos ha mandado llamar —dijo en voz baja—. Debes venir.

Aubrecht se puso en pie sin rechistar. Su camarero lo ayudó a ponerse la bata.

En caso de crisis, cualquiera que fuera la hora, los Lievelyn se reunían primero en familia, antes de convocar el Consejo de Estado. Si Liuthe los había despertado en plena noche, debía de ser algo urgente.

Liuthe Dabanon utt Brudstath, princesa viuda de Mentendon, los recibió en la Cámara del Cisne. Al verla, Aubrecht pensó que nunca había visto a su tía tan frágil. Aunque era mucho más joven que Leovart, la fiebre sudorosa había estado a punto de matarla cuando tenía poco más de cuarenta años; la había dejado flaca y demacrada.

—Tía —dijo Ermuna, que le dio un beso en la pálida mejilla—, ¿dónde está el tío abuelo?

—Otra fiebre intermitente. Su médico le está atendiendo —dijo Liuthe—. No me atrevo a darle esta noticia.

Aubrecht se unió a las dos personas ya sentadas a la mesa. Clothild era su prima cuarta, mientras que Gaspart era su primo tercero. Escogió la silla junto a Clothild, que llevaba la rubia melena recogida casi por completo en un tocado gable, inconfundible accesorio méntico. Era la única persona de la sala que no era pelirroja.

—Brecht. He oído que por fin te vas a casar, el otoño próximo —dijo Gaspart, frotándose los enrojecidos ojos—. No deberían haberte despertado, por el amor del Santo. Muy pronto serás padre y seguro que dormirás menos.

Aubrecht hizo una mueca.

—¿Henselt sigue igual de inquieto?

—No acepta bien a la nodriza.

—Piensa en las pobres almas que no tienen nodrizas a las que recurrir —dijo Clothild, casi sin pensar—. Tú lo tienes fácil, querido primo.

Gaspart respondió con un gruñido y echó mano del vino.

—Son estupendas noticias, Aubrecht —añadió Clothild—. ¿Cuándo llegará la donmata?

—Hacia finales de verano, espero —dijo Aubrecht, sonriendo—. Creo que te encantará, Clothild.

—No tengo dudas, si a ti te gusta. Todos estamos deseando conocerla.

—Yo la conocí en Ascalon —le recordó Gaspart—. Fue la primera y última vez que la han visto en público, por lo que recuerdo. ¿Crees que estará a la altura de tus grandes proyectos, Aubrecht?

—Por supuesto —respondió él—. Es una princesa.

—Una princesa encerrada en una torre.

Aubrecht casi ni oyó el comentario, demasiado ocupado observando a su tía. Liuthe solía estar de buen humor, a pesar de lo dura que había sido su vida, pero esa noche su rostro mostraba la misma alegría que una calavera.

A las gemelas se las consideraba demasiado jóvenes para estas reuniones familiares —se les permitiría participar cuando cumplieran los veinte años—, así que la última en llegar fue Aleidine

Teldan utt Kantmarkt, duquesa viuda de Zeedeur. A pesar de lo intempestivo del horario, iba tan perfectamente vestida como siempre.

—Liuthe —dijo—, mañana pensaba volver a Zeedeur. ¿Es necesario que esté presente?

—Te lo agradecería, Ally.

Aleidine se sentó junto a Aubrecht, que la saludó inclinando la cabeza. Aunque Aleidine no era una Lievelyn, su difunta tía se había casado con el abuelo de Aubrecht, y era una persona muy sagaz que daba buenos consejos. Le había abierto las puertas de su casa en Zeedeur muchas veces.

—¿Cómo estás, Aubrecht? —le preguntó—. ¿Cómo está la donmata?

Aubrecht sonrió, divertido.

—¿Es que ya lo sabe todo el mundo?

—Su alteza real nos lo comunicó ayer —dijo Aleidine, esbozando una sonrisa—. Disfruté mucho del encuentro con su esplendor en Ascalon. Una esposa idónea para nuestro brillante príncipe.

Liuthe ocupó por fin su sitio en el extremo de la mesa, apoyándose en su bastón. Todos se la quedaron mirando, intrigados.

—Traigo noticias extrañas e inquietantes —dijo—. No sé muy bien cómo comunicároslas.

—Esta familia está acostumbrada a los sinsabores —respondió Gaspart, muy serio—. Cuéntanoslo, Liuthe.

—Yscalin ha declarado su lealtad al Innombrable.

La mesa se quedó en silencio. Aquello les sonó igual a que si les hubiera dicho que Yscalin había declarado su lealtad a las tartas de manzana.

—El Innombrable —repitió Ermuna—. Tía, ¿qué quieres decir?

—Ha llegado una carta de Cárscaro informándonos de que Yscalin ha roto con la Cadena de la Virtud. El Santo ya no es reconocido en su territorio —añadió Liuthe—. Declararán la guerra a sus seguidores; si no hacemos pública nuestra sumisión a los wyrms, seremos los próximos en caer.

Aubrecht se quedó sin palabras.

—Es... Tengo la sensación de que estoy soñando —dijo Aleidine, soltando una risa nerviosa.

Clothild tenía el ceño fruncido, con dos líneas paralelas entre las cejas, señal de que estaba concentrada en sus pensamientos.

—¿Estás segura de esto, Liuthe?

—No os habría llamado de no ser así.

Gaspart soltó una risotada.

—¿Es que Sigoso se ha vuelto loco, o es que estaba borracho?

—¿Llegó por paloma? —preguntó Aubrecht—. ¿O vino un jinete?

Lo único que podía hacer era fingir que aquello era real, aunque su mente se rebelaba contra la mera idea de que lo fuera.

—Llegó por paloma, como es habitual —dijo Liuthe—. En cuanto a tu pregunta, Gaspart, sé que al rey Sigoso no le gusta beber ni vino ni cerveza. Las probabilidades de encontrar a un hombre más abstemio que él son nulas.

—También lo eran de que declarara su lealtad al Innombrable, por lo que parece. Y fíjate. —Gaspart echó mano a su copa—. Bueno, tampoco sería el primer monarca que pierde el juicio.

—Podría ser una falsificación —sugirió Clothild, buscando explicaciones razonables—. Una broma de mal gusto.

Aubrecht frunció el ceño.

—¿Qué imbécil arriesgaría el gaznate por una broma así?

—Un bufón muy comprometido con su trabajo —señaló Gaspart—. Ahora en serio, ¿es que hay un bufón en la corte de Cárscaro?

—La carta es del rey Sigoso. Reconozco su sello y su caligrafía —respondió Liuthe, convencida—. A menos que le hayan robado o falsificado el sello, algo que no me puedo imaginar, estas son palabras suyas.

Aubrecht imaginó su compostura como un corcel nervioso, al que habría que aplicar mano firme, pero de pronto sintió que un frío intenso le invadía el cuerpo.

—Tía —dijo Ermuna—, tengo una idea que no me gusta nada. —Miró a los presentes—. ¿Y si se ha despertado una sombra del Oeste en Cárscaro?

Se hizo un breve silencio, durante el cual Liuthe frunció el ceño.

—La Ciudad Alta se encuentra en la base del monte Fruma —prosiguió Ermuna, viendo que todos la miraban—. Si fuerais un wyrm tan grande como decían que eran, ¿no escogeríais una montaña como escondite para el letargo?

—Los alquimistas de Svartal han detectado un número creciente de temblores en las Escarpadas —añadió Aubrecht, pensando en las cartas que había recibido—. Y no es solo eso, sino que... los durmientes draconianos de Edin llevan años moviéndose. No es algo de lo que hable todo el mundo, pero varios altos funcionarios han informado al tío abuelo. Lo achacan a la gente que puede haber incordiado a esas bestias por accidente, pero ahora me da que pensar.

Clothild frunció los párpados.

—¿Y por qué no lo dijiste, primo?

—No quería asustar a nadie.

—Aubrecht, *todos* tenemos que saberlo *todo*. En eso radica la fuerza de la casa de Lievelyn.

—Podría ser el propio Fýredel —dijo Aleidine—. Si él se hubiera despertado, habría activado a todos los demás.

—Orsul y Valeysa tenían sus propios wyverns —señaló Ermuna—. Podría ser cualquiera de los tres.

Aubrecht se giró para mirar a su hermana, que tenía la mandíbula tensa. Ermuna había estudiado la Caída de las Sombras desde que eran niños, intentando comprender la causa de la devastación. Pero había sido en vano.

—Mentendon está preparada. Edvart se aseguró de ello —dijo Liuthe—. Fýredel no se esperará que tengamos rifles y máquinas de guerra, ni barcos con cañones y ametralladoras, ni ninguna otra de las defensas que hemos ido inventando desde la Caída de las Sombras. Mentendon tiene incluso la suerte de contar con balistas, gracias a Seiiki. El wyrm piensa que vamos a ser presas fáciles, pero esta vez estamos listos para devolver el golpe.

—¿Y el tío abuelo está listo para dirigirnos? —preguntó Aubrecht al resto—. ¿Es él nuestra Glorian la Intrépida?

El silencio que se hizo fue ensordecedor.

—Bueno —dijo Gaspar, tras aclararse la voz—, ¿creéis que la pólvora funcionará con los wyrms?

—Desde luego con los durmientes lo hace —respondió Clothild—. Madre la ha usado para eliminarlos de sus terrenos. La fuerza de la explosión los hiere o los destruye.

—Los durmientes son en parte animales —le recordó Aubrecht—. Los wyverns y los wyrms son… puro fuego, pura esencia del monte Pavor.

—Yo creo que funcionará igual. Durante la Caída de las Sombras acabaron con dos sombras del Oeste.

—Mientras pensamos en cómo vamos a matar a los wyrms, debemos declarar la guerra a Yscalin —dijo Ermuna—. Que los Vetalda hubieran renunciado al Santo sería una cosa, pero que hayan declarado su lealtad al Innombrable…

—Ermuna —replicó Aubrecht, negando con la cabeza—. No pensarás que los yscalinos han hecho esto por voluntad propia.

—Estoy de acuerdo con Erma —dijo Gaspart, mesándose la barba—. ¿Cómo van a obligar a nadie a escribir una carta, en esa monstruosidad de torre?

—La embajadora yscalina viene de camino —dijo Liuthe—. Esperemos que ella nos lo pueda explicar.

Aubrecht había tardado semanas en llegar a Cárscaro. La ciudad gozaba de una posición inmejorable para la defensa, pero le había sorprendido ver lo apartada que estaba de todo, y que su rey fuera un hombre tan frío y serio. Aunque se mostró correcto en todas sus reuniones, no había duda de que estaba convencido de que Yscalin era muy superior a Mentendon.

El rey Sigoso controlaba a Marosa en todo momento. Con solo verlo, ella se agitaba, aunque intentara esconderlo. Y ahora se había entregado a la locura o directamente al mal. Aubrecht tenía la sensación de que un hombre como él —recto y controlador— nunca permitiría que la corte se descontrolara tanto como para que alguien pudiera falsificar una carta y ponerle su sello.

Sin embargo, era imposible que la familia Vetalda, la más leal y comprometida con la casa de Berethnet, hubiera renunciado al Santo. Durante la Caída de las Sombras habían luchado hasta el final.

—La embajadora de Yscalin —anunció el gran chambelán, y las puertas se abrieron de par en par para dar paso a lady Sennera Yelarigas.

Era una mujer elegante, de poco más de cincuenta años; lucía un vestido acampanado a la altura de las caderas, a la moda de Yscalin.

Era la esposa de Gastaldo Yelarigas, el secretario de Estado y fiel servidor del rey Sigoso. Si había alguien en Mentendon que pudiera arrojar luz sobre la situación, era ella, sin duda.

—Su excelencia —dijo Liuthe—. Supongo que habéis sido informada sobre la carta.

—Sí, pero no voy a decir que lo entienda —respondió lady Sennera en méntico—. Mi compañero conoce al rey mejor que nadie. Su majestad es el soberano más pío y valeroso de los reinos de las Virtudes, quizá superado únicamente por la reina Sabran. Debe de haber sido víctima de un secuestro.

Aubrecht alzó las cejas y miró a Liuthe, que se limitó a sonreír levemente ante el insulto velado a Mentendon. Cuando Liuthe se enteró de que Aubrecht iba a casarse con una yscalina, le aconsejó que se tragara el orgullo lo antes posible. Marosa tendría el suficiente para los dos.

Pero en eso su tía se había equivocado.

—¿Y quién podría haberlo secuestrado, excelencia? —le preguntó Gaspart a la embajadora?—. ¿Un falsificador o un desquiciado?

—En todos los reinos hay herejes y gente malvada, lord Gaspart. Quizá fuera uno de vuestros socios comerciales del Este —replicó lady Sennera con cierto desdén—. ¿Vive algún seiikinés en Mentendon?

Aquella idea era tan absurda y obtusa que Aubrecht tuvo que hacer un esfuerzo para no reprenderla.

—Los seiikineses tienen prohibido abandonar su isla, igual que nosotros tenemos prohibido el acceso —respondió Clothild sin alterarse—. En cualquier caso, estoy segura de que no tienen ningún interés en ese tipo de argucias, tampoco en importunar a vuestro rey.

—Entonces quizá tengan algo que ver en esto vuestros amigos los hróthis, lady Clothild.

—Sabéis perfectamente que la alianza entre los hróthis e Yscalin ha sido siempre muy estrecha. Quizá incluso demasiado estrecha.

Aubrecht tuvo que contener una sonrisa. De vez en cuando veía en Clothild un resplandor inesperado del hielo norteño.

—Ya basta. Esta polémica no le hace bien a nadie —dijo Liuthe—. Lady Sennera, entiendo que debéis estar tremendamente confusa y afectada, pero no permitiré insultos a mi familia, ni a ninguno de nuestros socios comerciales, en mi propia corte. Haced el favor de sentaros de modo que podamos hablar de esto.

En el mismo momento en que hablaba Liuthe, Aleidine cogió aire con fuerza. Aubrecht frunció el ceño.

—Ally. —Liuthe frunció los párpados—. ¿Qué pasa?

—Perdóname, Liuthe. Es que se me ha ocurrido algo —respondió Aleidine. Lady Sennera tomó asiento a su lado y se hizo un silencio glacial—. ¿Alguien más ha leído *Una flor en un mundo cubierto de cenizas*, de lady Nikeya?

Gaspart alzó una de sus pobladas cejas.

—¿La primera señora de la guerra de Seiiki?

—Exacto.

—¿Escribió un libro?

—Y muy bueno —confirmó Aubrecht—. Yo no sé mucho seiikinés, pero leí la traducción de Erbevez.

—Yo leí el original —dijo Ermuna. Lady Sennera parecía estar a punto de estallar—. ¿Por qué lo preguntas, Aleidine?

—*Una flor en un mundo cubierto de cenizas* es un relato sobre la Gran Desolación, que es como llaman a la Caída de las Sombras en el Este —dijo Aleidine—. Hacia el final, la primera señora de la guerra describe la derrota de su padre, lord Kuposa. Ella estaba convencida de que su padre había establecido un vínculo con un wyrm. Los ojos se le habían vuelto grises, cambió de carácter drásticamente y era como si hablara con la lengua de Taugran. Sus médicos pensaron que sería una nueva forma de la enfermedad roja: la peste.

—Lo recuerdo —dijo Aubrecht—. Pero lady Nikeya era una mujer muy imaginativa, con el don de una poetisa para la metáfora. Yo siempre pensé que sería un intento de limpiar la imagen de su padre, que había conspirado contra la reina Dumai, a la que lady Nikeya había apoyado toda su vida.

—Quizá no —señaló Aleidine—. Quizá estuviera siendo literal.

—¿Creéis que Sigoso el Pío ha establecido alguna conexión profana con un wyrm? —dijo Clothild, mirando con frialdad a la embajadora—. No creo.

—Desde luego que no —dijo lady Sennera.

—Quizá se hubiera visto obligado —matizó Aleidine, con un tono conciliador—. Pero…, si tengo razón, me temo que todos los que se encuentren cerca de su majestad correrán un grave peligro. —Miró a Aubrecht—. Incluso su familia.

Aubrecht le devolvió la mirada, recordando cómo seguía el libro.

Marosa.

—Esta historia del Este no se puede extrapolar a Yscalin —replicó lady Sennera—. Todos sabemos que los seiikineses veneran a los wyrms. Ese hombre del que habláis probablemente se dejara conquistar por sus malas artes.

—Lady Sennera —dijo Clothild, con un suspiro—, los seiikineses no veneran…

—Todos sabemos perfectamente qué es lo que veneran, gracias, lady Clothild. Pero mi rey nunca lo haría.

—Eso espero, por su bien, excelencia —dijo Aleidine, poniéndose las gafas—. ¿Puedo ver la carta?

Liuthe se la pasó por encima de la mesa. Al ver cómo cambiaba de manos, el gesto de lady Sennera cambió, y Aubrecht vio una sombra de preocupación escondida bajo esa máscara de orgullo y arrogancia.

—Excelencia —dijo—, confío en que Mentendon no emprenderá ninguna acción contra Yscalin.

Se hizo un silencio breve pero tenso.

—No estaría mal tomar la iniciativa —dijo Gaspart, rompiendo el silencio—. Nosotros no contamos con un gran ejército.

—Gaspart —le reprendió Clothild en voz baja.

—La decisión le corresponde a su alteza real —dijo Aleidine—. Deberíamos despertarlo, Liuthe.

—Solo la reina de Inys puede declarar la guerra santa —le recordó Liuthe—. Decida lo que decida, Leovart deberá secundarla, pero no sé qué pensará de este giro de los acontecimientos. Si Sigoso dice la verdad, sería un golpe catastrófico para la Cadena de las Virtudes. Pero si los wyrms se han despertado, buscarán vengarse de toda la humanidad. Tenemos que proteger a nuestro pueblo, es nuestro deber.

—Podríamos ir a las cuevas, como hicieron nuestros antepasados —sugirió Gaspart, más serio—. En Mentendon hay muchas.

Aubrecht no podía decir palabra. La mente se le había ido de nuevo al pasado, al dormitorio donde agonizaba Betriese.

Desde aquella noche, su primer instinto había sido el de proteger a sus hermanas de cualquier cosa que pudiera hacerles daño. Ahora que era el heredero al trono, ese instinto debía ir mucho más allá, y hacerse extensivo a todo Mentendon. Tenía que ser más valiente que Leovart.

—Quizá debiéramos esperar a ver lo que pasa —propuso Clothild—. Tal vez esto no acabe aquí. Deberíamos consultar al resto de los reinos para ver si han recibido el mismo mensaje del rey Sigoso.

Clothild siempre era la primera en llamar a la templanza en caso de crisis, ocultando cualquier atisbo de temeridad norteña. Aubrecht lo entendía, pero esa no era una opción. No podían quedarse de brazos cruzados.

—No podemos permitirnos esperar —le dijo—. La Caída de las Sombras condujo a la humanidad al borde de la extinción. Nuestro mundo no ha llegado a recuperarse del todo. —Miró al resto de los presentes—. En mi opinión, debemos enviar exploradores a Yscalin. Si Aleidine y Erma tienen razón, los yscalinos estarán a merced de un wyrm y, posiblemente, de un monarca que no piensa oponer resistencia. Tenemos que ayudarlos.

—¿Y nosotros qué podemos hacer? —preguntó Gaspart—. ¿Retar a Fýredel a un combate de esgrima?

—Con todos los respetos, Gaspart, ¿qué opciones tenemos? —dijo Aleidine—. ¿Echarnos y esperar a que vengan a quemarnos vivos?

—Eso sería algo más fácil, sí.

—Nuestros antepasados combatieron a los wyrms hasta el final —dijo Aubrecht con voz firme—. A pesar de las tensiones y las diferencias que hemos tenido con Yscalin en el pasado...

—¿Quieres decir cuando ayudaron a Hróth a que nos plantara su enorme bota de nieve en el cuello y nos pisoteara durante siglos?

—... sus gentes son nuestros compañeros en la lucha, miembros de la Cadena. Tenemos la obligación moral de ayudar a nuestros aliados, tal como habría deseado el Santo. —Aubrecht se puso en pie—. Con ese fin, mientras nuestros espías van a ver qué es lo que sucede en Yscalin, yo encabezaré una pequeña fuerza armada para ir a proteger a la donmata.

Se hizo un breve silencio tras el cual Gaspart resopló, como si esperara que Aubrecht soltara una risotada.

—Aubrecht —dijo Liuthe, meneando la cabeza—. ¿Estás sugiriendo que quieres ir tú en persona?

—Estaría avergonzando al caballero del Valor si no lo hiciera —dijo Aubrecht sin alzar la voz, pero con firmeza—. Si alguna de nuestras teorías sobre el asunto se ha acercado mínimamente a la verdad, Marosa podría estar en peligro mortal. Sea cual sea el motivo que ha impulsado a Sigoso a escribir esta carta, debo ir con ella.

—No —reaccionó Ermuna, pálida de pronto—. Aubrecht, no puedes hacer eso.

—Aubrecht —intervino Aleidine—. Yo no quería decir que tuvieras que...

—¿... hacer una locura? —dijo Gaspart—. Brecht, tu iniciativa me parece de lo más loable, pero tengo que decir que no eres rival para un wyrm. Son pocos los monarcas que han podido plantarles cara.

—Glorian la Intrépida habría ido —dijo Aubrecht, con convicción—. Lo mismo que lady Kathel.

—Tú no eres Glorian la Intrépida —señaló Liuthe, plantando su bastón en el suelo y poniéndose en pie, al tiempo que se quitaba de encima a los criados que se acercaban a prestarle ayuda—. Aubrecht, sé que quieres a Marosa. Yo me enamoré de Edvart el primer día que lo vi. Pero esto es una locura. Deja que vayan primero los espías.

—No es solo mi prometida, tía Liuthe. Es vuestra futura gran princesa, la futura reina de Yscalin, y heredera al trono del Ersyr.

—Y tú eres nuestro heredero al trono.

—Marosa es mi amiga, además de mi prometida. Puede que aún no haya jurado formalmente protegerla, pero bien sabe el Santo que debo hacerlo, si quiero ser digno de ella —dijo, dejándose llevar por la pasión—. Ha vivido en esa torre oscura durante años, sin poder ver nada más allá de sus muros. No la abandonaré ahí dentro.

Se produjo otro silencio. Aubrecht paseó la mirada por los rostros de preocupación que tenía delante, sintiendo una presión en el pecho de la frustración. Su familia no le creía capaz. Quizá tuvieran razón. Debían de seguir viéndolo como el santario, la pieza de recambio. Pero si Marosa estaba en peligro, quería ser el primero que viera al llegar el equipo de rescate, para que supiera que estaba a salvo.

—Príncipe Aubrecht —dijo lady Sennera—, no es fácil entrar en Cárscaro, ni tampoco salir. Si lo creyera posible, yo misma volvería enseguida, para ir junto a mi hija y mi compañero. Como sabéis, no hay más que un camino hacia la ciudad, pasando por la Gran Llanura de Yscalin, donde no hay cobertura contra ataques. Si se ha despertado un wyrm en el país (que el Santo no lo quiera), os detectaría al instante. Aunque llevarais a todo el ejército de Mentendon con vos, por numeroso que fuera, no tendríais ninguna esperanza de llegar hasta la donmata.

—Entonces nos aproximaremos por detrás —respondió Aubrecht—. Desde el este.

—¿A través de las montañas?

—Sí, excelencia. Hay un antiguo camino de herradura que atraviesa las Escarpadas y lleva casi directamente a Cárscaro. Los gulthaganianos lo usaban para transportar el cobre de Yscalin a su ciudad, y más tarde para enviar a sus guerreros al Ersyr, cuando sitiaron Rauca.

Por su expresión era evidente que aquello era nuevo para ella. Aubrecht se preguntaba si el mismo rey Sigoso lo sabría.

—El paso del Emperador es traicionero, pero transitable durante los meses cálidos. Podría contratar a un pequeño grupo de mercenarios y partir con ellos desde Svartal —dijo—. Si descubrimos que los carscarianos han sido coaccionados, sacaremos de allí a toda prisa a la donmata Marosa, a sir Robrecht Teldan y a su hija, lady Priessa. Estoy seguro de que habrá un modo de hacerlo.

Lady Sennera parecía haberse quedado sin palabras, mientras que Aleidine asentía, agradecida. Sir Robrecht era su tío, un anciano septuagenario. Le tenía tanto cariño a Yscalin que no había querido abandonar su cargo allí. Ahora sus conocimientos de la corte podrían resultar de gran valor.

—Gracias, alteza —dijo por fin lady Sennera. —Y… ¿mi compañero, lord Gastaldo?

—Si podemos —dijo Aubrecht, mirándola—. Si no es cómplice de todo esto.

Gaspart vació su copa de vino.

Ermuna guardaba silencio, extrañamente, como si temiera que el mínimo sonido pudiera causar la partida de su hermano. Tenía todo el cuerpo rígido, y los dedos cruzados bajo el esternón. Viéndola así, Aubrecht se sintió avergonzado. Estaba petrificada, como si tuviera de nuevo quince años.

—Sí. Mira a tu hermana —le dijo Liuthe—. Mira lo asustada que está, Aubrecht. ¿Cómo se sentirán Bette y Bedona cuando les diga que su hermano ha partido en una misión imposible?

—No estoy... —Ermuna se interrumpió, con el rostro cubierto de sudor—. No tengo miedo. Simplemente...

—No. Te prohíbo que lo hagas —le dijo Liuthe a Aubrecht—. Ya he perdido a demasiados parientes. Al hombre al que quería y a sus hermanos. A mi hija. No voy a perder también a mi sobrino. Si hace falta ordenaré a la Guardia Real que te tengan confinado. Aún no eres gran príncipe de Mentendon, Aubrecht Lievelyn.

Aubrecht apretó los dientes. Una vez más, lo trataban como un niño simplón, no como un hombre.

Sin embargo, cuando miró a su tía, vio la agonía y el miedo en sus ojos, y aquello le destrozó. Hasta un animal pacífico soltaría un arañazo o un picotazo como último recurso, y su tía era un cisne hasta la médula.

—Muy bien. Daré tiempo a nuestros espías para que descubran la verdad —dijo, bajando la voz—. Pero organizaré *personalmente* la expedición de mercenarios, y los acompañaré hasta Svartal. Debo asegurarme de que Marosa está sana y salva.

—¿Tú conoces a algún mercenario, Brecht? —dijo Gaspart—. Te lo pregunto en serio.

—Soy el Príncipe Rojo de Mentendon. No me costará encontrarlos. —Aubrecht se dirigió a Liuthe y agachó la cabeza en un gesto de respeto—. Perdona mi arrebato, tía, y el malestar que te he provocado. Te pido permiso para ponerme en marcha enseguida, y así poder hablar con la margrave de Svartal. Estoy convencido de que ella me podrá ayudar.

—¿Me juras, por tu lugar en Halgalant, que no irás a Yscalin?

Se tocó el broche de su patrón, el caballero de la Generosidad.

—Por mi lugar en Halgalant —dijo, aplacado—. No lo haré.

Aubrecht, estamos sometidos. Fýredel se ha despertado en las Escarpadas; todo este tiempo estaba durmiendo junto a nosotros. Nuestras voces atravesaban la roca de Cárscaro y llegaban hasta sus diabólicos oídos. Rozaria construyó un palacio sobre una montaña de fuego, y ese acto de arrogancia fue nuestra condena.

Han atacado desde el interior; nuestras defensas no han valido de nada. Ahora estamos en el blanco de los wyverns.

Intento rebelarme, pero no pueden verme. Te ruego que deis protección a todos los yscalinos que podáis, si llegan huyendo hasta Mentendon. Deja que me enfrente a mi destino —no pongas tu vida en riesgo por mí—, pero sé feliz, y sé un buen soberano, como era tu destino. Quiero que sepas que en mis últimos pensamientos estarán los sueños de la vida que habíamos imaginado juntos.

Nos reencontraremos en Halgalant.

Tuya,

MAROSA

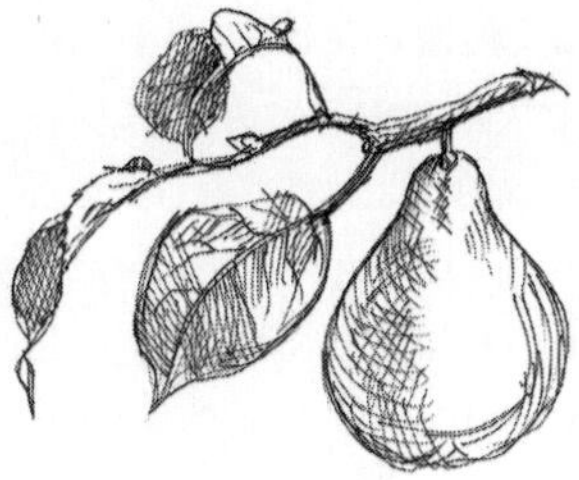

Marosa

Cárscaro
Reino Draconiano de Yscalin
1004 E. C.

Antes de la caída de Yscalin, las palomas mensajeras del Aviario Real habían llevado muchas cartas a las diferentes ciudades del mundo. Todas ellas podían volar grandes distancias. Todas ellas sabían regresar a casa.

A diferencia del aviario público del despeñadero, el de la corte se había salvado de la destrucción tras la llegada de los wyverns. Cuando el rey Sigoso dio la orden, había cientos de palomas sanas y salvas en el interior del palacio. Se escribieron cientos de cartas, se les aplicó el sello real y se fijaron al cuello de las aves, que surcaron los cielos desde Cárscaro y comunicaron el mensaje de que la casa de Vetalda había renunciado al Santo y había jurado lealtad al Innombrable.

Ninguna de ellas regresó.

El emblema de la casa de Taumargam era una paloma blanca con las alas abiertas y los montes Sarras en el fondo. Quizá un día la reina Sahar enviara un viento desde dondequiera que estuviera e hiciera que al menos una paloma volviera, aunque solo fuera una, para que pudieran usarla para pedir ayuda.

Hasta entonces, y una vez más, Cárscaro se había convertido en una prisión.

Marosa aún no sabía cómo había podido pasar un año. Un año con una ciudad convertida en rehén.

Al principio, el miedo había sido como un torrente de acero fundido. Le había impedido gritar, invadiéndola, sellándole los labios y cortándole la respiración; luego se había enfriado y se había endurecido, cada vez más, lastrándola hasta dejarla tan insensible como una fría armadura. Tenía que mantener la calma, para evitar que los criados y los cortesanos se dejaran llevar por la desesperanza.

Cada mañana salía al balcón, como si no hubiera cambiado nada. Más allá de la ciudad, la tierra estaba negra y fría. Toda la lavanda había desaparecido, convertida en cenizas que se había llevado el viento.

Ermendo estaba cerca, con su ballesta a punto. Era uno de los pocos que aún conservaba una, puesto que los Vardya habían despojado a la gente de sus armas. Fýredel no querría correr ningún riesgo. A los guardias de la ciudad se les había permitido conservar sus espadas, pero solo para sofocar revueltas y para asegurarse de que nadie atacara a los wyverns. Todo el mundo en Cárscaro debía aceptar la nueva situación.

Marosa miró por el catalejo que le había dejado Bartian. Sentía las manos frías y sudorosas, pero Ermendo había insistido en que llevara guantes. Ahora que habían regresado los wyverns, también había vuelto la peste draconiana.

A primera vista, las calles parecían igual. La mayoría de los edificios permanecían intactos, salvo los santuarios y las armerías, que estaban en ruinas. Sus súbditos seguían viendo a sus seres queridos, saliendo a buscar agua, tendiendo la ropa al sol. Continuaban comprando comida en el mercado, y Cárscaro siempre había tenido los graneros llenos, dado su aislamiento. En eso, su padre había sido previsor.

Sin embargo, aunque todo el pueblo fingiera normalidad, vivían de un modo muy discreto, como si tuvieran miedo de llamar la atención. Casi no se oían ruidos en las calles, salvo por los estremecedores rugidos de los wyverns.

Marosa orientó el catalejo hacia la plaza Vetalda, la más grande de la ciudad, donde en otro tiempo se paseaba y se hacían negocios, o simplemente se iba a oír las noticias que daba el heraldo. Ahora la plaza estaba desierta, salvo por un par de wyverns que bebían del Tundana. Aunque las bestias no atacaban al primer encuentro, la gente intentaba no salir a la calle más de lo necesario.

Marosa había intentado establecer algún patrón de comportamiento de los wyverns, pero sin conseguirlo. Entraban y salían de Cárscaro, pero en ningún momento había menos de veinte en la ciudad.

Pasado un buen rato, orientó el catalejo hacia la puerta de Niunda. Varios cadáveres colgaban de lo alto, y a algunos de ellos les faltaba un brazo o una pierna.

Los vestigios de su rebelión secreta.

Marosa bajó el catalejo, apenas conteniendo las náuseas. Tras la confiscación de las armas, las habían almacenado en el palacio de la Salvación. Siguiendo sus órdenes, Ermendo había convencido a algunos de los Vardya para que escamotearan arcabuces y pólvora, y se los proporcionaran a voluntarios que quisieran emprender la huida en busca de ayuda. Pretendían escabullirse aprovechando la oscuridad de la noche y llegar a Lasia, pero los wyverns debían de haber detectado su olor, y ahora colgaban de la muralla, encadenados.

Marosa se dirigió distraídamente a sus aposentos, seguida de un silencioso Ermendo. Cada plan que se le ocurría acababa pareciéndole fútil, con Fýredel tan cerca. Estaba cautiva, tal como lo había estado Oderica, y Fruma no iba a aparecerse para engullirla y ocultarla en el interior de la montaña. Su padre había sido un insensato al quedarse allí, a cientos de millas del mar, sin ninguna vía de escape.

Le sirvieron la comida a la hora habitual. Había reservas de grano y ganado, pero el Consejo Real no tenía ni idea de cuánto duraría aquella situación, así que solo se servían pequeñas raciones.

Marosa movía la comida de un lado al otro del plato ante la mirada apagada de Priessa.

Durante la Gran Desolación, los wyrms habían declarado su presencia y luego se habían dedicado a quemarlo todo, sin contemplaciones ni explicación alguna. Nunca había ocurrido algo así, que un rey y toda su corte fueran tomados como rehenes, pagando con la sumisión el precio de seguir vivos. Por lo que ella sabía, las palomas habían llevado instrucciones a los funcionarios municipales de que apaciguaran a la gente, colaboraran con los wyrms y destruyeran cualquier vestigio del Santo.

Día tras día, Marosa mantenía viva la esperanza de que el resto de Yscalin encontrara el modo de rebelarse. Esperaba que los demás países no hubieran caído. Ya no les llegaban noticias del exterior.

Antes solía dedicar las mañanas a rezar. Ahora se dirigía directamente a la biblioteca, donde leía todos los bestiarios y crónicas que encontraba, buscando alguna forma de derrotar a aquellas bestias. Para matar a los wyverns se podían usar las armas ordinarias —arpones, lanzas e incluso arcos y fechas—, pero era imposible abatirlos a todos a la vez. Solo el cometa del Santo tenía ese poder.

Entre las plantas de la biblioteca de Isalarico siempre había colgado un enorme pendón con el emblema de la casa de Vetalda. Pero ahora mostraba a la Espada de la Verdad frente a un campo rojo, dividido en dos y flanqueado por sendos wyverns. Marosa intentó no mirar aquella imagen blasfema.

—¿Donmata?

La voz procedía de su derecha. Marosa levantó la vista y vio a lord Wilstan Fynch.

—Excelencia —dijo ella, sorprendida—, hacía tiempo que no os veía. —Cerró su libro—. ¿Cómo estáis?

—Todo lo bien que puedo estar. Estamos confinados en la Galería Abovedada —dijo—. Y, después de lo ocurrido con sir Robrecht, no he dudado en obedecer. —Se sentó a su lado—. Pero esta mañana he convencido a los Vardya para que me dejen dar un corto paseo. Esperaba encontraros aquí.

—Yo esperaba que las páginas de la historia pudieran mostrarnos una salida. De momento no ha sido así. —Lo miró de arriba abajo—. Deberíais llevar guantes, milord. Ninguna de las bestias ha entrado en el palacio, pero mi padre…

—Sí. ¿Es la peste, pues?

Fuera lo que fuera lo que le había hecho Fýredel a su padre en las entrañas del monte Fruma, se lo estaba comiendo por dentro.

A veces parecía ser él, salvo por aquella bruma en sus ojos. Al verlos así la primera vez, Marosa pensó que se había quedado ciego, pero por lo que parecía veía más que nunca. Los días que estaba lúcido, dirigía el Consejo Real personalmente. Sin embargo, lo más habitual era que recorriera los pasillos del palacio como un alma sin huesos, con un extraño fuego en sus ojos grises, mirando fijamente a todos los criados y cortesanos que veía.

Parecía comprender el riesgo que conllevaba su estado. Sus camareros se aseguraban de cubrirle el cuerpo, salvo por el rostro, que parecía fundirse como cera caliente, las carnes cada vez más separadas del hueso.

De vez en cuando le aparecían llagas sobre la piel, como si se hubiera quemado. Y cicatrizaban igual que las quemaduras profundas, dejando unas duras ronchas.

—Quizá una nueva forma de peste. Si no, ya estaría muerto —dijo Marosa—. Siento que os encontréis aquí, atrapado con nosotros.

Fynch apartó la mirada.

—He venido a buscaros —dijo—, para haceros una confesión, vuestro resplandor. No quería hacerlo, pero… quizá haya desbaratado cualquier posibilidad de recibir ayuda de otros Reinos de las Virtudes.

—¿Excelencia?

Fynch tardó un momento en volver a hablar.

—Unos días antes de que Fýredel despertara envié un mensaje a mi hija, hablándole de una terrible sospecha. Una sospecha que habrá hecho que ella vea a vuestro padre como su enemigo, y que quizá la haya convencido de que su decisión de alinearse con el mal no ha sido forzada.

—¿Qué sospecha es esa?

—Es mejor que lo veáis vos misma.

—Sea lo que sea, es imposible que nuestros aliados de la Cadena de las Virtudes crean que somos entregados siervos del Innombrable. ¿Qué ganaríamos rindiendo pleitesía a Fýredel, que ya redujo Yscalin a cenizas una vez? —Marosa se acercó un poco más, pero él evitó mirarla a la cara—. Vos mismo me dijisteis que la nuestra es una amistad antigua y fuerte. Hace más de setecientos años que los yscalinos somos leales a la casa de Berethnet.

—De haber previsto lo que iba a suceder, habría elegido mejor mis palabras. Desgraciadamente, ya no puedo borrarlas. Pero si deseáis comprender mis motivos, id al Santuario Real.

—El Santuario Real ha sido precintado. No se me permite rezarle al Santo.

—Quizá lady Priessa pueda conseguir la llave. La tiene su padre —dijo Fynch—. Cuando lo hayáis visto, venid a visitarme, si podéis.

Y se fue antes de que pudiera responder.

Marosa se quedó un buen rato donde estaba, con el corazón latiéndole con fuerza tras las ballenas de su corsé. Devolvió el libro a su estante y regresó a sus aposentos. Priessa estaba sentada junto a la ventana, con ojeras bajo los ojos. Al ver llegar a Marosa, cerró su libro de oraciones.

—Essa —dijo Marosa—. ¿Tu padre te deja entrar a su estudio?

—Nunca sola —respondió, con los ojos enrojecidos y la melena rizada cayéndole por la espalda—. ¿Por qué me lo preguntáis?

Vestía únicamente una saya negra y una camisa de lino debajo. Cuando el rey Sigoso se distraía, la mayoría de los cortesanos se vestían más ligero para combatir el calor. Seguro que el caballero de la Cortesía se lo perdonaría.

—Lord Gastaldo tiene la llave del Santuario Real —dijo Marosa—. La necesito.

—¿Para recuperar vuestro colgante?

—En parte.

Priessa se quedó pensando.

—Mi padre siempre lleva las llaves encima —dijo—. Puede que tarde un tiempo en conseguirlas. —Ocultó el libro de oraciones—. ¿Habéis encontrado algo útil en la librería?

Marosa negó con la cabeza y se sentó. Ambas miraron por la ventana. Tal vez Priessa estuviera pensando en su madre, que vivía en la corte méntica, donde Aubrecht debía de estar sufriendo, absolutamente confuso. Había estado tan cerca de ir a su lado, de alejarse de su padre... Por un momento se dejó llevar y se imaginó en sus brazos, sana y salva, sintiéndose amada, viendo a sus niños riendo y jugando.

Pero enseguida se quitó aquel pensamiento de la cabeza, antes de que pudiera destruirla. Aubrecht no podría rescatarla. Y ella tampoco quería que lo intentara.

—Un año de aislamiento —murmuró Priessa—. ¿Por qué no ha venido nadie? —Al ver que Marosa no respondía, se puso en pie—. Dejad que os traiga la cena. Haré venir a Ruzio e Yscabel.

Marosa se quedó sentada en el banco de madera. Al cabo de un rato llegaron sus otras dos doncellas.

—Esta mañana he visto a lord Bartian —dijo Ruzio—. Dice que han convocado a unos cuantos carscarianos en la Puerta del Abismo.

Aquella noticia fue como un jarro de agua fría; se le puso la piel de gallina. La Puerta del Abismo era el nombre que le había dado la gente a la grieta de la montaña.

—¿Por qué? —preguntó, temiéndose la respuesta—. ¿Para qué los quiere Fýredel?

—Prefiero no saberlo —respondió Ruzio, que fue a buscar la caja de los cosméticos—. Deberíais acostaros tras la cena.

Marosa asintió. Ruzio le aplicó aceite de rosas en la espesa melena para suavizarla, al tiempo que se la peinaba con los dedos.

—Yscabel —dijo Marosa, suavizando el tono al ver su rostro demacrado—, ¿cómo te encuentras esta noche?

Yscabel llevaba la castaña melena en una trenza recogida en una malla bajo el alquinal, como solían hacer las mujeres de la corte a partir de su comendación. Ya no podía ocultarse tras la lacia melena, como solía hacer cuando era más joven.

—Estoy bien, donmata —dijo—. Yo creo que mientras estemos en el palacio el Santo nos protegerá.

—Estoy segura de que tienes razón —respondió Marosa, que dio una palmadita en el banco—. Ven. Procuremos no pensar en Fýredel esta noche. —Yscabel fue a sentarse a su lado—. Dime, ¿has jugado alguna vez al whist?

—No se lo he enseñado —dijo Ruzio.

—Pues eso no puede ser. Es un juego inys —le dijo Marosa a Yscabel—. Yo jugué con la reina Sabran.

Ruzio acabó de peinarla y fue con ellas. Yscabel esbozó una tímida sonrisa y Marosa repartió cartas.

Priessa no tardó en volver con la cena. Yscabel ya tenía algo mejor aspecto. Cuando llegó la hora de retirarse, se hizo un ovillo en la cama. Ruzio se sentó a su lado, como montando guardia, mientras Marosa se acostaba y cerraba los ojos; el sueño la invadió con la velocidad con la que un cometa surca el cielo. Soñó que estaba en los pasillos del palacio, corriendo hacia Aubrecht, rodeada de velas con llamas rojas. Por mucho que intentara llegar hasta él, no se acortaba la distancia.

De pronto, Ruzio la agarró del codo, despertándola. Marosa abrió los ojos y miró a su alrededor, confundida, aún perdida en su sueño. Pero cuando vio lo que pasaba enseguida se sentó en la cama.

Su padre estaba en la puerta, observándolas a todas sin parpadear. En la penumbra del dormitorio, sus ojos eran como minúsculas brasas posadas sobre un lecho de cenizas. Fijó la vista en Ruzio, que tiró de Yscabel. Priessa debía de estar ocupándose de las velas en otra sala, como solía hacer durante la noche. Marosa esperaba que se quedara allí un rato.

—Padre —dijo, preocupada—, ¿estáis bien?

—Solo quería asegurarme de que estabas aquí, hija —dijo el rey Sigoso—. Donde te pueda ver. —Parecía hacer un gran esfuerzo con la mandíbula para hablar—. ¿Cómo les han llegado esas armas al pueblo llano?

—No lo sé.

—Entonces tendré que preguntar a otros.

Se giró y se fue sin decir una palabra más, llevándose consigo un olor a quemado. Yscabel estaba temblando.

—Ese no era su majestad —dijo Ruzio, con la voz ronca—. Era Fýredel, observándonos.

Marosa se la quedó mirando.

—¿Eso cómo lo sabes, Ruzio?

—Le he visto esos ojos antes, cuando va caminando por el palacio. Se mueve y camina de otro modo, como si su boca y sus miembros no fueran suyos. Dicen que las sombras del Oeste pueden ver a través de los ojos de los wyverns. Estoy segura de que es el mismo tipo de conexión.

—Entonces ¿Fýredel nos ha visto? —susurró Yscabel—. ¿Sabe quiénes somos?

Ruzio la estrechó entre sus brazos.

—Creo que podemos decir que, cuando los ojos de su majestad son grises, sigue controlando su mente, en cierta forma, aunque la enfermedad debe de atormentarle —dijo—. Pero cuando tienen esa luz…, sí, creo que el wyrm mira a través de ellos, para enterarse de lo que pasa en la corte.

Yscabel soltó un sonido inarticulado y Ruzio la abrazó aún con más fuerza.

—No nos pasará nada, Yscabel. El Santo nos protege.

Marosa sintió una punzada de envidia al verlas abrazadas. Ella nunca había deseado tener una hermana —Priessa había sido como una hermana para ella—, pero aquellos gestos de amor fraterno le hicieron echar de menos terriblemente a su madre.

—Volved a dormir las dos —dijo en voz baja—. Dejemos que Fýredel vea que somos tan inofensivas como un bebé.

Los días siguientes, Marosa siguió con su rutina habitual, procurando no levantar sospechas. En ese tiempo no vio a su padre ni una vez. Para distraerse y no pensar en el peligro, que la ponía en tensión, investigó todo lo que pudo sobre el actual estado de Yscalin.

Por lo que pudo descubrir Priessa, el Consejo Real no había planteado presentar resistencia alguna. Más bien al contrario. Por todo Yscalin, los Caballeros Defensores —ahora soldados de los wyverns— habían matado o apresado a cualquiera que se había rebelado. Aparentemente habían triplicado sus efectivos. Al gran santario, que se atrevió a elevar la voz ante aquella blasfemia, lo habían colgado de la Puerta de Niunda y lo dejaron allí para que muriera de sed.

Para seguir con vida, los habitantes de Cárscaro habían tenido que renunciar a la libertad y la dignidad. Eso no lo hizo nadie durante la Gran Desolación. Ningún país se había sometido a los wyrms.

Cada noche, cuando sentía ya los ojos irritados de tanto leer, Marosa rezaba en su dormitorio. De niña le había sido leal únicamente al Santo, y nunca dudó de sus seis virtudes. Hasta los catorce años, cuando su madre le habló en secreto de otras fes, incluida la suya.

Ahora Marosa no sabía a quién debía dirigirse para pedir ayuda. La fe de Dwyn era un modo de vida, en el que no había ningún dios ni un líder, y dudaba de que ni siquiera el Santo pudiera liberar a Cárscaro de tantos wyverns. Pero seguía pidiéndole que protegiera a sus conciudadanos yscalinos y que liberara la ciudad.

Sin embargo, luego, en el silencio de su conciencia, pedía lo mismo a Fruma, el olvidado dios de la montaña, que había acogido a Oderica en su seno y le había enseñado el arte de la forja, para emerger nueve años más tarde y enfrentarse a las espadas de bronce de los gulthaganianos con hierro.

Más tarde la historia cambió. Ahora era el Santo el que había enseñado a Oderica, aunque en aquel tiempo el Santo no había nacido siquiera.

«Fruma, escucha la sangre de Oderica, cuyos ojos encendió la montaña». Marosa no sabía cómo rezarle a una montaña, pero lo intentaría. «Fruma, la primogénita, tu cuerpo ha sido invadido. Te ruego que mantengas a la bestia en tu interior, para que no vuelva a volar».

La mañana siguiente se produjo el primer estallido de violencia en el palacio. Sabiendo que gozaban de la protección de los gruesos muros, sus cientos de residentes no se habían manifestado, ni siquiera después de haber constatado que su rey estaba poseído. Muchos de ellos tenían amigos o parientes en la ciudad, y temían por su seguridad.

Marosa oyó el ajetreo desde la biblioteca de Isalarico. Bajó la Gran Escalinata a la carrera, seguida de cerca por Ermendo, con la alabarda en ristre. Llegaron a un amplio pasillo con arcos, donde encontraron a varios de los Vardya con Bartian, que tenía un buen corte en la mejilla.

—Donmata —dijo él, con la voz gruesa.

—Bartian. ¿Qué ha sucedido?

—Su majestad ha pasado por aquí. Uno de los ayudantes de cocina le ha atacado con un cuchillo de carnicero —respondió, con la respiración agitada—. Vuestro padre le ha agarrado de la garganta…, y no llevaba guantes.

—¿Y ahora dónde está ese ayudante de cocina, milord? —preguntó Ermendo.

—Confinado en su habitación, en los dormitorios de los criados —respondió otro guardia—. Su majestad se encuentra a salvo, gracias a lord Bartian.

Bartian se tocó la herida e hizo una mueca de dolor. Tenía el puño de la camisa manchado de sangre. Marosa le pasó un pañuelo de seda.

—¿Cómo te has hecho esa herida? —le preguntó—. ¿Es que el ayudante de cocina os ha atacado a los dos?

—No. Me situé ante vuestro padre, para protegerlo —dijo—. Supongo que fue algo instintivo. —Se presionó el pómulo con el pañuelo—. Quizá hubiera sido mejor que no lo hiciera.

Marosa echó una mirada a los guardias, pero estaban enfrascados charlando.

—Esto no acabará con su muerte —le dijo a Bartian, en voz baja—. Fýredel se limitaría a escoger a otra persona.

—Esperemos que sea Gastado. Él afirma hablar por su majestad. Los nobles hacen lo que les ordena sin rechistar, obligando a nuestros súbditos a renegar del Santo. Manda colgar a los fieles en la Puerta de Niunda, para que sirvan de escarmiento a los demás. Es una deshonra para el caballero del Valor —añadió Bartian, entre dientes—. Deberían seguiros a vos, no a Gastaldo.

—Dudo que eso mejorara nuestra situación. En cualquier caso, de momento preferiría no llamar la atención de Fýredel.

—Es cierto —dijo Bartian—. Necesitamos a nuestra heredera al trono. —La miró a los ojos—. Donmata, no sé si lo habéis oído, pero los wyverns han estado llevándose a gente a la Puerta del Abismo.

—Sí, lady Ruzio me lo ha contado. ¿Siguen algún patrón esos secuestros?

—No que yo sepa —respondió él, y tensó la comisura de los labios—. Marosa, es sabido que durante la Gran Desolación las crías de los wyverns comían carne. ¿Y si hay bestias draconianas en las montañas?

Justo en ese momento pasó volando frente a la ventana un wyvern que soltó un chillido; ambos se estremecieron.

—Donmata —dijo Ermendo—, no deberíais estar aquí, con la peste aún flotando en el aire.

—Muy bien. —Marosa miró a Bartian a los ojos—. Cuidaos, milord.

—Y vos, vuestro resplandor.

Marosa esperó noticias del ayudante de cocina durante días, mientras leía todos los textos que encontraba sobre la plaga draconiana. Durante la Gran Desolación empezaba con un enrojecimiento de los dedos. Con el paso de las semanas se afianzaba y se extendía, provocando fiebre e incomodidad. Y luego, sin previo aviso, el fuego se extendía por todas las venas del cuerpo, hasta provocar una muerte agónica.

Pero los ojos de los afectados no cambiaban. Ni se volvían

grises ni se iluminaban, tomando el aspecto de extrañas brasas encendidas.

Su padre presentaba un tipo de infección diferente, algo que le había inoculado el propio Fýredel. Quizá el ayudante de cocina fuera resistente a ella. Pero, cierta noche, Ermendo se presentó mientras Marosa estaba hojeando un tratado inys llamado *La enfermedad de los wyrms*, escrito cincuenta años después de la Gran Desolación.

—Tiene los dedos rojos.

Marosa levantó la vista.

—¿Y la cabeza?

—Aún razona, y no tiene los ojos grises. Se queja de dolores y fiebre. Parece la misma peste de antes. —Ermendo hizo una pausa—. ¿Lo matamos ahora, o dejamos que progrese?

Marosa se quedó pensando, con un nudo en el estómago. Cualquiera que fuera la decisión que tomara, el ayudante de cocina estaba condenado.

—Observad cuánto tarda la peste en avanzar por su cuerpo —dijo por fin—. Debemos conocer a nuestro enemigo, para ver si ha cambiado algo con respecto a la Gran Desolación. Pero cuando empiece a tener dolores, acabad con su sufrimiento.

Ermendo hizo una reverencia y se marchó. Marosa cerró *La enfermedad de los wyrms*. Ya no quería ver sus ilustraciones.

Tres semanas más tarde el ayudante cocina estaba muerto.

Pasaron otros dos días antes de que Priessa pudiera cumplir su promesa. Durante ese tiempo, un carnicero lanzó una jabalina a un wyvern en pleno vuelo. Las bestias estaban provistas de una gruesa armadura, pero la lanza había impactado por debajo del ala izquierda, penetrándole en el corazón y haciéndole caer en plena calle, destruyendo varios edificios.

En cuanto se estrelló, empezó a extenderse el pánico. Miles de personas salieron corriendo por miedo a que cayeran otros wyverns, lo que provocó una estampida hacia la Puerta de Niunda. Muchos murieron aplastados y quemados vivos.

Cuando oyó la noticia, Marosa se pasó horas sin poder moverse. Se quedó tendida en la cama, a solas, tras las cortinas que raramente cerraba, con la almohada mojada por las lágrimas. Entre los muertos había niños, incluso recién nacidos. Y ella, su futura reina, veía, impotente, que era incapaz de frenar aquello.

La noche siguiente, Priessa fue a verla. Le tocó el hombro, sacándola del oscuro hoyo en el que se sentía, y le mostró una elegante llave.

—Hoy padre ha ido a la Puerta del Abismo… y ha tardado una hora en volver —dijo Priessa—. Dejó todos sus objetos de valor en el estudio.

Marosa se la quedó mirando.

—¿Tu padre ha hablado con Fýredel?

—Eso parece. Al volver se fue directo al Consejo Real. No tiene los ojos grises. —Le puso la llave en las manos—. Deberíamos ir al santuario enseguida, antes de que se dé cuenta de que no tiene la llave.

Marosa la siguió. Ermendo las dejó pasar sin decir nada, como si no las hubiera visto siquiera.

Descendieron a una planta de las de abajo, evitando a los criados lo mejor que pudieron. Más valía que nadie viera lo que hacían. Por fin llegaron a la puerta del Santuario Real.

Al jurar lealtad al Innombrable, el rey Sigoso había ordenado la destrucción de todas las reliquias y objetos rituales. La segunda costilla del Santo, regalo recibido de Inys, había acabado en la basura con menos contemplaciones que si se hubiera tratado del contenido de un orinal. Pero los objetos de valor material, el oro y las joyas preciosas, se habían metido en el Santuario Real, que había quedado precintado. Ese era el único motivo por el que no había sido destruido aquel lugar de culto, como había sucedido con los otros.

Marosa metió la llave en la cerradura y la giró. En cuanto estuvieron dentro, recuperó el colgante de su madre y la arrugada nota. Priessa recogió un broche de plata con la imagen de la Espada de la Verdad.

—Esto lo llevaba el gran santario —dijo—. Él contribuyó a la caída de la reina Sahar. Qué rápido ha caído él a su vez.

—Ojalá pudiera regodearme, pero ningún hombre merece morir como ha muerto él.

Priessa recorrió la cámara con la mirada.

—¿Para qué otra cosa hemos venido aquí, Marosa?

—Lord Wilstan asegura que aquí hay algo que yo debería ver —dijo Marosa—. Algo que… incrimina a mi padre.

—¿En qué?

—No lo sé muy bien.

Buscaron por el santuario en silencio, registrando cajones y pesados arcones. Priessa encontró la túnica verde con brocados de un santuario, con manchas oscuras de sangre en el cuello. Marosa, a su vez, fue abriendo una caja tras otra de broches, hebillas y pares de espuelas confiscadas a los cortesanos. Los niños recibían esas tres cosas cuando cumplían los doce años y abrazaban formalmente el culto de las seis virtudes. Cuando levantó la vista, una figura en la pared de enfrente la hizo detenerse.

—Un momento —dijo—. ¿Qué es eso?

Priessa se giró a mirar. Contra la pared había apoyado un gran objeto rectangular, cubierto con una sábana polvorienta. La retiró y apareció un retrato.

La mujer del retrato no tenía rostro; se lo habían arrancado. A Marosa la imagen le resultaba inquietante. Aún se distinguía una melena de cabello negro, al igual que las pálidas manos, unidas frente al cuerpo. Llevaba un vestido de seda azul al estilo antiguo de Inys, con el escote cuadrado, sobre el que se veía un collar de perlas del Ersyri con un colgante en forma de caballito de mar.

—Rosarian IV —murmuró Marosa—. Madre le envió ese collar para su cuadragésimo cumpleaños.

—Por el buen Santo —exclamó Priessa—. ¿Por qué le han arrancado el rostro?

La difunta reina madre de Inys. Dañar su imagen era una blasfemia.

—Quizá lo hiciera mi padre para contentar a Fýredel —dijo Marosa—. El wyrm debe de odiar a las reinas Berethnet. Son descendientes del Santo, el caballero que derrotó a su señor.

Sin responder, Priessa se alejó para seguir buscando por aquellos estantes cubiertos de polvo. Al cabo de un rato encontró un pequeño cofre.

—Aquí hay cartas —dijo, leyendo una—. Mi padre usa este código cifrado, pero no reconozco su caligrafía.

Del delantal se sacó un pedazo de pergamino y un carboncillo. Marosa se acercó a mirar por encima del hombro a medida que iba convirtiendo los símbolos en letras. No habían escrito el mensaje en yscalino, sino en inys.

> Vuestro regalo ha llegado. Se hará durante la Fiesta de Invierno. Muy pronto se restaurará la santidad de las Virtudes y nos iluminará una nueva luz. El Santo nos tiene reservados lugares de honor en torno a la Gran Mesa.
>
> Os acompaña en este acto de valor,
>
> EL ESCANCIADOR

—El Escanciador —leyó Marosa de nuevo, inquieta—. La reina Rosarian murió durante la Fiesta de Invierno.

El Consejo de la Regencia de Inys lo había calificado de tragedia, pero no había dado más detalles. Priessa se sentó a leer las otras cartas.

—Hay detalles sobre transacciones y envíos —dijo—. Su majestad le compró un rollo de seda de agua a un mercader en Kantmarkt. También le concedió una pensión considerable a una modista yscalina. —Siguió hojeando el montoncito de cartas—. La tinta está casi borrada. Todo esto debió de ocurrir mucho antes de que Fýredel despertara, pero... son todo compras inocentes.

—Yo no estaría tan segura —objetó Marosa—. A mi padre, el comercio con el Este le parece algo despreciable. Le gusta que traiga dinero al Oeste, pero no puedo imaginármelo comprando personalmente mercancía de Seiiki.

—Un rollo de tela basta para hacer un buen vestido —observó Priessa, recogiendo las últimas cartas del cofre. Llegó al fondo y levantó un vial de cristal, tan largo como su dedo.

—¿Esto qué es?

—Déjame ver.

Priessa le entregó el vial. El cristal era más grueso que ningún otro que hubiera visto nunca Marosa, y contenía algo transparente y viscoso, de un color amarillento. Sacó el tapón con cuidado.

Salió una voluta de vapor de olor acre. Marosa tuvo la sensación de que aquello podía ser peligroso y vertió unas gotas sobre la esquina de una mesa. El líquido chisporroteó, quemó la madera, atravesándola, y cayó al suelo.

Volvió a poner el tapón al vial a toda prisa. Un escalofrío le recorrió el cuerpo al unir las piezas del rompecabezas.

Ya sabía por qué había venido a Yscalin Wilstan Fynch.

Ya sabía por qué había muerto su madre.

[illegible]

[illegible]

[illegible]

¿[illegible] supuesto aquello [illegible] alguna vez en las horas más oscuras de la noche [illegible] había pensado en la posibilidad de que su padre hubiera [illegible] secre[illegible] que explicara su muerte.

[illegible] contra su [illegible] probablemente [illegible] la guerra [illegible] rico para protegerte».

Aquellas palabras no tenían sentido, nunca lo habían tenido. [illegible] podía imaginarse motivos por los que Sahar hubiera podido querido quitarse la vida —para ahorrarse la indignidad del [illegible] y la condena pública—, pero no de qué modo la habría protegido aquello. ¿Cómo podía evitar [illegible] una niña perder [illegible] a su madre?

Así pues, durante años había [illegible] en ella esa idea, como un veneno tomado gota a gota, [illegible] de que su padre era [illegible] un enemigo. Pero no [illegible] al hombre que la había criado, así que nunca se había [illegible] afrontar aquello [illegible] y en su lugar había optado [illegible] y había [illegible] pasar desapercibida.

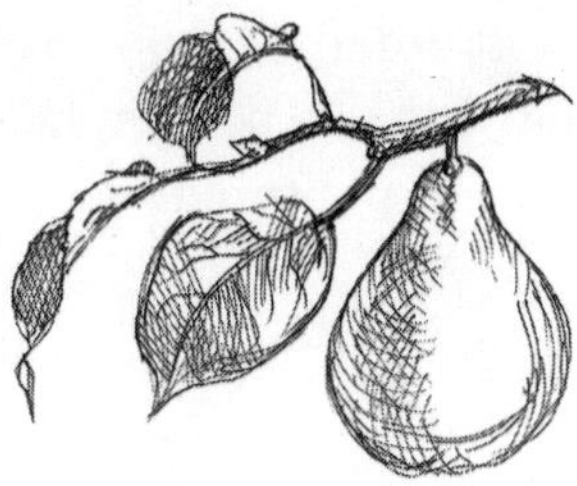

Marosa

Cárscaro
Reino Draconiano de Yscalin
1004 E. C.

Por supuesto, aquello ya se le había ocurrido alguna vez, en las horas más oscuras de la noche. Ya había pensado en la posibilidad de que su padre hubiera ejecutado a su consorte en secreto, y que luego se hubiera inventado una historia que explicara su muerte.

Si el rey Jantar se enteraba de que habían atentado contra su hermana, muy probablemente habría declarado la guerra a Yscalin.

«Lo hice para protegerte».

Aquellas palabras no tenían sentido, nunca lo habían tenido. Marosa podía imaginarse motivos por los que Sahar hubiera podido decidir quitarse la vida —para ahorrarse la indignidad del exilio y la condena pública—, pero no de qué modo la habría protegido aquello. ¿Cómo podía ayudar a una niña perder inesperadamente a su madre?

Así pues, durante años había ido arraigando en ella esa idea, como un veneno tomado gota a gota. La idea de que su padre era un asesino, un enemigo. Pero no podía abandonar al hombre que la había criado, así que nunca se había atrevido a afrontar aquella idea y, en su lugar había optado por guardar silencio y había intentado pasar desapercibida.

Porque sin duda un hombre que había matado a su propia reina también sería capaz de matar a su propia hija.

Ahora ya no podía guardar silencio. Por primera vez en una década, el caballero del Valor, su patrón, había tomado el control de su cuerpo, ahuyentando el miedo que le había hecho estar callada tanto tiempo.

Marosa no fue en busca de Fynch, sino que subió las escaleras que llevaban a los aposentos reales. Cuatro de los Vardya montaban guardia ante la puerta, todos ellos con pañuelos de tela que les cubrían la nariz y la boca.

—Dejadme pasar —ordenó.

—Su majestad no desea que lo molesten, vuestro...

—Soy la donmata de Yscalin. En el palacio de mis ancestros puedo ir donde me plazca.

Algo en su ademán debió de recordarles al rey, porque todos ellos parecieron desconcertados. Ella los miró con dureza, aguantándoles la mirada sin pestañear.

—Vuestro esplendor —dijo uno de ellos—, su majestad está... indispuesto.

—Soy muy consciente de ello.

—Tomad esto, al menos.

Le tendió un pañuelo, que Marosa aceptó antes de pasar entre ellos.

El rey Sigoso estaba tendido en su cama con dosel. El dormitorio olía a quemado y a sudor. La médica de la corte estaba agazapada en un rincón, provista de una máscara con pico y cristales ante los ojos, utensilios que se usaban para evitar el contagio de la peste.

—Dejadnos a solas —le ordenó Marosa.

—Donmata, vos no deberíais estar aquí.

—Os he dicho que nos dejéis a solas.

La médica de la corte obedeció sin más protestas. El rey Sigoso no se movió; tenía la vista fija en el techo y la expresión ausente.

—Durante mucho tiempo sospeché que habías matado a mi madre —dijo Marosa, en voz muy baja—. Ahora creo que ya sé por qué. —Le mostró el vial, que agarraba con la mano enfundada en un guante—. Esto es veneno de basilisco, ¿verdad?

—Sí.

—Y de algún modo lo usaste para matar a la reina Rosarian.

—Sabía que eras más lista de lo que querías que creyera. Está claro que eres hija mía, aunque te parezcas tanto a Sahar.

Marosa tensó los músculos. No esperaba que su padre reconociera el asesinato, y mucho menos que lo hiciera tan rápido.

Quizá la peste draconiana le estuviera friendo el cerebro, afectando a su raciocinio y eliminando sus inhibiciones. Posiblemente tuviera fiebre. Aun así, por primera vez en su vida, Marosa tuvo la impresión de que estaba viendo su verdadera personalidad. La esencia del hombre, oculta bajo la máscara de rey.

—Venga, padre. Confiésalo todo —dijo—. Debió de ser difícil mantener el secreto. Decidme cómo lo hicisteis.

—Un vestido hecho de seda de agua del Este, que resiste la corrosión del veneno de basilisco, al igual que el cristal de diamante del Norte, el material usado para hacer ese vial. Todo ello carísimo.

Le explicó los detalles del asesinato con frialdad, con un tono impasible no muy diferente al que solía usar para dirigirse a ella; los escalofríos le hacían temblar.

—¿Y cómo conseguiste el veneno? —le preguntó, haciendo un esfuerzo para fingir que mantenía la calma.

—Un príncipe mercader de Samana —dijo su padre—, que lo obtuvo, creo, de un exterminador.

—Tú ejecutas a los exterminadores. —Dio un paso más hacia la cama, impulsada por la ira—. Has acusado a muchísimos de herejía y sacrilegio, mientras te regodeabas en tu hipocresía durante años. Te has apartado de los dictados de las seis virtudes. ¿Alguna vez fuiste leal al Santo?

—El más leal de todos.

—Mientes descaradamente.

—No tengo necesidad de mentirte a ti, hija. El Santo al que tanto he venerado me ha abandonado.

—Tú nunca has venerado al Santo. Tú solo te has querido a ti mismo.

—Fui su siervo más devoto, dispuesto a hacer lo que los demás no harían. ¿Y ves cómo me corresponde? —Se lamió los labios, agrietados y manchados de sangre—. El forro del vestido estaba impregnado con el veneno. Mi aliado inys podía tocarlo por fuera, para esconderlo en el vestidor real, pero en cuanto Rosarian se lo pusiera…, bueno, ya no podría quitárselo. Ardería como una hereje.

Esbozó una sonrisa que a Marosa le revolvió el estómago. Vio de nuevo la madera, cómo el veneno la atravesaba.

—Ese aliado. El Escanciador —dijo—. ¿Quién podía haber en Inys capaz de matar a una descendiente del Santo?

—Alguien que veía a Rosarian como la zorra desvergonzada que era.

—¿Osas llamar adúltera a otra reina más?

—Esta desdeñaba a un rey; en su lugar prefería irse a la cama con nobles de medio pelo y hombres del pueblo llano. Hasta los piratas la conocían bien.

—Ya basta de esas acusaciones sin sentido. ¿Quisiste vengarte de ella porque te rechazó? ¡Oh, Santo! ¿Qué he hecho yo para merecerme un padre así?

Sus ojos eran la prueba, el eterno recordatorio, de que había sido criada para nunca hacer valer su voluntad. Para no ser nadie. Llevaba la sangre de Sigoso en las venas, y eso era algo que no podía cambiar.

—Rosarian había perdido el derecho de representar al Santo en la Tierra. Contravino las seis virtudes —dijo su padre, sin inmutarse ante su acceso de rabia—, pero sobre todo se dejó llevar por la lujuria y la vanidad, deshonrando a su propia dinastía. Incluso una dinastía sagrada puede quedar mancillada por el vicio y la bastardía.

—La suya no. Su dinastía es la cadena que tiene preso al Innombrable.

—Rosarian ya había dado a luz. Ya se había formado el siguiente eslabón de la cadena. ¿Qué utilidad tenía a partir de ese momento?

Aquellas palabras fueron como un mazazo. Marosa se quedó sin aliento.

—¿Eso es lo que pensaste de mi madre? —dijo, casi sin fuerzas para hablar—. Una vez que te dio una heredera, ¿su vida no valía nada para ti, padre? ¿O menos aún, porque ella no era una Berethnet?

—Sahar era una espía del sur, enviada a mi corte para introducir en ella la herejía.

—Dices eso solo porque ella encontró la misma prueba que encontré yo. Y sacó las mismas conclusiones.

—Lo hizo —reconoció el rey Sigoso—. Habrá quien diga que fue una tontería conservar los documentos, pero eran la prueba de mi amor por el Santo. Y me gustaba imaginarme a Rosarian muriendo.

Había destrozado el retrato mucho antes de que Fýredel despertara.

—Sahar creía que, si podía matar a una reina de Inys, también sería capaz de matar a la sangre de mi sangre. Siempre fue incapaz de controlarse. Una pagana hasta el final. —Se sentó, de modo que Marosa pudiera ver que sus ojos eran grises, que no estaban encendidos—. Aryete Feyalda me informó de que tu madre planeaba marcharse, aunque no sabía por qué. Supuse que Sahar se habría cansado del Oeste, simplemente, pero… no podía dejar que se llevara a la donmata de Yscalin.

«Marosa, date prisa, tenemos que marcharnos».

—Después de que la encarcelara, me rogó hablar conmigo, dijo que quería suplicar clemencia, que la perdonara. Yo fui tan tonto como para dejarla volver a mi dormitorio. No era consciente de lo que sabía.

Marosa se lo quedó mirando, con el corazón golpeándole el pecho. Volvía a ver la imagen de su madre, en la oscuridad, contemplando el fuego rojo.

—Y entonces, en una última escena dramática, mi esposa sacó un cuchillo que se había escondido en la manga y lo usó contra mí, para asegurarse de que fueras mi única heredera. Con eso se buscó la muerte.

—Tú la mataste. Con tus propias manos.

—Con mis propias manos.

Ninguna soga en sus aposentos privados. No se había colgado. Había sido una lucha brutal, entre un rey y una reina.

—¿Por qué me has tenido encerrada diez años? —preguntó Marosa, a punto de venirse abajo—. Yo no sabía nada de todo esto.

—Pero te lo imaginabas.

—No quería creer que mi propio padre fuera capaz de asesinar.

—Pero tu tío Ersyri siempre lo ha pensado. Jantar ha amenazado con llevarte con él a Rauca —dijo—. Teme por tu vida, y quizá hizo bien. Por mucho que dijera tu madre, no supo protegerte. Tú no eres una reina Berethnet, Marosa Vetalda. El mundo no se acabará si tú mueres.

—Eso es verdad —reconoció Marosa—. Pero tú serás el primero en morir de los dos, padre. No soy yo la marioneta. Y si sobrevivo a Fýredel, algo que tú no harás, si sigo aquí, reconstruiré Yscalin a mi manera. Haré que el mundo sepa lo que le hiciste a Rosarian. Haré con tu imagen exactamente lo mismo que tú hiciste con la suya. Le devolveré a mi madre la gloria perdida y enterraré tu legado en el polvo.

El rey Sigoso no respondió. Marosa se dio la vuelta y lo dejó para que se consumiera en su soledad.

Los embajadores extranjeros estaban alojados en la Galería Abovedada. Marosa tardó un buen rato en llegar; era como si su mente no acabara de reaccionar. Nunca habría creído que algo pudiera asustarla más que el propio Fýredel, pero el mal escondido en las montañas no era nada comparado con el que acechaba en su propio hogar.

Fynch recibió a Marosa en sus aposentos. Los del príncipe viudo de Inys eran los más elegantes del lugar, con nueve ventanas en la cámara principal y una puerta que daba a un balcón con tejadillo.

—Lo he visto —le dijo Marosa.

Él se sentó en un banco de madera; de pronto su edad se le hizo evidente.

—Cuando Fýredel llamó a tu padre —dijo—, tuve la sensación de que era la primera y última oportunidad que tendría de entrar en su despacho, el que se había construido para albergar documentos secretos y sensibles. Allí es donde guardaba las pruebas. Y donde se fabricó el vestido envenenado.

—¿Quién os lo contó?

—Su cerrajera, que es fiel al Santo por encima incluso de al rey. Ella también me mostró los pasajes del agua.

—¿Milord?

—Las tuberías de cobre que traen el agua caliente pasan por unas galerías estrechas detrás de las paredes. Hay puntos de acceso para los fontaneros, para que se puedan hacer reparaciones en caso de fugas o humedades. Yo tengo la llave a esos puntos de entrada. Dudo que vuestro padre lo sepa, pero uno de ellos está en su dormitorio.

Marosa llevaba toda una vida en aquella torre tan oprimente, pero parecía que aún no la conocía.

—Esos pasajes... ¿Me los enseñaréis?

—Sí —dijo él, con la mirada perdida—. No estaba ahí cuando murió Rosarian, pero nuestra hija sí. Aún no sé muy bien cómo Sabran sobrevivió. Prácticamente no quedó nada de su madre que enterrar.

Marosa pensó en Sabran, una reina de brazo firme que no mostraba ninguna debilidad, pese a conservar aquel recuerdo.

—Yo antes creía que mi padre era fiel al Santo —dijo Marosa—. No sé cómo pudo justificar algo así.

—Oh, yo creo que Sigoso era devoto, pero siempre he sospechado que le guardaba rencor a Rosarian por haberle rechazado. Por eso le pedí a Sabran que me nombrara su embajador.

—¿En qué momento mi padre le hizo la corte a Rosarian?

—Unos cinco años antes de que tú nacieras, cuando Rosa aún era princesa. Pero la difunta reina Jillian quería que se casara conmigo. Rosa respetó su última voluntad. —Juntó las manos, cubiertas de manchas de la edad—. Durante mi investigación descubrí que en el pasado tu padre había tenido ambiciosos planes para este reino. Pensaba que, al engendrar a una Berethnet con sangre Vetalda, podría acabar trasladando la sede central de la Cadena de las Virtudes a Yscalin. Sin darse cuenta, Rosa desbarató esos planes. Más tarde, parece ser que ese tal Escanciador le convenció de que era una adúltera. En su opinión, eso justificaba el castigo. Para entonces, Rosarian ya tenía una heredera. Su inesperada muerte no supondría la liberación del Innombrable.

—Es espantoso que pueda retorcerse la fe de esa manera.

—Como cualquier otra fe en las manos equivocadas.

—Sí. —Se lo quedó mirando—. ¿Quién es ese Escanciador?

—Aún no lo sé.

—Mi madre encontró las pruebas. Se dio cuenta de que mi padre era el responsable —dijo Marosa. Fynch la miró—. Intentó huir a Rauca, para protegernos a ambas de su locura. Pero él la mató y mancilló su nombre. Aun así, ella impartió justicia antes, su excelencia.

—¿Cómo?

—Se aseguró de que yo fuera su única heredera.

—¿Queréis decir que lo... mutiló?

Marosa asintió. Fynch soltó un suspiro.

—Siempre me pregunté por qué no se prometió otra vez —dijo—. La reina Sahar era una mujer valiente. Lamento su muerte, pero no me sorprende saber que su última acción fue en defensa tuya. Una paloma es un pájaro de paz, pero protege a sus polluelos hasta las últimas consecuencias.

Sintió que se le nublaba la vista. Se llevó la mano a la pechera, que ocultaba su colgante.

—Aún no entiendo muy bien por qué se casó con ella —reconoció—. No se amaban.

—Por despecho hacia Rosarian, imagino. Ella le hirió en su orgullo, así que forjó una alianza que no reconocía su autoridad divina. Pero es evidente que a largo plazo aquello no le bastó. —Fynch se frotó el rostro—. Aun así, creo que el miedo a que lo descubrieran, o a ser blanco de la ira del Santo, le ha reconcomido por dentro desde entonces. Durante años no pudo soportar ver a mi hija. Me evitó a mí. Sabe que, si el rey Jantar descubriera la verdad, declararía la guerra a Yscalin.

—Mi padre creía que Jantar se me llevaría. Es absurdo —dijo Marosa, resentida—. Sin pruebas del asesinato, ¿por qué iba a decidir salvar a una sobrina a la que ni siquiera conocía?

—Seguro que lo sabéis... —Al ver que Marosa fruncía el ceño, Fynch también lo hizo—. Vuestro esplendor, el rey Jantar y la reina Saiyma aún no tienen hijos. Se dice que quizá jamás los tengan. Y a menos que eso cambie, *vos* sois la primera en la línea de sucesión del Ersyr. —Marosa se lo quedó mirando—. Sospecho que el rey Sigoso ha querido teneros siempre cerca por seguridad, para que vuestro tío no pueda atentar contra él ni llevaros a Rauca.

Marosa no sabía muy bien cómo digerir aquella revelación. No se había informado nunca sobre la política de la corte del Ersyri, y en ningún momento se le había pasado por la cabeza que pudiera ser la primera en la línea de sucesión al trono.

—Así el rey Sigoso también se aseguraba de que podía manipularos a su gusto, claro —añadió Fynch.

—No soy arcilla que se pueda moldear, milord.

—No, claro que no. —Fynch suspiró—. Sabran conoce mis sospechas. A medida que más y más yscalinos se dejen vencer por la desesperanza y se sometan a los wyrms, sabiendo que, si no lo hacen, morirán, me temo que los Reinos de las Virtudes perderán la fe en este país. Mi hija tendrá que declarar la guerra santa.

—Espero poder evitarlo.

—Recuerdo que el caballero del Valor es vuestro patrón. Si alguien puede salvar Yscalin, sois vos.

Marosa sentía la presión del broche de su patrón, oculto en el forro de su vestido. En forma de escudo, porque el valor no implicaba solamente el cruce de espadas. También suponía defender a los indefensos.

Aubrecht

Brygstad
Estado Libre de Mentendon
1004 E. C.

Aubrecht se quedó mirando el cráneo humano que tenía sobre la mesa. Se había quemado tanto que estaba todo negro. Ante él tenía a una curtida mercenaria inys, desaliñada y cubierta de hollín.

—Lamento nuestro fracaso, alteza —dijo—. Encontramos el paso del Emperador, entramos en Yscalin y avanzamos hacia Cárscaro. Pero antes de que pudiéramos llegar fuimos atacados por todo tipo de bestias monstruosas. Yo soy la única superviviente.

La calavera parecía mirarlo con gesto acusatorio.

—¿Cómo? —le preguntó Aubrecht a la mercenaria—. ¿Cómo has conseguido sobrevivir?

—Antes de venir aquí me ganaba la vida exterminando a durmientes draconianos. Conozco sus puntos débiles… —dijo ella—. Pero había muchísimos. Nos arrollaron. Era como…, como volver de pronto a la Gran Desolación.

Así pues, era cierto. Todo lo que le habían dicho los espías.

—Cuando las bestias se fueron —prosiguió la mercenaria—, avancé unos tres kilómetros más. Quería completar la misión, llegar a Cárscaro, pero no debéis enviar a más gente, alteza. El paso del Emperador está bloqueado. Un desprendimiento, por lo que parece. No sé si el paso desde Ersyri está libre. Lo que está claro es que ya no hay modo de moverse entre Yscalin y Mentendon.

Aubrecht cerró los ojos. Su mapa era muy antiguo, pero aquella era su única esperanza.

—Te agradezco que lo hayas intentado —dijo—. Y recibirás el triple de lo que te había ofrecido.

La mercenaria asintió, pero parecía compungida. No apartó sus oscuros ojos del cráneo ni por un momento.

—No pude encontrar a ninguno de los otros —dijo—. Para cuando volví al lugar del ataque, las bestias se habían llevado sus huesos.

—Sus muertes honran al caballero del Valor. Rezaré por que encuentren su lugar en Halgalant —dijo Aubrecht—. Sus familias serán recompensadas. —Señaló la calavera—. Llévate esto al Gran Santuario de Brygstad para que lo entierren en el osario del jardín. Diles que te envío yo.

—Gracias, príncipe Aubrecht.

Cogió el cráneo y se marchó. Aubrecht bajó la cabeza y la hundió entre las manos.

En los últimos meses había intentado todo lo imaginable para sacar a Marosa de Cárscaro. Los dos primeros grupos de mercenarios no habían conseguido encontrar el paso del Emperador. El tercero había desaparecido sin dejar rastro. Aubrecht había enviado grupos de rescate, pero en vano.

Durante el invierno le resultó imposible enviar más, dado el peligro que planteaba la nieve en las Escarpadas. Un cuarto grupo no había encontrado ni rastro del tercero, y se vio obligado a dar marcha atrás cuando un terremoto sacudió las montañas. Ahora que este quinto grupo había sido asesinado, supo por fin el destino que habían corrido los demás.

—Ya basta —dijo, en voz baja—. Ya no más.

Esa noche estaba frente a su tía, a la luz de las velas, en su cámara privada. Liuthe no lo reprendió, pero él sabía, por su expresión fatigada, que en ningún momento creyó que sus planes pudieran tener éxito.

—Debes solicitar la nulidad a la reina Sabran —le dijo, en voz baja—. Es solo cuestión de tiempo que declare la guerra santa. Yscalin ya no nos puede ofrecer protección. Y no podemos permitir que los hróthis usen tu compromiso para mancillar nuestro nombre.

—Debe de haber otro modo de llegar a Marosa. Podríamos contarle a su tío lo del paso del Emperador.

—No, Aubrecht. Eso sería ir demasiado lejos —dijo Liuthe—. No tenemos ninguna disputa con el Sur, pero informar a los ersyris de un punto débil de Cárscaro sería traicionar la Cadena de las Virtudes.

—Yscalin ya no es un Reino de las Virtudes.

—Su pueblo aún se merece nuestro apoyo —dijo. El fuego crepitó—. Solo unos pocos de nuestros espías han conseguido regresar. Me dicen que los wyverns están por todas las ciudades, observando a la gente, extendiendo la peste draconiana y matando a todo el que intenta huir. Y sabes tan bien como yo que es imposible llegar hasta Cárscaro sin ser visto.

Aubrecht apartó la mirada, mascullando algo.

—¿Por qué hacen esto? ¿Para qué quieren tener un reino propio?

—Probablemente, los wyrms estén debilitados, tras siglos de letargo. Debe de ser la forma que tienen de crearse una base segura —dijo Liuthe—. Quizá incluso un criadero para multiplicarse.

—Entonces es el principio del fin.

—Eso no es digno de ti, Aubrecht. Eres el más devoto y optimista de todos, y debes seguir siéndolo, por mucho que estés sufriendo.

Aubrecht levantó la mirada y se encontró enfrente la de Liuthe, tan firme como siempre.

—Enviaré una paloma a Ascalon —dijo Aubrecht—. Pero mientras viva nunca creeré que Marosa Vetalda se ha sometido por voluntad propia a los designios del Innombrable. Yo creo que la estamos abandonando a su suerte, y que la estoy traicionando al poner fin a este compromiso. El Santo me castigará por ello.

Liuthe lo miró, conmovida.

—Eres un hombre muy bueno, Aubrecht. Siempre lo fuiste —dijo—. A veces me duele pensar que tengas que gobernar. —Se hundió un poco más en su butaca—. Leovart morirá muy pronto. E imagino que yo iré detrás.

—Tú aún puedes vivir muchos años, tía.

—La fiebre sudorosa se me quedó pegada en los huesos. —Lanzó una mirada de preocupación al retrato que tenía más cerca—. Y… echo de menos a Edvart y a Lesken. Estoy lista para ir con ellos.

Aubrecht levantó la vista y vio el retrato de su tío, con el cabello y la barba pelirrojos, y una niña en brazos. Edvart II, el Príncipe Risueño. El hombre que se suponía que debía gobernar durante décadas.

—Cuando nosotros no estemos, tú serás el cabeza de familia de la casa de Lievelyn —dijo Liuthe—, y debes estar preparado para tomar las decisiones más duras de tu vida. Los ménticos hemos sobrevivido a muchas cosas. Los norteños nos expulsaron de nuestro territorio, impulsados únicamente por la superstición. El monte Pavor nos obligó a abandonar Gulthaga, la inundación nos echó de Thisunath y los wyrms de Carmentum, pero todas esas veces no solo sobrevivimos, sino que nos volvimos más fuertes. Cuando nuestra antepasada Ebanth naufragó en la isla de Seiiki, no se resignó a ser ejecutada. ¿Qué fue lo que hizo?

—Convenció al Gran Señor de la Guerra para que la escuchara —dijo Aubrecht—, e hicieron un trato. Solo los ménticos podrían hacer tratos comerciales con Seiiki, aunque los extranjeros tenían la entrada prohibida en la isla.

—¿Y qué hizo su descendiente un siglo más tarde?

—Tía…

—Dímelo, Aubrecht.

Todo aquello lo había aprendido cuando era niño, de sus tutores. Su madre le contaba esas historias antes de dormirse. Los orígenes de Mentendon, desde las nieves del Norte al cisne plateado.

Ya no era un niño, pero seguía queriendo a su tía.

—Su descendiente fue Kathel Lievelyn —dijo en voz baja—. Navegó hasta el Oeste y exigió la independencia de Mentendon, aplastada por el puño de hierro de Hróth. Y así empezó el Alzamiento Méntico. —Liuthe asintió—. Al final, Sabran VIII entendió que la servidumbre de Mentendon había durado demasiado tiempo, y le ordenó a la reina de Hróth que retirara sus tropas, concediéndonos a los ménticos el derecho al autogobierno, mientras mantuviéramos la monarquía y fuéramos leales al Santo.

—Y eso hemos hecho —apuntó Liuthe—. Tú crees que te trato como a un niño al pedirte que recites una historia. Pero para los ménticos el mundo es un lugar peligroso, independientemente de si hay wyrms en el cielo o invasores en el mar, y nuestra historia, la historia de Mentendon, es la historia de la fundación de nuestra dinastía. Tienes que decírselo a tus súbditos. Has de recordárselo a tus hermanas. Debes enseñárselo a tus propios hijos, cuando los tengas. Y los tendrás, Aubrecht. Un día.

Aubrecht quería creerla. Pero hasta que lo consiguiera, fingiría que la creía.

—Espero ser un buen narrador de historias —dijo—. Y honrar tu nombre, tía. En todo lo que haga.

Recorrió los pasillos en camisón, ante la mirada de sorpresa de sus criados, sacando pecho y con el rostro perlado de un sudor frío.

El paso de montaña era su única esperanza. Liuthe tenía razón. Cárscaro era inexpugnable desde el oeste, especialmente con los wyverns vigilando. No podía ordenar a miles de soldados ménticos que se lanzaran a una muerte segura. Ni podía ir solo. Aunque estaba tomando clases con la esperanza de llegar a dominar el arte de la espada, como correspondía a un rey, no era ningún guerrero. Pese a la seguridad con la que había hablado a su familia meses antes, ya no tenía confianza alguna en ser capaz de llegar a Cárscaro.

La casa de Lievelyn era lo primero. No podía sumir a su familia en otro duelo. El dolor de la pérdida le había amargado la vida a su tía; no permitiría que destrozara a sus hermanas.

Llegó al patio de Mármol, donde se sentó a contemplar las estrellas. Marosa sabía mucho de astronomía, pues había vivido toda la vida en una torre. La constelación del Favor brillaba sobre el palacio, como burlándose de él. Eran las estrellas que todo méntico esperaba ver la noche de su boda, puesto que eran una señal de aprobación del caballero de la Camaradería.

Ermuna fue a su lado. Por las manchas de tinta de sus dedos, resultaba evidente que había estado estudiando.

—Sé que has hablado con la tía Liuthe —dijo—. Quiere que anules el compromiso. —Él asintió, y ella le cogió una mano—. Lo siento mucho, Aubrecht.

Aubrecht asintió de nuevo. Se sentía como si un fuego lo hubiera calcinado por dentro, dejando a su paso solo cenizas.

—Se suponía que la alianza con Yscalin debía protegernos —dijo Ermuna—. Si una sombra del Oeste no nos destruye antes, debes casarte pase lo que pase, para reforzar nuestra dinastía. Y hay una candidata evidente.

—¿Quién?

—La reina Sabran. Si tuvieras un hijo con ella, la próxima reina de Inys tendría sangre Lievelyn. Los Vatten dejarían de ser una molestia de una vez por todas. Lo sabes tan bien como yo, Aubrecht.

—Pensaba que la reina Sabran estaba muy unida a lord Arteloth Beck. El tío abuelo dice que es algo sabido por todos.

—El tío abuelo necesita una excusa para justificar que la reina Sabran rechazara su petición —respondió Ermuna—. Lo cierto es que puede ser un rumor, o quizá hasta un inconveniente, pero Inys ganaría mucho más con una alianza internacional. Sabran necesita demostrar la fuerza de la Cadena de las Virtudes. Podemos cubrir el hueco que ha dejado Yscalin. —Se le acercó un poco más—. El primer méntico príncipe consorte de una reina Berethnet. Imagina la seguridad que nos daría eso.

Aubrecht se quedó pensando. Lo cierto era que nunca se había planteado proponer matrimonio a Sabran, al suponer que una Berethnet solamente querría casarse con alguno de sus aliados tradicionales.

Sin embargo, Ermuna tenía razón. Ahora que Yscalin había caído, Mentendon tenía una ocasión para crecer.

—Pero aún no —dijo—. No puedo… actuar tan rápido, Erma. Le tenía cariño a Marosa, aunque no haya tenido ocasión de enamorarme de ella. He perdido el futuro que soñaba.

—A eso se lo llama «duelo» —dijo Ermuna—, y es un lujo que se pueden permitir los hombres, no los monarcas. La petición de mano tendrá un mayor efecto cuando seas gran príncipe, pero eso pasará muy pronto. El tío abuelo no se recuperará de esta enfermedad.

—Ermuna.

—Puede sonar cruel, pero eso es la verdad, Aubrecht. Sus médicos creen que le quedan días, no semanas. —Ermuna le agarró con más fuerza—. Llora la pérdida de Marosa el tiempo que tarde en morir el tío abuelo; luego escribe a la reina Sabran. Hazle una oferta antes de que acepte una petición de mano de Hróth. Eres el mejor candidato para ella.

Realmente era tenaz como el acero.

—Te juro que me lo pensaré, en cuanto fallezca el tío abuelo —respondió Aubrecht—, pero si me declaro demasiado rápido hará que parezca voluble y frío. Deja que se pose el polvo.

Ermuna no respondió, pero se quedó a su lado.

El día siguiente, Aubrecht entró en silencio en el Aviario Real, donde varias de las palomas revoloteaban y arrullaban a sus parejas. Escogió una con un delicado collar dorado, lo que demostraba que sabía volar hasta Ascalon.

Bajó la mirada y releyó la carta. Una petición de anulación, dirigida a la reina Sabran, la mayor autoridad en los Reinos de las Virtudes. La petición de mano llegaría más tarde, cuando su familia decidiera que el duelo por la pérdida de Marosa ya había durado lo suficiente.

La paloma se posó tranquilamente sobre su muñeca. Mientras enrollaba la carta y la encajaba en el soporte que llevaba en una pata, pensó una vez más en la princesa encerrada en la torre, así como en los doce preciosos días en que sus almas habían entrado en contacto. Quizá ya estuviera muerta. Tragó saliva para contener el dolor, abrió los postigos con una mano y dejó que la paloma emprendiera el vuelo. Planeó sobre el patio y luego se elevó por el cielo. Ya estaba hecho, no había vuelta atrás.

Como un sonámbulo, se dirigió al Santuario Real. No podía ayudar a Marosa —un fracaso que nunca se perdonaría—, pero podía rezar por su seguridad.

Mientras estaba allí arrodillado, ante las estatuas, se dio cuenta de que no era capaz de hacerle aquella petición al Santo. Por

mucho poder que tuvieran el Santo y su Séquito Sagrado, ya no tenían ninguna influencia sobre Yscalin. Quizá no pudieran ver siquiera a Marosa, encerrada como estaba tras las sombras del mal.

Aubrecht se quedó de rodillas un rato, pensando.

Mucho antes de la Inundación de Invierno —el evento que precedió a su conversión forzosa—, los ménticos seguían una religión más antigua, basada en un amor maldito entre el Forjador de la Tierra y la Forjadora de los Cielos, y su batalla eterna por imponerse. El Forjador de la Tierra tenía su forja bajo el monte Pavor, y, cuando se enfurecía, el volcán temblaba.

Quizá el Forjador de la Tierra fuera el mismo dios que antes veneraban los yscalinos, aunque ellos le daban otro nombre. Pero Yscalin ya no necesitaba fuego. Solo la Forjadora de los Cielos —la reina plateada del firmamento— podía salvarlos.

—Me dirijo a ti, Forjadora de los Cielos —dijo Aubrecht en voz baja—. Si aún está viva, protégela, por favor.

Hizo el signo de la espada, para limpiar palabras heréticas, y se alejó.

Marosa

Cárscaro
Reino Draconiano de Yscalin
1005 E. C.

Otro año de fuego y azufre. Poco a poco, los habitantes de Cárscaro iban perdiendo la fe. Los wyverns tenían la vista demasiado fina, y la Gran Llanura de Yscalin era demasiado grande. Gulthaga había sido muy hábil al escoger su puesto destacado.

En la ciudad, las cosas habían dado un giro a peor. Con el tiempo, los monstruos draconianos —los temidos durmientes, ahora despiertos— habían empezado a llegar. Ahora no había solo wyverns, sino también otras bestias abyectas que merodeaban por las calles en busca de presas. Y estas, a diferencia de los wyverns, se alimentaban de carne.

Los guardias de la ciudad seguían intentando mantener la paz, pero era una labor imposible. Cualquiera podía ser detenido y llevado a la abertura de la montaña, y no se le volvía a ver. Sin los santarios para guiarlos, y viendo a todos los nobles al servicio del wyrm, algunos carscarianos habían perdido el miedo al caballero de la Justicia. Los ladrones y atracadores operaban a la luz del Tundana. Las muertes arbitrarias y aleatorias se habían convertido en algo habitual. Estaba claro que algunos llevaban tiempo esperando la caída del Santo, para poder dar rienda suelta a sus vicios. Y lo peor era que se habían registrado varios casos de peste draconiana. A los enfermos los habían confinado en sus casas.

Marosa hacía todo lo que podía por no perder la esperanza, incluso después de haber averiguado la verdad sobre su padre —e incluso después de contárselo a Priessa, que aún no había podido descubrir si su propio padre había sido cómplice en el asunto—. Todos los planes para organizar la resistencia habían fracasado, pero habían empezado a coser guantes y pañuelos para el pueblo, que se distribuían en secreto, con paquetes de comida y notas para levantar el ánimo a la gente.

En el interior del palacio de la Salvación, algunos de los Vardya ya se habían sometido al dictado de los wyrms. Registraban cada rincón en busca del mínimo indicio de rebelión, quizá temiéndose que Fýredel pudiera reducir la ciudad a cenizas si empezaba a aumentar la oposición. Pero Ermendo, siempre fiel, se había asegurado de que algunos se mantuvieran leales a Marosa. Había enviado a un par a que escalaran el monte Fruma, para ver si había alguna posibilidad de introducir pólvora para hacer estallar a Fýredel, pero en vano. La Puerta del Abismo parecía ser la única vía de acceso a su guarida.

La esperanza era como una lámpara que se consumía, y a la de ella ya solo le quedaba un poco de aceite.

Y casi se acabó del todo el día del aniversario, cuando se cumplían dos años de la caída de Cárscaro. Estaba mirando por la ventana, esperando encontrar una paloma en el cielo, cuando Ermendo entró en sus aposentos.

—Tengo un mensaje de su majestad —dijo, con la mirada gacha—. Fýredel desea veros.

Marosa se lo quedó mirando. En dos años, Fýredel había actuado como si no existiera.

Priessa se puso en pie.

—Fýredel ya tiene al rey para que le haga de marioneta. ¿Qué puede querer de Marosa?

—Ojalá lo supiera, mi señora.

Muy pocas personas habían sobrevivido a un encuentro de cerca con una sombra del Oeste. Marosa solo sabía de tres. Una era Glorian la Intrépida, el segundo era Gastaldo Yelarigas, y el tercero, su padre.

—Ya veo. —Marosa se puso en pie, hablando con una voz que casi no reconocía como suya—. Pues más vale que me prepare.

—No —exclamó Priessa, agarrándole del brazo—. Marosa, podemos esconderos.

—Fýredel nos quemará a todos si no obedecemos —dijo Marosa, alisándose el tejido de la manga—. Dudo que me mate. ¿De qué le serviría?

Priessa estaba cada vez más pálida. Un momento más tarde pareció resignarse.

—Probablemente, Fýredel extienda la peste —dijo—. Si vais a ir, dejad que os protejamos.

Aquello llevó un tiempo. Marosa se puso el doble de capas de ropa de lo habitual, con un velo que solía usarse en el duelo. Se habría puesto una máscara, pero imaginaba que Fýredel querría verle la cara, sus ojos de princesa. El velo era más un elemento religioso que una protección real.

Ermendo le dejó una pechera de metal que disimuló bajo una capa, por si el wyrm percibía la armadura como una amenaza. Y por último se puso una diadema forjada por Oderica. Cuando Priessa se la colocó sobre el velo, se sintió como si, al igual que su antepasada, fuera capaz de sobrevivir en el seno de la montaña.

El palacio de la Salvación había cambiado de aspecto. Habían descubierto que la bilis de las criaturas draconianas podía servir para hacer velas y antorchas, ya que ardía durante días con unas llamas de un rojo encendido, haciendo el aire aún más pesado. Su padre insistió en que las usaran. También obligó a un picapedrero a tallar grotescas figuras de bestias draconianas para ponerlas a los lados de las puertas principales del palacio, y ordenó a su corte que se dirigieran a él como Rey Terreno de Yscalin, siervo del Rey de Hierro.

Cárscaro se había convertido en el Vientre de Fuego. El reino del mal, germen de lo perverso. Cualquier recién llegado que la viera por primera vez creería que sus habitantes veneraban a su soberano.

Y lo único que podía hacer Marosa era observar.

Bajó por la Gran Escalinata con sus guardias, envuelta en un resplandor púrpura. A pesar del peligro al que se enfrentaba, no tenía miedo. Quizá fuera porque la amenaza era de tal dimensión que no conseguía hacerse un hueco en su mente.

En el exterior del palacio la esperaba un carruaje. Cuando Marosa vio a qué estaba enganchado, dio un paso atrás. Dos bestias monstruosas la observaban con sus luminosos ojos. Por la forma de sus peludas cabezas, debían de ser yáculos, una mezcla de wyvern y lobo, ambos del tamaño de un caballo de tiro.

Se asegurarían de que llegaban ante su señor.

—¡Por el Santo! —Ermendo acercó una mano a la empuñadura de su espada—. Dejad que pase yo antes, vuestro resplandor.

Se acercó lentamente y abrió la puerta. Los yáculos gruñeron, pero permitieron que ambos subieran a bordo.

Los carscarianos observaron cómo se alejaba el carruaje. Su silencio resultaba desquiciante en una ciudad de cuarenta mil almas, pero cualquier sonido fuera de lugar llamaría la atención, y eso podía tener un resultado dramático. Marosa habría querido poder hacerse la señal de la espada y mostrarles así su lealtad al Santo. Sin embargo, en lugar de eso, se escondió tras el velo y evitó sus miradas.

Debían de pensar que iba de camino a la muerte.

Y quizá fuera así.

El carruaje traqueteaba y daba bandazos tan fuertes que le hacían entrechocar los dientes. Los yáculos eran veloces, pero resultaba evidente que no les preocupaba lo más mínimo la comodidad de sus pasajeros ni la seguridad de los que se encontraban por el camino. Más de uno tuvo que salir corriendo a su paso. Se abrieron espacio por entre las casas mayores de los gremios, las grandes mansiones de basalto y los bancos que rodeaban el palacio de la Salvación. Cuando Marosa vio un par de alas rojas pintadas en una puerta, le hizo un gesto a Ermendo para que mirara.

—¿Qué significa ese símbolo?

—Que en esa casa hay peste —respondió Ermendo—. Todas las familias afectadas quedan confinadas

Marosa cerró los ojos. Estaba tan tensa que, cuando por fin se atrevió a mirar de nuevo al exterior, le dolían los músculos. El carruaje había dejado atrás las casas de los mercaderes y había cruzado el Tudana dos veces. Ahora se encontraban entre las casas en las que vivían la mayoría de los carscarianos.

Llegaron al extremo oriental de Cárscaro, donde vivían los picapedreros. Allí era donde el día de la caída se había producido el desprendimiento. Varias casas seguían cubiertas de cascotes.

—Yo nací aquí —le dijo Ermendo. Marosa lo miró—. La mayoría de los supervivientes han abandonado el barrio, ya que nadie quiere vivir cerca de la Puerta del Abismo. Todos se han trasladado más cerca del barranco.

—¿Y qué hay de tu familia?

—Mis padres murieron hace muchos años, algo por lo que doy gracias al Santo. Así no tengo que temer por ellos.

A los pies de una ladera empinada por la que las ruedas ya no podían subir, Marosa salió, con su velo ondeando al viento de las Escarpadas. Por primera vez en años pudo ver el palacio de la Salvación desde lo lejos. Aquella torre oscura y sombría, iluminada por el rojo siniestro del Tundana.

Sus botas de montar resbalaban sobre los fragmentos de roca sueltos. Resbaló, pero Ermendo la sujetó.

—Debo ir sola. Fýredel no te ha llamado a ti. ¿Me esperarás?

—El tiempo que haga falta.

Él le tendió el farol del carruaje.

—Gracias —dijo ella—. Pero he leído en un bestiario que el fuego puede tener efectos… impredecibles en las guaridas de los wyrms. Confío en encontrar un camino seguro.

—Muy bien.

Sobre sus cabezas se encontraba la Puerta del Abismo; ante ella, Marosa se sintió minúscula. Con el reflejo de la luna como única luz, subió por la rampa de madera que habían construido, que notaba dura bajo los pies, pese a llevar botas. Estaba acostumbrada a los suelos mullidos del palacio.

Por fin entró en la cueva. La cueva en la que muchos carscarianos habían entrado y de la que no habían salido nunca.

Fýredel debía de haber puesto a trabajar a los humanos. Había picos y escaleras en torno a la entrada, como si alguien hubiera estado intentando hacerla más grande. Y no solo eso, también había braseros y antorchas que desprendían una luz roja. Más allá estaba negro como un abismo. Hizo acopio de valor y echó a caminar.

Un sonido sibilante la hizo parar de golpe. Una bestia gris emergió de entre las sombras, agitando su lengua viperina. Una culebreya: una serpiente alada, como el anfíptero, con una capucha como una cobra. Se creía que procedían del bosque de Afelayanda, de ahí su nombre en yscalino.

Marosa consiguió mantener la compostura. La culebreya se retiró un poco, con los ojos encendidos de odio, y luego volvió a acercar la cabeza a la luz. Esta vez el sonido sibilante fue más potente, y le resonó por toda la columna. Cuando vio que repetía aquel movimiento ondulante por tercera vez, Marosa se dio cuenta de que quería que la siguiera. Rezó para que su instinto no la estuviera traicionando y fue hacia el monstruo.

Cuando se acercó, la culebreya no atacó, sino que se giró y echó a reptar por un túnel. Marosa la siguió, manteniendo una distancia de seguridad. Hacía tanto calor que le molestaba hasta el velo. A lo lejos vio otro brasero, pero cuando llegó a su altura deseó estar a oscuras, porque el suelo estaba cubierto de huesos. Ya casi se había convencido de que eran de animales cuando localizó un cráneo humano, ensangrentado y sin la mandíbula.

Marosa se puso a temblar de forma incontrolada. Sabía que aquellas bestias se alimentaban de carne humana. Bartian tenía razón al suponer que ese era el fin que esperaba a los carscarianos que iban hasta allí, pero ella se lo había negado desde el principio para no volverse loca. «No lo habrán hecho con todos —se dijo—. No se comerán a sus propios trabajadores». Tragó saliva y se concentró en seguir a la culebreya. «Por favor, que alguno haya sobrevivido».

De pronto oyó unos martillazos. Eso la distrajo, y apoyó mal el pie en el suelo, pisando algo que le hizo resbalar ligeramente. Por puro instinto, bajó la mirada y vio el montón de huesos que había pisado, y luego un brazo humano en el suelo, aún fresco, arrancado por el codo. Apretó los labios, sintiendo el sudor que le caía por el rostro.

Un fogonazo le hizo girarse de nuevo hacia el lugar de donde procedían los martillazos. En una enorme caverna a su izquierda había dos wyverns tendidos uno junto al otro, rodeados por humanos.

Marosa echó una mirada a la culebreya, que se había parado

a lamer la sangre de un cráneo. Aprovechando su distracción, volvió a mirar en dirección a la caverna. Varios de los humanos estaban trepando a la grupa de un wyvern, con el rostro protegido por trapos. Marosa vio a dos mujeres colocando una lámina de metal sobre un profundo agujero en el pellejo del wyvern.

El corazón le latía con más fuerza que nunca. Los carscarianos estaban reparando las heridas que los wyverns arrastraban desde la Gran Desolación. Eliminando esos puntos débiles de su armadura.

Apartó la mirada y se fijó en el resto de la caverna, haciendo un esfuerzo para ver por entre la capa de polvo y humo que flotaba en el ambiente. Un hombre fornido estaba limpiándole la mugre a un basilisco con agua caliente y una escoba, mientras otro le quitaba el óxido de la armadura de hierro. La bestia emitía sonidos sibilantes, pero no parecía quejarse del tratamiento recibido. A Marosa, la imagen de aquella enorme serpiente le heló la sangre. Si su veneno entraba en contacto con alguno de esos hombres, se desintegrarían, igual que le había pasado a Rosarian.

Más lejos aún había un grupo de carscarianos picando la pared. La Puerta del Abismo era lo suficientemente grande como para permitir el paso de wyverns y otras criaturas draconianas. Solo podía ser que estuvieran excavando para liberar a más bestias.

La culebreya soltó un mordisco al aire. Marosa se estremeció, pero reaccionó y la siguió, con las mejillas cubiertas de calientes lágrimas.

Estaban obligando a su pueblo a colaborar en su propia destrucción. Para hacer inútiles los sacrificios de sus ancestros.

Por fin, su guía la llevó a otra caverna, donde un viento caliente le alborotó el velo. Una luz más suave —de lava, que debía fluir por allí cerca— iluminaba las paredes. Caminó hasta el final de un saliente rocoso situado al borde de una fosa que parecía no tener fondo. La culebreya emitió un sonido ronco que resonó en la oscuridad.

Marosa pasó un buen rato sin saber qué hacer, temblando ante aquella sima. Hasta que por fin oyó un movimiento. Un murmullo grave, seguido de un golpeteo que hacía vibrar la tierra y que hizo rodar unas cuantas piedrecitas.

Sus ojos tardaron un rato en diferenciar las escamas de las rocas, en distinguir el rostro del wyrm.

El rostro de Fýredel.

Ni leyendo mil historias habría podido prepararse para el encuentro con la sombra del Oeste. Ni leyendo innumerables relatos habría podido imaginarse que pudiera ser tan inmenso ni que tuviera aquel aspecto tan volcánico. Sus escamas eran de obsidiana, aunque tenía el cuello rojizo, como manchado de sangre. Ni siquiera podía verlo en toda su envergadura, pero lo poco que veía la hacía sentir muy pequeña.

El wyrm que había estado a punto de acabar con la humanidad. Una abominación de primer orden.

Si ese era un subordinado, no podía imaginarse cómo sería el Innombrable. ¿Así era como había visto Oderica a Fruma?

El wyrm había clavado su ardiente mirada en ella. Era sorprendente que pudiera ver siquiera a alguien tan pequeño. Marosa se dejó caer de rodillas, sin saber muy bien si lo había hecho voluntariamente o si le habían fallado las articulaciones.

—¿Quién va ahí?

Su voz era tan profunda que Marosa tardó un momento en darse cuenta de que hablaba en inys.

—Marosa Vetalda, princesa de Yscalin —respondió con voz temblorosa—. Me has mandado llamar.

—Tú eres el cachorro del Rey Terreno.

—Sí.

Marosa se obligó a levantar la mirada. Tenía que tomarle la medida a su enemigo. Su negra coraza tenía magulladuras y arañazos, pero no le faltaba ninguna escama, no se le veía ningún punto débil. Todos los wyrms tenían una zona vulnerable bajo el ala —donde el pellejo era más fino, lo que les permitía volar—, pero dudaba de que ni siquiera una jabalina pudiera atravesar la piel de una sombra del Oeste.

—El fuego arde en su interior, pero aún no le ha llegado la hora de la muerte —dijo Fýredel, pronunciando el inys con un extraño acento que obligaba a Marosa a hacer esfuerzos para entenderlo—. Cuando esté demasiado débil como para levantarse, serás tú quien reciba mis órdenes en su lugar. Te las haré llegar a través del senescal.

Era un título que hacía tiempo que no existía, pero ese senescal del que hablaba no podía ser otro que lord Gastaldo.

—Sí, mi señor —dijo Marosa, dirigiéndose a él con respeto—. Estamos deseosos de serviros.

Odiaba el tono dócil y sumiso que estaba adoptando. Ojalá tuviera las agallas de desafiarlo, como los héroes de la Gran Desolación, pero había cuarenta mil vidas en juego. No podía ponerlas en peligro.

—Hay una mujer en tus mazmorras. Roja es su capa y afilada su espada —dijo el wyrm—. Agónica y atroz debe ser su muerte. El Rey Terreno será testigo, para que sepa que has cumplido la misión, para que oiga sus chillidos atormentados. Debéis colgarla viva de vuestra puerta al amanecer.

Quería que a aquella mujer la picotearan y la devoraran viva sus bestias.

—Así se hará —dijo Marosa—. ¿Qui…, quién es esa mujer?

Fýredel no respondió a su pregunta, pero clavó su mirada en ella, atravesándole el velo, como un hierro ardiente. Marosa tuvo que hacer un enorme esfuerzo para no cerrar los ojos, por si era así como podía hacerse con su mente. Se había pasado la vida siendo un peón en el tablero, dominada por su padre; no iba a morir como una marioneta.

—¿Por qué hacéis esto? —preguntó—. ¿Por qué extender toda esta violencia sobre la humanidad?

No sabía que pudiera ser capaz de preguntar algo así. Quizá lo había sido porque era una de las pocas que había llegado a estar tan cerca de un wyrm. O quizá porque, curiosamente, Fýredel parecía estar escuchándola.

—Vosotros condenasteis vuestra propia tierra —respondió.

—¿Cómo?

Al ver que Fýredel no contestaba, Marosa hizo un esfuerzo y se puso en pie, aunque aún le temblaban las rodillas. Un gruñido grave resonó por toda la cámara.

—Majestad, os lo ruego, explicádnoslo —le imploró a la sombra del Oeste—. Nuestros ancestros mataron a los vuestros. Eso lo sé. Veo las cicatrices en vuestra armadura. Pero combatimos porque vosotros nos atacasteis primero, porque no nos dijisteis lo que buscabais. Si os hemos ofendido, estamos seguros de que podemos enmendar nuestro error, pero… ¿cómo vamos a subsanar una afrenta que no conocemos?

Fýredel se la quedó mirando. Sus ojos eran como dos enormes braseros situados bajo otros dos cuernos colosales.

Y entonces Marosa hizo algo no solo terriblemente imprudente, sino que sabía que enfurecería al Santo, que había arriesgado la vida para acabar con una de esas criaturas. Pensó en los suyos, en los que estaban en la otra caverna y que habían recibido permiso para trepar a la grupa de los wyverns.

Sin darse tiempo a recapacitar, se quitó el colgante de la pechera y lo levantó despacio, mostrándoselo al wyrm. Fýredel permaneció inmóvil, y Marosa rezó para que pudiera verse reflejado mínimamente, pese a lo pequeño que era el espejo. Quizá fuera como el pájaro que había traído Denarva del Ersyr y que, incapaz de reconocer su propia imagen, se cortejaba a sí mismo en el espejo. Aunque fuera demasiado grande como para verse, esperaba que su curiosidad le proporcionara algo de tiempo para hablar.

Dio un paso adelante. Fýredel siguió inmóvil. Lentamente alargó la mano izquierda, protegida por un grueso guante de montar, y le rozó el morro con la punta de los dedos.

Y Fýredel, el enemigo de la humanidad, no la atacó.

«Busca en los demás tu propia imagen».

Tembló con violencia al notar el terrible calor de la bestia a través del guante, tan intenso que sin duda podría quemar el cuero en segundos. Cada soplo del aliento del wyrm tenía la fuerza de un desprendimiento de piedras.

«Trátalos como te tratarías a ti misma...».

—Por favor —le rogó—, decidme qué buscáis conseguir, cómo puedo acabar con esto.

En la caverna resonó otro gruñido siniestro. Sabía que el wyrm se estaba planteando si debía acabar con ella o no.

—Rotas están las raíces del caos. Tres veces cortadas —dijo Fýredel— y nunca reparadas. —Mostró los dientes, que brillaban como espadas de hierro, y en los que Marosa distinguió su propio reflejo—. El fuego del subsuelo debe extenderse por el mundo. Todo debe arder, de orilla a orilla.

Marosa intentó asimilar aquellas palabras pese a la confusión que le provocaba su propio miedo.

—Entonces pensáis destruir Yscalin —dijo—. ¿Por qué todo este montaje, pues?

Fýredel soltó un gruñido, y ella cayó al suelo ante él. Sin soltar el colgante, fijó la vista en sus fauces, en la segunda y tercera fila de dientes, y en su lengua viperina, oscura como la sangre.

Y ahí estaba. Aquella luz púrpura en el fondo de su garganta, como una brasa del Vientre de Fuego. Ardía con tanta fuerza que le iluminaba el cuerpo; de nuevo el rostro se le cubrió de sudor.

—Perdonad mi insolencia. He sido una imprudente —balbució—, pero os lo ruego: no matéis a ninguno más de los míos.

—Tú no tienes poder alguno sobre el fuego —le dijo Fýredel—. Vuelve junto al Rey Terreno; cuando ya no se aguante en pie, adoptarás mi aspecto en su lugar. Que todos conozcan las órdenes que llegan de la montaña.

Algo cayó a su lado con un sonoro repiqueteo metálico. Marosa lo recogió con manos temblorosas. Aun con los guantes puestos, notó que estaba caliente.

Un yelmo de hierro fundido, en forma de cabeza de wyrm.

Se llevó el yelmo al exterior de la cueva. Cuando llegó al palacio de la Salvación, Priessa estaba allí para envolverla en su capa y abrazarla. Marosa intentó calmar sus temblores mientras Ermendo se llevaba el aterrador yelmo lejos de allí.

—Su resplandor —dijo lord Gastaldo, que apareció de pronto a su derecha—. ¿Estáis herida?

—No, milord —respondió Marosa, con la mano izquierda cerrada en un puño sobre el pecho—. Solo algo turbada.

Había lanzado el guante al Tundana. La prueba de su locura.

—Me alegro de oír eso —dijo lord Gastaldo—. Por favor, venid a mi estudio.

—Debo bañarme primero. Solo el Santo sabe la inmundicia draconiana que puedo haber traído conmigo.

—No temáis. Han fregado el suelo con vinagre.

Marosa le siguió y subió con él los innumerables escalones que llevaban a su estudio, nerviosa e intrigada a la vez. Lord Gastaldo siempre había sido un hombre robusto, pero en las últimas semanas se le veía demacrado.

Una vez en su estudio, Marosa tomó asiento, sin quitarse el velo. Lord Gastaldo abrió una ventana; Priessa se quedó de pie junto a la puerta.

—Donmata —dijo lord Gastaldo—, ¿qué os ha dicho el wyrm?

—Ha dicho que debo ocupar el lugar de mi padre cuando él ya no se aguante en pie.

Priessa apenas pudo contener una exclamación. Lord Gastaldo le lanzó una mirada a su hija con los labios apretados.

—Vuestro esplendor —le dijo a Marosa—, sé que debéis de estar resentida conmigo por manteneros fuera del Consejo Real, como siempre ha hecho vuestro padre, pero lo he hecho únicamente para que Fýredel no os viera. He hecho todo lo posible para evitar que su majestad os visite cuando el wyrm mira a través de sus ojos.

—¿Así que es verdad que *ve* a través de él?

—No tengo ninguna duda de ello. Me he mantenido cerca de él con la esperanza de que Fýredel me viera como su reemplazo natural. Hasta hoy pensaba que lo estaba consiguiendo.

Marosa se quedó sin habla por un momento.

—¿Queréis decir que estaríais dispuesto a que os contagiara la peste? ¿Sacrificaríais vuestra vida a esa bestia atroz?

—Mejor la mía que la de nuestra donmata.

Lo decía en serio. Se lo veía en los ojos.

—Sabréis que Fýredel me llamó a la montaña hace ya un tiempo —dijo—. Durante nuestra reunión, dejó claro que yo no soy un Vetalda. Quizá lo detecte por el olor. Conoce nuestras leyes lo suficientemente bien como para saber que el trono debe pasar a alguien de la misma dinastía.

—¿Cuál era el objetivo del encuentro?

—Quería saber por qué su majestad dormía cada vez más. Le dije que no se encontraba bien de salud. La peste le ha provocado una fiebre que lo debilita y le impide levantarse, incluso cuando Fýredel le ordena que lo haga. Además, la médica de la corte le ha dado belladona, que lo mantiene en un estado de estupor durante horas. Ese debe de ser el motivo de que el wyrm os haya convocado hoy. Querría ver quién era la siguiente. Para asegurarse de que sois lo bastante joven y fuerte como para portar su fuego.

—¿Y qué interés puede tener un wyrm en las míseras leyes de la humanidad?

—Sospecho que quiere usar la autoridad de los Vetalda para que esta invasión parezca legítima.

—¿De cuánto tiempo creéis que disponemos?

Marosa hizo aquella pregunta con desapego, como si no le importara más que la previsión del tiempo.

—La médica de la corte trabaja día y noche para mantener a vuestro padre con vida. Cuanto más tiempo lo consiga, más tiempo estaréis a salvo —dijo lord Gastaldo—. Su deterioro parece inevitable, pero hasta ahora, afortunadamente, es lento. Aún puede caminar. Mientras no rechace el alimento o el agua, no debería morir.

—¿Cuándo es dueño de su mente?

—Es difícil decirlo. Cuando no tiene los ojos encendidos, creo que es él mismo y Fýredel a la vez: es como si el wyrm estuviera dormido, pero los recuerdos de ambos se confunden. Sueña con cosas que no ha visto. —Se frotó la piel entre las oscuras cejas—.

No os acerquéis a él, donmata. Esperemos que Fýredel se olvide de vuestra presencia.

Marosa pensó en preguntarle si había conocido a la reina Rosarian. Si era uno de los que le había enseñado el código cifrado al rey Sigoso.

Al final decidió que prefería no saberlo.

—Debo irme —dijo lord Gastaldo—. Vuestro padre ha convocado una reunión del Consejo Real.

—¿Estáis intentando detener esto, lord Gastaldo? —le preguntó Marosa—. ¿Estáis intentando liberar a nuestro pueblo?

—Así es. Pero en mi opinión no hay… mucho que hacer, vuestro esplendor. Nada que no suponga el fin de todo Cárscaro.

—Entonces supongo que no tenemos nada más que hablar. Buenas noches, milord.

—Buenas noches, vuestro esplendor.

En la relativa seguridad de sus aposentos, Priessa la ayudó a quitarse las capas de ropa, que darían a la lavandera para que las quemara. Por una vez, Marosa quiso que el agua del baño estuviera todo lo caliente que pudiera soportar. Una vez en la bañera, Priessa le frotó bien el cuero cabelludo y usó las últimas reservas de agua de rosas para eliminar el olor a wyrm.

—¿Lo sabías? —le preguntó Marosa—. ¿Sabías que tu padre me estaba protegiendo?

—Me lo imaginaba. —Priessa parecía indiferente, pero Marosa veía el conflicto que se escondía tras ella—. No puedo dejar de preguntarme si sabía lo de la reina Rosarian. Mi padre no es perfecto, puede ser frío y jactancioso, quizá incluso cruel, pero creo que es leal a vuestra dinastía. Igual que mi padre, todos nosotros daríamos nuestras vidas por vos sin pensarlo.

—Igual que yo daría la mía por ti.

Priessa echó agua limpia en la bañera, eliminando los espumarajos sucios.

—¿Fýredel daba tanto miedo como dicen?

Marosa posó la mirada en su mano izquierda.

—Más de lo que te puedas imaginar —murmuró—. Es muchísimo más grande que los wyverns, pero yo creo que ese es el motivo de que aún no haya salido al exterior. Tardaría mucho más en recuperar la fuerza necesaria para volar.

—Pero ¿tiene su propio fuego?

—Sí.

Y el calor que desprende te hace sudar, antes incluso de abrir las fauces.

—Deberíamos acabar con él antes de que salga al exterior, para evitarle al mundo otra Gran Desolación —dijo Priessa, que cogió un trapo y jabón—. En cuanto emprenda el vuelo, toda la humanidad estará condenada.

—Ninguna de nuestras armas podrían llegar cerca de él, a menos que estuviera dormido. Y, aun así, hay montones de bestias montando guardia. Sería un suicidio. Quizá si pudiéramos llenarle la guarida de pólvora, pero ni así... Dudo que eso lo matara. —Marosa cerró los ojos mientras Priessa le limpiaba la ceniza del rostro—. ¿Sabes si hay nuevos prisioneros en las mazmorras?

—Solo la duquesa de Ortégardes y sir Robrecht Teldan, que yo sepa.

Ambos habían confesado que habían imaginado la muerte del rey. Y aun en su estado, su padre no perdonaba los actos de traición. Antes había otros prisioneros, pero todos habían sido ajusticiados.

—Fýredel me ha dicho que hay alguien más ahí abajo —dijo Marosa—. Se supone que debe ser colgada de la Puerta de Niunda al amanecer. —Sentía el latido de las venas en las sienes—. ¿Sabes cuánto tiempo durará la reunión del Consejo Real?

—Una o dos horas, diría yo. Su majestad desea explicarles sus planes para un reino draconiano.

—Entonces debo ir a visitar a esa prisionera ahora mismo —decidió Marosa, que se puso en pie—. No me esperes, Priessa.

Hacía cinco siglos, la reina Rozaria había construido un palacio con roca y cristal extraídos del monte Pavor. Ahora Marosa tenía claro que Fýredel estaba relacionado de algún modo con eso. Se imaginó a sí misma como un insecto, atrapada en el interior de la garganta del wyrm, que oiría cada uno de sus traspiés y cada una de sus respiraciones; a la vez, ella vería sus ojos reptilianos reflejados en cada esquirla de cristal negro del palacio. Y pensó que, aunque el wyrm había estado en letargo todos estos años, debía de haberlo escuchado todo.

Las mazmorras del palacio de la Salvación eran como bodegas para el vino, sin ventanas por las que pudiera entrar la mínima luz. Tres guardias protegían la entrada, sudando a la luz roja de las antorchas.

—Vuestro esplendor —dijo el más cercano—. Buenas tardes.

—Deseo hablar con la última prisionera que ha llegado —dijo Marosa—. ¿Cuánto tiempo hace que está aquí?

—Casi una semana —respondió otro guardia—. Un wyvern la dejó en la escalinata de entrada al palacio.

—¿Es yscalina?

—Por las armas que llevaba, suponemos que no. Parecen sureñas —respondió el guardia—. Los wyverns debieron de encontrarla en la llanura, o quizá en las Escarpadas. —Echó una mirada a la puerta—. No ha emitido ni un sonido, ni siquiera cuando el Chacal ha usado la bota de hierro con ella.

Era uno de los interrogadores que lord Gastaldo había traído a palacio, famoso por su brutalidad.

—Muy bien —dijo Marosa—. No tardaré.

—No os acerquéis demasiado a los barrotes —le advirtió el primer guardia—. Esa mujer opuso una gran resistencia, vuestro esplendor. Pese a estar muy débil y muerta de sed, mató a cinco de los nuestros antes de que pudiéramos someterla.

—¿En qué celda está?

—En la última.

Marosa entró en la mazmorra por primera vez en su vida. Por lo que sabía, su madre nunca había estado encerrada allí, pero era bastante probable que Denarva sí. Encontró la puerta que buscaba, levantó el pasador y empujó con el hombro para abrirla.

Detrás había una reja de barrotes de hierro, y más allá una mujer sentada, vestida con una túnica blanca llena de manchas. No debía de tener más de treinta años. El sudor y la sangre se entremezclaban sobre su piel marrón, y unos rizos oscuros le caían sobre los ojos, hinchados y amoratados.

Tenía el pie derecho terriblemente desfigurado. Marosa sabía que lord Gastaldo permitía al Chacal que mutilara a algunas personas —sospechosos de traición, asesinos, o a los exterminadores, que tanto despreciaba—, pero ver el resultado de sus torturas la dejó sin aliento. La paja estaba empapada en sangre.

No era tan cándida como para pensar que cuando llegara a ser reina no tendría enemigos, pero debía de haber un mejor modo de tratarlos. Estaba convencida de que el Santo no aprobaría tamaña crueldad.

—¿Hablas yscalino? —le preguntó, pero a cambio solo recibió una mirada de desconfianza. Probó con el ersyri—. ¿Cómo te llamas?

Hacía mucho tiempo que no hablaba ersyri, pero aquellos ojos marrones reaccionaron al sonido de sus palabras, atentos y despiertos tras días de tortura. La mujer irguió la espalda, pero no dijo nada.

Quizá el Chacal le hubiera arrancado la lengua. O eso, o pensaba que Marosa era otra torturadora. Marosa sacó la pequeña botella de vino tinto que había traído de sus aposentos.

—Para calmar el dolor —dijo, también en ersyri—. Y para ayudarte a dormir.

El guardia le había dicho que no se acercara demasiado a las barras, pero se arriesgó y le tendió el vino. La mujer alargó la mano despacio para agarrarla; olisqueó el cuello de la botella antes de dejar caer una gota de prueba sobre la lengua. Aparentemente satisfecha al comprobar que no era veneno, le echó varios tragos.

—Jondu —dijo, con voz ronca—. Me llamo Jondu.

—¿De dónde venías?

—Iba de camino a Oryzon. Para tomar un barco a Lasia.

—Eso no es lo que he preguntado.

—No. —Jondu se acercó un poco a los barrotes y tensó el rostro al mover el pie mutilado—. ¿Tú eres la princesa Marosa, hija de Sahar Taumargam, princesa del Ersyr?

—Sí.

Jondu soltó aire.

—Qué alivio —dijo—. La Madre está bien.

—¿En qué parte de las Escarpadas estabas?

—Los wyverns y su prole están por todo el país. Decidí abrirme paso hacia el sur por las montañas, para evitar que me detectaran. Pero no funcionó. —Fijó la vista en Marosa—. Los torturadores me han informado de que Fýredel se ha despertado en Yscalin. ¿Es cierto?

—Sí —respondió Marosa—. En una caverna hacia el este.

—¿Y dónde está Denarva uq-Bardant?

El cambio de tema había sido tan repentino y drástico que Marosa vaciló.

—¿Tú conocías a Denarva?

—Dime dónde está.

Marosa no estaba acostumbrada a recibir órdenes, pero Jondu hablaba con tal autoridad que respondió, instintivamente.

—Denarva lleva años muerta —dijo—. Intentó ayudar a mi madre a huir de la ciudad, después de enterarse de que mi padre era responsable de la muerte de la reina Rosarian de Inys.

Jondu volvió a dirigirse hacia el muro, cojeando, con la mirada puesta en la pared contraria. Tenía las mejillas húmedas, de sudor o de lágrimas.

—Lo que nos temíamos —dijo para sí misma. Marosa se acercó, con el ceño fruncido; Jondu se giró a mirarla—. Denarva era amiga mía. No puedo decirte de dónde vengo, pero soy una protectora del Sur, leal a la casa de Taumargam. Tu tío Jantar el Espléndido me conoce y confía en mí. ¿Puedo confiar yo en ti, princesa Marosa?

—Si eras amiga de Denarva, también eres amiga mía.

—Muy bien. —Jondu posó la mirada en su pie, que volvía a sangrar.

—Tus Vardya me arrebataron una caja. Si valoras tu vida como humana, debes encontrar la manera de hacérsela llegar a Chassar uq-Ispad.

—Chassar uq-Ispad —repitió Marosa—. ¿El embajador ersyri?

—Sí.

—¿Y qué haría él con tu caja? —preguntó, pero Jondu no respondió—. Imagino que su excelencia estará en Rauca.

—Es más probable que esté en su finca de Rumelabar.

—Eso no cambia las cosas. Ninguno de nosotros puede salir de Cárscaro.

—Hay una salida por un túnel de lava que lleva al interior de las Escarpadas. Desde allí puedes tomar el viejo paso del Emperador hasta el Ersyr. Es una ruta mular que abrieron los gulthaganianos —explicó Jondu—. Estoy segura de que es el camino que iba a usar Denarva para llevaros a la salvación.

—¿Y tú cómo *sabes* todo eso? —preguntó Marosa, sintiendo cómo su frustración iba en aumento—. Yo he vivido aquí toda la vida y nunca he oído hablar de ese túnel. Y aunque pudiera encontrarlo, las Escarpadas están atestadas de bestias draconianas.

—No atacarán a nadie infectado con la peste.

—Pero la peste acabará con cualquiera que se infecte.

—No inmediatamente. Permanece latente en el cuerpo un tiempo, hasta que empieza a calentar la sangre. Y si la persona que envíes consigue llegar hasta Chassar…, él podrá curarla.

Marosa se la quedó mirando.

—¿El embajador uq-Ispad tiene una cura para la peste draconiana? —Agarró los barrotes—. ¿Cientos de personas más pueden estar contagiadas, después de dos años de ocupación, y él se atreve a quedarse con el remedio para sí?

—No me corresponde a mí valorar sus motivos.

Marosa agarró los barrotes con más fuerza. Le llevó un momento controlar la rabia que sentía.

—Ese túnel de lava —dijo por fin—. ¿Cómo lo encuentro?

—Está junto a los cimientos de este edificio. Si aún conservas los planos, deberías encontrar unas escaleras que llevan hasta él, probablemente escondidas de algún modo. Pero Denarva lo habría abierto.

—¿Y qué hay en la caja? —le preguntó Marosa—. Si voy a arriesgarme a desatar la ira de Fýredel y poner en peligro la vida de todos los que viven en esta ciudad, debo saber el motivo.

—Es la llave de un arma. Un arma que puede ayudar a derrotar a los wyrms.

—¿Una mangana, una espingarda? —insistió Marosa—. En el nombre del Santo, ¿de qué estás hablando?

—Yo no hago nada en *su* nombre —respondió Jondu, con una mueca de desprecio que hizo que Marosa se quedara rígida—. Princesa, tú eres hija del Ersyr, heredera de la casa de Taumargam. Cuentas con el respeto y la protección de mis hermanas. Confío en ti para que completes mi misión.

—¿Quiénes son tus hermanas?

Jondu negó con la cabeza. Marosa tuvo la sensación de que estaba metiéndose en arenas movedizas.

—Donmata —gritó un guardia—, ¿estáis bien?

—Sí —gritó Marosa—. Gracias.

Se puso en pie.

—No te prometo nada, pero haré lo que pueda.

—Un momento —dijo Jondu, parándola antes de que se fuera—. Mi capa. ¿La ha visto Fýredel?

«Roja es su capa y afilada su espada».

—Sí —dijo Marosa—. ¿Qué tiene de especial tu capa?

—Está impregnada de la sangre de los wyrms.

—¿Eres una exterminadora?

—Más o menos —dijo Jondu, levantando la cabeza con orgullo—. Sé que moriré aquí, pero no dejaré que sea en las fauces de un wyrm. Fýredel me convertiría en un ejemplo. Prefiero que sea algo rápido y limpio. —Marosa se giró a mirarla, y Jondu le leyó el rostro con una facilidad pasmosa—. Ya te ha dado órdenes.

—No te matará él mismo, pero desea presenciar tu muerte. Oír tus gritos.

—Tus torturadores no pudieron sacarme ninguno —dijo Jondu, con una sonrisa tensa—. Pero preferiría que mi muerte no sirviera para dar satisfacción a un wyrm. Probablemente me arrojará a sus bestias para que me devoren. Prefiero morir en combate.

—¿Estás pidiéndome que me enfrente a ti? —dijo Marosa, esbozando ella también una sonrisa siniestra—. Yo no soy fuerte.

—Eso no puede ser cierto. Eres una Taumargam. Pero no, no me enfrentaré a ti, princesa.

Marosa no llevaba ningún arma encima. Nunca se lo habían permitido, teniendo en cuenta cómo se suponía que había muerto su madre. Otra mentira que había usado su padre para controlar sus movimientos. En el palacio había belladona: una poción para aplacar el dolor, pero en una dosis excesiva podía matar. Sin embargo, no podría encontrarla antes del amanecer.

Lo único que tenía era el vial de veneno de basilisco.

Si se lo entregaba a Jondu, sería responsable de la muerte de al menos una persona, fuera la propia Jondu o los guardias de ahí fuera. Se condenaría ante los ojos del caballero de la Justicia, pero también era cierto que no había justicia alguna en lo que Fýredel había planeado para esa mujer. Se suponía que un caballero debía evitar el dolor ajeno. Ese era el motivo de que, en tiempos antiguos, llevaran espadas para efectuar ejecuciones por compasión.

Qué fácil le resultaba arriesgar su puesto en Halgalant teniendo una mujer delante que le pedía ayuda y compasión. En pleno conflicto entre su conciencia y su fe, recordó: «Busca en los demás tu propia imagen».

Fue un pensamiento esclarecedor, reconfortante en su simplicidad. Se sacó el vial de debajo del corpiño y lo colocó entre las barras.

—Esto es veneno de basilisco —dijo—. No lo uses para provocar tu propia muerte, sino para fundir los barrotes y escapar de esta celda.

Jondu recogió el vial y se lo quedó mirando, dándole vueltas.

—Con el pie así, no puedo cruzar las Escarpadas —dijo—. Me han destrozado los huesos.

—Entonces enfréntate a los guardias. Esta vez podrían someterte —dijo Marosa—. Así podrás morir luchando, como deseabas.

Tras un largo silencio, Jondu asintió.

—Es un gran favor. Un regalo —le dijo a Marosa—. Espero que tu Santo no te castigue por ello.

Marosa se desató el lazo del escote, dejando a la vista el colgante. Jondu se quedó mirando el espejo. Era evidente que lo reconocía.

—Yo no sigo únicamente al Santo —dijo Marosa en voz baja—. Si alguna vez me encuentro en tu lugar, espero ser digna de la misma compasión.

Jondu sonrió, y los labios se le agrietaron aún más.

—Serás una gran reina del Ersyr —dijo—. Habría sido un honor para mí ser tu protectora. Pero ya que yo no estaré, será la Madre quien te proteja, princesa Marosa.

Marosa no le preguntó qué quería decir. Ella ya tenía a su madre para protegerla.

Salió de la mazmorra y se dirigió a los guardias.

—Decidme, ¿dónde se guardan los efectos personales de los prisioneros?

—Allí, en la mesa de la derecha, vuestro esplendor.

—¿Hay algo especialmente inusual ahí dentro?

—Llevaba consigo una caja extraña. No hemos podido abrirla.

Marosa atravesó la puerta que le habían señalado y se encontró en un almacén lleno de instrumentos de tortura. En el suelo estaba la bota de hierro, cubierta de sangre; solo con verla se le revolvió el estómago.

Y, más allá, el yelmo de hierro que Fýredel le había dado.

Al verlo se detuvo. Ermendo debía de haberlo dejado allí abajo para que ella no tuviera que verlo nunca más. Lo habían colocado sobre un soporte, como si formara parte de una armadura cualquiera.

Al principio, Marosa había supuesto que el propio Fýredel habría forjado el yelmo. Pero ahora que lo veía otra vez resultaba evidente que era obra de alguno de sus prisioneros yscalinos. Se preguntó si el herrero responsable tendría idea de que era para ella. Los orificios de los ojos parecían escudriñarle al alma, y no conseguía apartar la mirada. Era como si estuviera mirando su propio féretro, hecho a medida.

Sin saber muy bien por qué, se lo puso.

En el interior estaba oscuro. El cuello empezó a dolerle casi de inmediato. Le sudó la frente e intentó mirar a un lado, y luego al otro. Veía a través de los orificios, pero no muy bien. Podía respirar, pero con dificultad.

¿Así era como se sentía Fýredel al mirar a través de su padre? Solo de pensarlo se le hacía aún más duro soportar el peso del yelmo. Se lo arrancó de la cabeza con las manos sudadas y volvió a dejarlo sobre su soporte.

Cuando la habían apresado, Jondu llevaba más armas que una asesina a sueldo. Una ballesta plegable. Una cimitarra ersyri con su elaborada funda blanca con incrustaciones de perlas. Y otros cuchillos y puñales que no reconocía.

Y luego estaba la caja.

Parecía de hierro. Alargada por debajo, con una tapa en forma de pirámide decorada con un elaborado relieve que podía ser ornamental o una inscripción en algún idioma desconocido para ella. En lo alto había una anilla, de modo que pudiera colgarse de una silla de montar o de un cinturón. En comparación con el yelmo, era liviana.

Los guardias no la habían seguido. Se colgó la caja de la parte trasera de su cinturón, de modo que la capa la tapara. Cuando volvió frente a los guardias, adoptó un gesto airado.

—Ahí no hay ninguna caja —dijo—. ¿Es que queréis burlaros de mí?

—Donmata, voy a investigar.

Marosa asintió y se alejó, con la caja colgada del cinto.

Esperó en sus aposentos todo el día, mirando el reloj de la repisa de la chimenea una y otra vez. Finalmente, Ermendo se presentó.

—Vuestro esplendor —dijo, en voz baja—, una mujer ha huido de las mazmorras. No ha llegado muy lejos, tenía el pie herido, pero ha combatido. Uno de los guardias le ha cortado el cuello por error.

Marosa sospechó que no habría sido un error, aunque el guardia no hubiera tenido intención de hacerlo. Estaba claro que Jondu sabía combatir.

Eso significaba que también sabía morir.

—Dile a lord Gastaldo que ha muerto por culpa de sus heridas —respondió Marosa—. Asegúrate de que es eso lo que oye su majestad, Ermendo. El destino de todos nosotros está en juego.

—Así lo haré, donmata.

Pasaron varios días antes de que Marosa llegara a entender las consecuencias de sus actos. Durante esos días descubrió el pasaje del que le había hablado Jondu, oculto en un pasillo sin salida aparente. Encontró las escaleras que había más allá y que se sumergían en las profundidades del palacio. Aunque aún no se atrevía a emprender la huida, le reconfortó saber que era posible.

Tras pensárselo un poco, decidió compartir el descubrimiento con Ruzio y Priessa, así como enseñarle la caja a Priessa, por si tenía alguna idea. Priessa pensó en ello durante horas, e incluso intentó forzarla con un pequeño martillo, pero fue en vano.

El día siguiente hacía más frío de lo habitual. Priessa estaba a punto de probar con una nueva herramienta cuando llegó el rey Sigoso. Le hizo una reverencia, y aprovechó para esconder el martillo. Marosa se situó delante de ella.

—Majestad —dijo—, ¿cómo os encontráis?

Su padre llevaba una máscara de plata, pero lo reconoció por el olor a quemado, aquel tufo que desprendía siempre. Probablemente utilizaba esa máscara para tapar las llagas.

—Ven afuera, hija —dijo él—. Ven conmigo.

Algunos de los Vardya estaban tras él, todos ellos con el rostro cubierto por trapos. A Marosa no le quedó otra que seguirle.

Sigoso no había salido de la torre desde el día en que le había llamado Fýredel. Ya no era posible ocultar su enfermedad. Los Vardya lo escoltaron hasta un carruaje, Marosa se metió en otro, y los siguieron a ambos a caballo, apartando a la gente a su paso con alabardas.

Una vez más, Marosa vio a sus súbditos a través del velo y observó su odio silencioso, sus mejillas hundidas, las máscaras contra la peste que debían de hacerles sudar aún más con el opresivo calor que generaba el Tundana. «¿Dónde está el Santo? —parecían decir sus ojos—. ¿Dónde está ahora el caballero de la Justicia?».

El carruaje paró frente a la Puerta de Niunda. Marosa dejó que el capitán general la ayudara a bajar y luego contempló el enorme arco de piedra verde. Los adoquines del suelo estaban oscuros, cubiertos de sangre.

Se quedó rígida al ver a una bestia en las inmediaciones, moviéndose frente a la puerta: debía de medir más de dos metros de altura, y tenía alas con plumas y unas patas escamosas que acababan en sendos espolones. Poseía una cola larga de wyverling, pero también pico y cresta, como un gallo. Sus ojos eran dos brasas encendidas.

Una cocatriz. Bajó su horrenda cabeza y lamió el suelo con una lengua viperina.

—Levanta la vista —dijo el rey Sigoso.

Marosa no pudo hacer otra cosa que obedecer.

Jondu colgaba de lo alto de la puerta, por las muñecas. Su túnica blanca estaba cubierta de sangre procedente del corte recibido en la garganta.

A su izquierda estaba Ermendo Vuleydres.

«Su armadura —pensó—. No había visto nunca a Ermendo sin su armadura».

Su rostro estaba intacto. El resto del cuerpo estaba chamuscado y marchito; sus piernas acababan a la altura de la rodilla, una algo más larga que la otra. Más allá estaban sir Robrecht Teldan y la duquesa de Ortégardes, flanqueados por los dos embajadores hróthis, que evidentemente llevaban muertos unos cuantos días más. Las bestias les habían mordisqueado la carne, agujereando sus cuerpos.

La última de la fila era Yscabel Afleytan, con su melena castaña ondeando al viento.

Otras dos cocatrices llegaron volando a la Puerta de Niunda. La que estaba debajo llamó a sus congéneres —con un cloqueo siniestro— y aleteó para ir a su encuentro. Las tres se pusieron a dar picotazos a Yscabel.

E Yscabel emitió un débil gemido.

Marosa estuvo a punto de caer de rodillas. Se apartó para no mirar, conteniendo una exclamación, pero su padre la agarró del brazo con fuerza, clavándole los dedos. Había tres capas de ropa entre la piel de ambos, pero aun así su contacto le provocó un terror insuperable. Pese a la enfermedad de su padre, sabía que no habría podido soltarse ni aunque hubiera forcejeado durante el resto de su vida.

Sin quererlo, se lo imaginó agarrando a su madre.

—No. Levanta la vista —dijo él, con una sonrisa siniestra en el rostro—. Mira lo que has hecho, Marosa.

Yscabel sollozaba, desesperada, y Marosa se estremeció al oírla.

—Mira lo que has conseguido resistiéndote, lo que les has hecho a tus súbditos.

Por una vez habría deseado que su velo fuera más grueso, que sus lágrimas le emborronaran la vista.

—Fýredel te dio una orden, y tú la desobedeciste —dijo el rey Sigoso—. ¿No pensaste que descubriría que los barrotes de la mazmorra se habían fundido con veneno? ¿Es que crees que estoy ciego y sordo? —La presión aumentó, y con ella el dolor—. No. Veo y oigo más que nunca.

«Que alguien le dispare —pensó Marosa, queriendo dirigirse

a los guardias, casi sin prestar atención a lo que decía su padre—. Acabad con su dolor». Pero los guardias se limitaban a observar mientras las cocatrices devoraban a su presa. No iban a arriesgarse a ser los siguientes.

Yscabel no sufrió mucho tiempo. Las bestias draconianas estaban hambrientas, después de un letargo tan largo. Muy pronto apareció un nuevo charco de sangre en el suelo, y se hizo de nuevo el silencio.

Un silencio sepulcral.

El rey Sigoso la soltó por fin. Los oídos le pitaban, el suelo parecía moverse bajo sus pies, y Ermendo no estaba allí para tranquilizarla. Por un momento temió caer al suelo, pero no podía permitírselo. Algunos carscarianos habían seguido al carruaje desde el palacio, y aunque los guardias los obligaban a mantener las distancias, podían ver su postura, si no ya la palidez de su rostro. No podía mostrar ninguna debilidad ante sus súbditos, que habían perdido la esperanza.

—Si intentas algún otro truco —la amenazó el rey Sigoso—, el príncipe viudo será el próximo. Ya no necesito embajadores para nada.

«Mantente firme —se dijo. Marosa hizo fuerza con las rodillas, y ese momento de desfallecimiento pasó poco a poco—. Aguanta, como siempre has hecho».

—Perdonadme —murmuró, casi sin voz—. Perdonadme, padre.

—No me corresponde a mí perdonarte —dijo él, empujándola hacia el carruaje—. Ahora solo puede hacerlo Fýredel.

Marosa se sentó, entumecida, y de vuelta al palacio de la Salvación se esforzó en contener su dolor, pero era tan grande, tan brutal, que amenazaba con reventarla por dentro para salir al exterior. Su padre la dejó en el vestíbulo, donde se quedó, balanceándose, como una brizna de hierba, ajena a todo.

Primero su madre. Ahora esto.

¿Cuántas pérdidas podía soportar un alma?

Por tercera o cuarta vez en su vida, Marosa ascendió los escalones de la torre a solas, sin Ermendo. No podía ni pensar en cómo iba a darle la noticia a Ruzio.

Cuando por fin llegó a sus aposentos, agotada y dolorida

tras la ascensión, se dobló por la mitad y vomitó en el suelo. Con cada arcada, derramaba también unos goterones de sudor helado.

—Salvadnos —murmuró, casi sin voz—. Quien sea, os lo ruego. Santo, Profeta del Nuevo Amanecer, Forjadora de los Cielos... —Echó mano de su colgante—. Madre, te lo ruego, ayúdame. ¿Qué voy a hacer ahora?

Lloró hasta quedarse sin lágrimas. Y por fin regresó Priessa, jadeante.

—¿Marosa?

—Los he matado —murmuró sin aliento—. A Ermendo y a Yscabel. Los he matado.

—No, Marosa.

—Sí. —Alzó el rostro y miró a Priessa con la cara llena de lágrimas—. ¿Dónde está Ruzio?

—Ruzio se ha ido —dijo, y le puso una nota en la mano—. Estaba con su amante en las cocinas cuando vinieron los Vardya. Por eso a ella no se la llevaron.

—¿Su amante?

—Lord Bartian —dijo Priessa en voz baja. Marosa se la quedó mirando—. Ya hace un tiempo que están juntos. Ruz incluso se quedó embarazada de él una vez. Siento no habéroslo dicho, pero... pensé que era asunto suyo, aunque fuera un vicio... Así pues, miré hacia otro lado. —Cerró los ojos—. No entiendo por qué yo me he librado. Lo único que se me ocurre es que mi padre debe de haberme protegido.

—Fýredel nunca te ha visto conmigo. Pero sí vio a Yscabel y a Ruzio.

Marosa desplegó la nota. Era evidente que Ruzio la había escrito con prisas; había varios borrones de tinta.

> Yscabel ya no está. No puedo soportar el dolor. Mi señora, nos hemos vestido con ropa de abrigo y hemos tomado el túnel que encontrasteis. De todos modos, nos detendrán si nos quedamos, sabiendo que somos amigos vuestros. Es mejor que no puedan usarnos en vuestra contra. Que el Santo os proteja y os guíe en la adversidad. Intentaremos buscar al príncipe Aubrecht. Ruego

por que podamos regresar, pero, de no ser así, confío en volver a abrazaros en Halgalant.

—No. —Marosa se puso en pie, con las mejillas cubiertas de lágrimas nuevamente—. No sobrevivirán a las montañas. Essa, debemos detenerlas…

—No podemos. —Priessa la agarró de la muñeca—. Se han ido, Marosa.

Ella volvió a dejarse caer sobre el banco, desolada. Priessa la abrazó, y ambas lloraron amargamente.

Ruzio no volvió. Ya de madrugada, Marosa comenzó a examinar mapas de diferentes épocas, intentando calcular cuánto se tardaría en llegar a Mentendon a pie. Tal como Jondu había dicho, en su día los gulthaganianos habían abierto un sendero por las Escarpadas, conocido como paso del Emperador, pero seguramente ya no quedaría nada de él. Y, aunque existiera, estaría cubierto de nieve en esa época del año.

Cuanto más investigaba Marosa, más sospechaba que Ruzio sabía que no había esperanza. Que su amiga había decidido simplemente escoger cómo quería morir, con el hombre que amaba, lejos de la opresión de una Cárscaro ocupada. En ese momento se sintió tentada de hacer lo mismo.

Sin embargo, no era eso lo que habría querido la reina Sahar. Ella habría deseado, por encima de todo, que Marosa viviera. Que aprendiera a ser una flor que, incluso privada de agua, seguía creciendo. Una flor que podía llegar a florecer en el fuego.

«Mantente firme, como una rosa del desierto, y llegarás a ser reina».

Se imaginó a su madre con una amplia sonrisa y aquellos cálidos ojos marrones. Sahar Taumargam, que había descubierto el asesinato de una reina de Inys; una mujer como ella, que se había negado a mirar a otra parte.

Entonces, Marosa Vetalda supo lo que tenía que hacer.

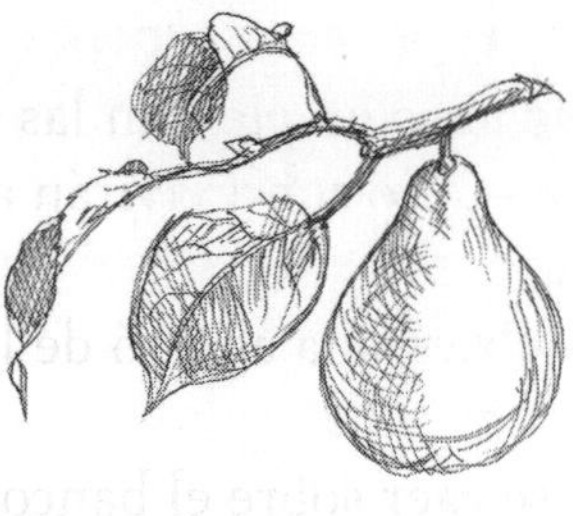

Marosa

Cárscaro
Reino Draconiano de Yscalin
1005 E. C.

Se fue a la Galería Abovedada, donde encontró abiertas las puertas de los aposentos de los inys. Wilstan Fynch estaba solo en su balcón cubierto, contemplando el desolador paisaje. Aún lloraba su pérdida, manteniendo el duelo pese a los catorce años que habían pasado.

Marosa tomó asiento a su lado.

—Buenos días, donmata —dijo—. ¿Cómo estáis hoy?

—Excelencia. —Recogió las manos sobre el regazo—. He descubierto un modo de huir de Cárscaro.

—¿De verdad?

—Un túnel de lava recorre el subsuelo del palacio y lleva hasta las Escarpadas.

—¡Por el Santo! Quizá sea nuestra salvación.

—Quizá. —Hizo una pausa—. Excelencia, ¿mi padre os ha visto alguna vez mientras tenía los ojos encendidos?

—No que yo sepa. ¿Por qué lo preguntáis?

—Porque eso significa que Fýredel no sabe de vuestra existencia. Vuestra ausencia no llamaría la atención tan rápido como la mía. El camino por las montañas es peligroso, pero… es el único plan que tengo. —Hizo una nueva pausa—. Lord Wilstan,

¿estaríais dispuesto a salir de Cárscaro para pedir ayuda a los otros Reinos de las Virtudes?

Fynch antes parecía esperanzado, pero de pronto se le vio receloso.

—Vuestro resplandor —respondió—, me siento honrado por que queráis confiarme tamaña responsabilidad, pero ya no estoy tan en buena forma como antes. No podría cruzar las Escarpadas.

—No es algo que no haya considerado seriamente —dijo Marosa—, pero es que vos sois de los pocos en los que aún confío. Mi padre ha asesinado a todos mis otros aliados en el palacio, con la excepción de lady Priessa y lady Ruzio, y esta última… ha sucumbido al dolor por la muerte de su hermana.

—Que el Santo la tenga en su gloria.

Ambos hicieron la señal de la espada.

—La ausencia de Priessa llamaría la atención enseguida —añadió Marosa—, pero necesito a alguien en quien pueda confiar, excelencia. Vos siempre habéis sido un buen amigo de Yscalin. —Lo miro a los ojos—. Y hay otro motivo por el que os pido que vayáis. Por vuestra propia seguridad. Mi padre me ha dicho claramente que ya no necesita embajadores. Temo que os quiera hacer correr el mismo destino que los otros.

Fynch endureció el rostro.

—El caballero del Valor no es mi patrón —dijo—, pero… quizá el Santo me preste su espada y su escudo, aunque sea en mis años grises. —Respiró hondo—. ¿Cuándo debería partir?

—Lo antes posible —contestó Marosa—, pero, antes de que regreséis a Inys, debo pediros que realicéis una misión muy importante para mí, para honrar una promesa que les hice a los muertos.

Fynch la escuchó.

—Por las Escarpadas hay un camino que lleva al Ersyr. Necesito que le entreguéis un objeto a Chassar uq-Ispad. Podría estar en la corte de Rauca, o en su finca de Rumelabar.

—Recuerdo a Chassar. Un hombre virtuoso, para ser un hereje —dijo Fynch—. ¿De qué objeto se trata, donmata?

—De una caja. Lo único que sé es que contiene la llave de un arma. Algo que puede ayudarnos a derrotar a los wyrms.

—¿Quién os lo ha dicho?

—Una mujer, en las mazmorras. Tenía la capa teñida de sangre draconiana.

—¿Una doncella guerrera, pues?

Ese era el nombre que daban en Inys a las exterminadoras. La reina Sabran las recompensaba generosamente por sus servicios.

—Una muy valiente —precisó Marosa. Le pareció la explicación más simple, aunque Jondu no se lo hubiera confirmado—. Pero antes de marchar debéis armaros. Es muy probable que los wyverns y su prole se hayan extendido por las montañas. Por lo que yo sé, el único modo de evitar su ataque es contagiarse de la peste draconiana. Pero me han dicho que el embajador uq-Ispad dispone de una cura.

Fynch guardó silencio un rato.

—No hay cura. Al menos no hay constancia de ello —respondió por fin—. La peste fue erradicada a través del meticuloso confinamiento de los enfermos. —Se tiró del cuello de la camisa, acalorado—. Y, aunque hubiera una cura, insisto en lo avanzado de mi edad. La peste se lleva a los ancianos y frágiles con más rapidez que a los jóvenes.

—Lo sé —dijo Marosa, en voz baja—. Sé lo que os estoy pidiendo, y lo fútil que puede parecer. Pero no tengo nada más, excelencia. He probado todo lo que pensé que podría funcionar dentro de esta ciudad. —Le puso una mano sobre el hombro—. Abandonad este lugar maldito mientras podáis. Salvad vuestro cuerpo y vuestra alma.

Fynch sintió un ligero temblor.

—Si accediera —dijo—, ¿cómo deberíamos proceder?

—Podemos usar los conductos del agua para llegar hasta mi padre. Yo le pondría una droga en el vino para que durmiera, de modo que Fýredel no os viera. Lo único que tenéis que hacer es tocarle la piel. Contraeréis la peste en su versión antigua.

Fynch volvió a pasear la mirada por la Gran Llanura de Yscalin, como si se estuviera planteando por última vez la posibilidad de atravesarla. La tierra se extendía hasta el horizonte, sin nada que arrojara sombra ni ofreciera refugio.

—Decidme —dijo—, ¿vuestro padre aún es capaz de hablar por sí mismo?

—Sí.

—Excelencia, si Fýredel os ve…

—Si se le encienden los ojos, no me arriesgaré. Pero si solo son grises, oiré las palabras que le condenarán a pasar la eternidad en el Vientre de Fuego. Ese es mi precio, donmata —dijo Fynch—. Espero que lo entendáis.

Marosa no pudo negárselo, pues era lo mismo que ella había querido.

Cuando cayó la noche, Fynch le mostró una pequeña puerta de ébano oculta tras un tapiz, imposible de encontrar por casualidad. Usó una llave para abrirla. Juntos se introdujeron en una red de túneles secretos y pasaron al lado de las ardientes tuberías que recorrían las paredes como arterias.

Al principio Marosa se había preguntado cómo podía ser que la reina Rozaria nunca se hubiera planteado el riesgo que suponían aquellos pasajes, que pasaban junto a las habitaciones de los personajes más importantes de Yscalin. Pero en cuanto se halló dentro, lo supo. Era como estar en un espacio en el que nadie querría entrar. Cualquiera que encontrara un punto de acceso, por intrigado que estuviera, evitaría correr el riesgo de entrar.

Fynch llevaba un farol draconiano. Marosa pensaba que no se libraría jamás del calor sofocante, de aquella humedad. Le hizo subir unos escalones de piedra negra, casi tan pequeños que no le cabían los pies. En lo más alto abrió otra puerta de ébano y ambos tuvieron que agacharse para pasar.

El Rey Terreno estaba profundamente dormido.

Se acercaron a la cama en silencio. Tal como era de esperar, la médica de la corte había dejado su equipo cerca del paciente, y entre los medicamentos encontraron un frasco de belladona que Marosa recogió. Cuando era más joven, había visto que Aryete la usaba para conciliar el sueño. Una o dos gotas bastarían.

—Majestad —dijo, sin alzar la voz. Sus guardias no estarían lejos—. Sigoso Vetalda.

El rey Sigoso abrió los ojos lentamente. No había luz en ellos.

—¿Sahar?

Marosa se quedó rígida. Había pronunciado la *s* del nombre de su madre sibilando, como una serpiente.

—No. Sahar está muerta —dijo, con voz gélida—, pero yo estoy aquí.

—He soñado con una mujer que sostenía un escudo —murmuró el rey Sigoso—. He soñado con una estrella que me encadenaba las alas.

Marosa vio el pañuelo limpio que había sobre la mesilla de noche, y que usaban para refrescarle la frente.

—Ya sabes que hace tiempo que el príncipe viudo de Inys había solicitado una audiencia contigo —le dijo—. Se la he concedido.

—Lord Wilstan —respondió él, con un hilo de voz—. ¿Ya os habéis enterado, como mi hija? Es muy lista.

—Lamentablemente, sí. —Fynch llevaba la nariz y la boca cubiertas con un trapo, a pesar de la naturaleza de su plan, pero sus ojos reflejaban un dolor que había arrastrado durante más de una década—. Pero quiero oírlo de tu boca viperina, Sigoso. Dime cómo lo hiciste.

—Como desees. No tengo nada que ocultar.

Fynch escuchó aquel sórdido relato. Poco a poco, Marosa vio cómo emergía el Fynch del pasado. El hombre que había amado a la reina de Inys. El espía que se había aventurado a viajar hasta Yscalin en busca de justicia. Cuando el Rey Terreno lo confesó todo, Fynch asintió levemente.

—Tomad, padre —dijo Marosa—, debéis de estar sediento.

El Rey Terreno se acabó el vino de la copa en tres tragos. Y ambos se quedaron mirando hasta ver que se dormía.

—Estoy dispuesto a contagiarme —dijo Fynch, con voz ronca—, pero preferiría que vos no lo vierais, donmata. Aún tengo miedo, y no quiero que me veáis en mi momento de mayor debilidad, ahora que el Santo me vuelve a poner a prueba.

Marosa lo miró fijamente.

—Si os dejo solo, ¿no lo mataréis, excelencia?

—No. No sacrificaré mi puesto en Halgalant por él.

No podían perder un minuto. Usaron los conductos del agua para poder colarse en la armería, cuya puerta estaba cerrada con llave, y Marosa le dio a Fynch pieles para abrigarse, así como un bastón de alpinista y crampones, una ballesta, un yesquero y un grueso cuchillo, para que pudiera cazar y calentarse durante la travesía por las Escarpadas.

También le dio el anillo de compromiso de Aubrecht. Le costó mucho quitárselo del dedo, pero era la única joya fácilmente identificable como suya, para que fuera de Yscalin pudieran saber que seguía siendo fiel al Santo. Por último, le entregó un manojo de cartas escritas a lo largo del año anterior.

Ya en las profundidades del palacio de la Salvación, se quedaron frente a la entrada a la cueva, ambos sosteniendo unas antorchas que emitían una luz roja. Fynch llevaba la bolsa con la caja colgada en bandolera.

—Id primero a Rauca, milord —le dijo Marosa—. Si el embajador uq-Ispad está en su finca de Rumelabar, estoy segura de que el rey Jantar os ayudará a llegar a él. Decidle lo que ha ocurrido aquí.

—Lo haré, vuestro esplendor. —En la frente ya se le veían unas gruesas gotas de sudor. La peste debía de estar empezando a provocarle fiebre—. Me siento como sir Wulfert Glenn, de travesía por los hielos del Norte. Aunque a mí el momento de vivir esta aventura me haya llegado en mis años de invierno.

Marosa esbozó una sonrisa débil. Habría querido poder abrazarle.

—Adiós, lord Wilstan —dijo—. El caballero del Valor os acompaña. Y el Santo también.

Aunque ya sentía el efecto de la peste, hizo un esfuerzo y agachó la cabeza.

—Adiós, mi señora.

Marosa se quedó observando cómo se perdía en la oscuridad, una figura cada vez más pequeña que avanzaba a paso firme a la luz de su antorcha draconiana. Cuando los pasos se alejaron tanto que dejó de oírlos, subió por las escaleras y se dirigió a sus aposentos. Por primera vez desde hacía meses, se atrevió a tocar el arpa, e interpretó *La canción del cisne*.

Aquella noche, cuando intentó conciliar el sueño, la mente se le iba al túnel casi sin querer. Había algo en la forma en que se habían despedido que la inquietaba. Se desperezó, pero aquella sensación no desaparecía: no iba a pegar ojo.

Se quedó allí tendida, despierta hasta el amanecer, escuchando la respiración de Priessa. Se levantó y se puso una blusa limpia y una saya. Cogió una antorcha y volvió al túnel. Casi podía oír el golpeteo de sus latidos en el pecho.

Una vez en la cueva, el cristal volcánico reflejaba la luz de su antorcha. Las paredes parecían mirarla, negras y silenciosas como una tumba. Marosa no había caminado tanto rato seguido desde que era niña; daba la impresión de que no pararía nunca. Allí abajo, en las profundidades de la tierra, el tiempo parecía no existir.

Cuanto más avanzaba, más estúpida se sentía. Fynch tenía la peste. Estaba protegido.

Al final apareció la luz al final del túnel, que se fue haciendo cada vez mayor. Aceleró el paso, pero enseguida tuvo que frenar al ver una forma en el suelo. Cuando se arrodilló, la luz roja de su antorcha le mostró lo que era.

—Por el Santo… —susurró.

Era la caja. La dejó allí y siguió corriendo hacia el final del túnel, hasta que sus botas se hundieron en la nieve.

Una ráfaga violenta le levantó el velo. Se lo arrancó y parpadeó, acostumbrando su vista a aquel resplandor repentino. El cielo estaba azul y claro en lo alto, y enfrente tenía las montañas, en todo su esplendor. Cuando miró a su espalda, vio el monte Fruma, que le tapaba la visión de la ciudad.

Estaba fuera de Cárscaro, por primera vez desde hacía cinco años. De no ser por el pánico que la atenazaba, habría soltado una carcajada de alivio.

Se puso en pie y se concentró: no podía distraerse.

El aliento le salía de la boca formando nubes de vapor. Nunca había sentido tanto frío. Se envolvió en la capa que llevaba y se protegió los ojos con la otra mano. El túnel la había dejado en un angosto desfiladero flanqueado por altas paredes de roca que se adentraba cada vez más en las montañas.

—¡Lord Wilstan! —gritó, pero el viento se llevó su voz—. ¡Lord Wilstan!

Tardó un momento en encontrar las huellas. Cuando las siguió con la mirada, distinguió un pequeño bulto sobre la nieve. Podía ser un desprendimiento de nieve, de no ser porque era rojo carmesí.

Sin pensárselo dos veces, Marosa abandonó la seguridad del saliente rocoso que protegía la entrada de la cueva. Cuando llegó junto al cadáver, las piernas le ardían de fatiga, y tenía los ojos llenos de calientes lágrimas.

Las tripas y la sangre manchaban la nieve. La de Fynch no había sido una muerte agradable. Le habían arrancado uno de los brazos, y tenía el cráneo hundido por un lado. Marosa cayó de rodillas.

No era exterminadora ni historiadora, pero había leído crónicas de la Gran Desolación. Justo después de la muerte de Fynch, la peste habría tenido que teñirle las manos de rojo, y su cuerpo debía oler a azufre. Con mucho cuidado, le quitó los guantes, para poder verle los dedos. Seguían pálidos.

Fynch no había tocado a su padre.

En ese momento, Marosa se planteó seguir adelante ella misma, aunque no estuviera contagiada. Se planteó viajar al encuentro de su tío, llevando una caja que quizá no significara nada, que tal vez estuviera vacía.

Pero entonces vio dos esqueletos, algo más allá, colgando de lo alto de un despeñadero. Como a modo de advertencia.

Ruzio y Bartian no habían llegado mucho más lejos que Fynch.

Sintió arcadas, justo en el momento en que un extraño chillido lejano le ponía el vello de punta. Se quedó helada. A su derecha vio una bestia monstruosa saliendo de una grieta del desfiladero, agitando la lengua.

Su grueso cuerpo sin patas acababa en una cabeza parecida a la de una serpiente. Tenía un par de alas como de cuero. Le mostró unos colmillos terribles, aún manchados con la sangre del príncipe viudo de Inys.

Marosa estuvo a punto de desmayarse del miedo, pero mantuvo la calma lo suficiente como para echar mano de la bolsa que llevaba Fynch. En su interior estaba el anillo de prometida. El último recuerdo que tenía de Aubrecht.

Se lo puso en el dedo. El anfíptero se lanzó contra ella, y Marosa corrió. A punto estuvo de caer en la nieve, pero incluso después de llegar a la cueva siguió corriendo. Justo en el momento en que recogía la caja y se la llevaba al pecho, oyó al anfíptero chillando a su espalda, furioso.

Por fin llegó a las escaleras que subían al palacio, donde cayó, rendida. Todos los que habían intentado atravesar el paso del Emperador estaban muertos. Si Aubrecht hubiera enviado a alguien a salvarla, habrían muerto. Ni siquiera sabía qué había dentro de la caja, ni cómo abrirla.

Sus sollozos resonaron en la oscuridad, sin nadie que pudiera oírlos.

Aubrecht de la casa de Lievelyn, príncipe heredero de Mentendon, ha solicitado la anulación de su compromiso con la donmata Marosa, princesa del Reino Draconiano de Yscalin, al romper su país los vínculos con la fe del Santo. Se hace saber que, por la presente, su eminencia, el santario mayor, y su majestad, la reina Sabran de la casa de Berethnet, heredera del Santo y sangre de su sangre, conceden dicha anulación con la bendición del Santo. Y que, a partir de ahora, el príncipe Aubrecht es libre de contraer matrimonio con quien él desee.

Marosa

Cárscaro
Reino Draconiano de Yscalin
1005 E. C.

Priessa Yelarigas entró en la cámara real. Marosa estaba junto a la ventana abierta, bebiendo la que quizá fuera su última taza de sidra de pera. Las peras rojas habían muerto, contaminadas por el aire fétido de las calles, el aliento de los wyverns y los miasmas de la peste draconiana. Por primera vez desde hacía dos años habían recibido nuevos visitantes en la ciudad.

Lord Gastaldo lo anunció ante la corte. Por orden de Fýredel, la capital ahora permitía la llegada de cualquiera que quisiera servir al ejército draconiano por voluntad propia, aunque eso significaba que no podrían volver a abandonar Yscalin, a menos que contaran con un permiso real. Fýredel le había permitido enviar un lote de cartas en carruajes, invitando a toda la humanidad a unirse a la casa de Vetalda y a rendir pleitesía al Innombrable. Se había abierto un camino de postas entre Cárscaro y la costa norte, desde donde el correo podía viajar a otros lugares.

A Marosa se le ocurrió que lord Gastaldo podría usar un código cifrado para introducir otros mensajes en las cartas, pero su padre seguía leyéndolas una por una, con o sin aquellas brasas encendidas en los ojos. Y no era solo eso: los carruajes iban tirados por yáculos y cocatrices.

No esperaba que nadie respondiera a aquella llamada, pero se equivocaba: la población de Cárscaro había aumentado hasta los sesenta mil habitantes.

Quizá no hubiera tenido que sorprenderse tanto. En los últimos meses habían aparecido varias sectas draconianas por todo Yscalin, entre ellas el Culto del Rey de Hierro, cuyos miembros adoraban a Fýredel como dios único. Vestían de rojo y negro, a juego con la coraza del wyrm, y crearon una moda que enseguida se extendió por la capital. Se estaba construyendo un templo en el lugar que antes ocupaba el Gran Santuario de Cárscaro, de estilo gulthaganiano, con columnas y enormes braseros.

Marosa habría querido preguntar a los sectarios si siempre habían renegado del Santo o si su aparente devoción era únicamente una forma de supervivencia, dadas las circunstancias. Pero el caso era que estaban haciéndose con el control de la ciudad. Ahora sería aún más difícil para los fieles oponer resistencia.

—Mi padre me ha pedido que os lo diga: Aubrecht Lievelyn ha anulado vuestro compromiso —le dijo Priessa.

Marosa no lloró. Su cuerpo había aprendido a aislarse de la realidad. Era el único medio de autodefensa que tenía.

—Ya veo. ¿Y cómo lo sabe tu padre?

—Aún tenemos espías en otros países. Ahora que han abierto el camino de postas, la noticia ha viajado. —Priessa bajó la mirada—. Además, según parece, el gran príncipe tiene intención de casarse con la reina Sabran.

—¿El gran príncipe?

—Leovart ha muerto.

Aubrecht ya no era solo el príncipe heredero, sino el soberano del Estado Libre de Mentendon, algo que debía haber sido ya años atrás. No podía mantener el compromiso con alguien cuyo reino estaba sometido al Innombrable. Y tampoco podía culparlo por buscar un nuevo compromiso. Mentendon seguía necesitando una alianza fuerte con algún otro reino de las Virtudes.

Pero pensar en su futuro juntos en Mentendon —su vida, sus hijos, el mundo que habrían construido— era la última brizna de esperanza que le quedaba. Hasta aquel momento se había aferrado a los recuerdos de aquel noviazgo.

Ahora su único futuro estaba en el interior del yelmo de hierro.

Podía quitarse la vida para privar a Fýredel de una marioneta. En las tristes horas tras la muerte de Fynch, se lo había planteado. Pero el wyrm podía arrasar Cárscaro en venganza, y no sería ella quien condenara a su pueblo a tal destino. Su inconsciencia ya había provocado la muerte de sus amigos.

Si el precio de la seguridad de Yscalin era su alma, estaba dispuesta a pagarlo.

La caja seguía oculta bajo su cama. Otra fuente de esperanza, quizá, si Jondu le había dicho la verdad.

La imagen de las montañas más allá de Cárscaro la perseguía día y noche. Las veía en sus sueños, en sus pesadillas, incluso cuando estaba despierta. Por unos segundos había tocado la libertad. Había visto el cielo de su infancia, azul e infinito, sin la constante bruma del Tundana. Había sido la imagen más bonita del mundo, y un veneno para su alma.

Priessa estaba sentada frente a ella, observándola, leyendo sus pensamientos.

—Sé que ya hemos hablado de esto —dijo—, pero aún podría ir al Ersyr. Sabéis que no os fallaría.

—No. —Marosa siguió mirando por la ventana—. Tú eres lo único que me queda, Priessa. Eres mi cordura.

—Quizá haya otro modo.

—¿Qué quieres decir?

—Poco después de que abrieran el camino de postas, llegó una carta al puesto de aduanas de Perunta, dirigida a su majestad. Era de lord Seyton Combe, secretario real de Inys. Aparentemente era una carta cordial, con la intención de restaurar los vínculos diplomáticos con Yscalin. Ofrecía enviar a dos embajadores. Se llaman lord Arteloth Beck y lord Kitston Glade.

—¿Y qué hay de los otros países? —le preguntó Marosa—. ¿También enviarán a alguien?

—Aún no hay noticias del Sur. Imagino que estarán debatiendo qué hacer —dijo Priessa—. Mentendon y Hróth han exigido que permitamos el regreso de sus embajadores antes de retomar las conversaciones con nosotros.

Marosa apretó la mandíbula.

—Fýredel ha autorizado la apertura de la embajada inys —añadió Priessa.

—Inys es el último país que esperaría que enviara a un embajador, y no solo por motivos religiosos. Después de la desaparición de su padre, ¿por qué iba a arriesgarse la reina Sabran a enviar ningún otro de sus cortesanos?

—Para poder ver el interior de Cárscaro. Para encontrarlo —dijo Priessa—. Quizá lord Wilstan no hiciera lo necesario, pero su majestad debe de tener fe en que estos embajadores son lo suficientemente fuertes y astutos como para averiguar la verdad y huir después de Yscalin. Quizá los podamos convencer para que sean ellos quienes hagan el viaje por nosotras.

—¿Y si nos fallan, como Fynch? ¿Y si esta vez la caja se pierde para siempre?

—Deben de ser muy valientes, para haber decidido entrar en territorio draconiano por voluntad propia.

Marosa se acabó su bebida y se pasó la sidra por el interior de la boca.

—Lord Arteloth es un buen amigo de la reina Sabran —murmuró—. Quizá tengas razón. —Dejó la copa—. Puede que la caja esté vacía, o que solo contenga polvo. Quizá todo esto no sea más que una falsa esperanza.

—Eso es mejor que nada. —Priessa la agarró de las manos y buscó su mirada—. Pongamos que conseguimos convencer a esos hombres para que vayan. Mientras ellos van al encuentro del embajador uq-Ispad, vos debéis calmar a los sectarios haciendo valer vuestra posición como descendiente de Oderica la Forjadora.

—¿Por qué?

—Porque la veneran como una de los primeros oráculos y como adoradora de Fýredel.

—Yo nunca seré uno de ellos.

—No, pero eso os protegerá. Cada día son más. Ganarse su respeto será un modo de garantizar vuestra seguridad y de mantener el control de Cárscaro. Y si os mostráis leal a la causa, quizá Fýredel no vea la necesidad de convertiros en su marioneta a la fuerza.

Su mano, enfundada en el guante, apoyada en sus escamas.

Los ojos del wyrm penetrando en los suyos, como si la reconociera.

—Se trata de sobrevivir lo suficiente hasta que llegue la ayuda, igual que hicieron nuestros ancestros. La Gran Desolación no acabó gracias a la espada, sino a la resistencia —dijo Priessa—. El Santo nos perdonará.

Marosa apretó los dientes. La mera idea de someterse a aquel teatro le resultaba repugnante, pero era evidente que tenía sentido.

—Consigue toda la información que puedas sobre el culto del Rey de Hierro —decidió por fin—. Intentaré imitar a sus seguidores. A ver si consigo que se postren ante la heredera de Oderica.

Cuando, tres noches más tarde, su guardia vino a buscarla, las velas ardían con una intensa llama roja. Era un antiguo miembro de los Caballeros Defensores, ahora seguidor del culto del Rey de Hierro. Marosa nunca le había visto la cara, porque la llevaba cubierta con una máscara, como todos los demás.

—Lord Gastaldo está aquí —anunció—. Con permiso, vuestro esplendor.

Marosa asintió. En cuanto el guardia se retiró de sus aposentos, entró lord Gastaldo, ataviado con una capa negra que le cubría un hombro.

—Vuestro esplendor —dijo, con una reverencia—. Fýredel hablará con vos de nuevo esta noche.

—¿En la Puerta del Abismo? —preguntó Priessa, poniéndose de pie de golpe—. Si es así, dejadme ir a mí en su lugar.

—No —replicó Marosa—. Fýredel se daría cuenta del engaño, Essa.

—Quizá no, si voy vestida con vuestras ropas y llevo un vial de sangre vuestra, para oler como vos. Podemos pedirle a la médica de la corte que…

—La donmata tiene razón, hija. El Rey de Hierro lo ve todo —apuntó lord Gastaldo—. Es hora de abandonar cualquier intento de resistencia. No nos ha servido de nada. No hay Santo que nos proteja ni Halgalant que nos espere. Eso parece evidente.

Se dirigió hacia la chimenea y fijó la mirada en las llamas.

—Está claro que nuestros ancestros, los primeros yscalinos, tenían razón. Vieron a un dios en el monte Fruma —dijo—. Ahora ese dios se ha presentado ante nosotros, igual que hizo ante Oderica la Forjadora.

Mientras hablaba, Marosa se fijó en su elegante vestimenta. Su capa negra tenía el forro rojo. Priessa también lo vio y se quedó rígida, consciente del peligro. Lo sabía todo de los sectarios, pero no que su padre se hubiera unido a sus filas.

—Yscalin tendría que haber rechazado al Santo desde el principio, donmata. Ese es un dios inys, no nuestro —dijo lord Gastaldo—. Galian Berethnet fue una imposición de nuestro ancestro, Isalarico el Traidor. Pero vos no sois solo su descendiente. También lo sois de Oderica, y en vuestros ojos brilla el fuego sagrado.

Marosa mantuvo la compostura, consciente de que Priessa también la miraba.

—Yo creo que nos entendemos, milord —dijo por fin, levantándose de su asiento—. Tenéis razón. Si el Santo existe realmente, nos ha abandonado en el momento de más necesidad. No es digno de nuestra devoción. —Forzó una sonrisa—. Abracemos nuestra tradición como yscalinos, olvidémonos de las Virtudes y adoremos al Rey de Hierro.

Lord Gastaldo la escuchó, encantado. Y también el sectario junto a la puerta.

—Hemos estado encadenados a la reina de Inys demasiado tiempo. Oderica expulsó a los gulthaganianos; hagamos nosotros lo mismo con el Santo usurpador —dijo Marosa, con decisión—. Si somos leales a Fýredel, si colaboramos con él, a nosotros nos perdonará, cuando el continente arda de una orilla a la otra.

Lord Gastaldo se relajó. En parte debía de buscar su aprobación, para que pudiera convencerse a sí mismo de que lo mejor era rendirse a la evidencia. En ausencia del Santo, Gastaldo Yelarigas necesitaba creer en otra cosa. Necesitaba convencerse de que no era un monstruo.

—Vuestro esplendor —dijo, llevándose una mano al pecho—. Estamos a vuestro servicio. —Señaló la puerta con un gesto de la cabeza—. Fýredel no requiere que vayáis a verlo en persona. Hablará a través de su majestad.

Marosa esperaba que la acompañara escaleras arriba, pero, en lugar de eso, el Rey Terreno entró en la estancia. Era la primera vez que se levantaba de la cama desde hacía semanas. Iba flanqueado por dos Vardya enmascarados, lo suficientemente cerca como para agarrarlo al vuelo si se caía. En los ojos de Sigoso ardían dos brasas encendidas.

—Donmata de Yscalin. Portadora del espejo —dijo con voz rasposa—. ¿Me oyes?

—Sí, mi señor. —Marosa hizo una reverencia, ahuecando las faldas a los lados—. Os oigo.

Era fácil actuar delante de su padre.

—La reina de Inys envía emisarios a mi reino. Quizá desee tratar conmigo —dijo Fýredel. El rey, su títere, tosió, escupiendo sangre y saliva por las comisuras de la boca—. Le concederé ese deseo, puesto que le debo a la descendiente de la Intrépida una muerte como corresponde.

El odio que sentía por Glorian la Intrépida no había menguado ni un ápice en quinientos años. Marosa repasó sus palabras mentalmente.

—Entonces ¿pensáis dejarnos? —le preguntó—. ¿Iréis a Inys?

—No por mucho tiempo. —Fýredel la miró a los ojos—. Haz que se cumpla mi voluntad en Yscalin. No intentes huir o resistirte, o por todo el territorio arderá la carne como han ardido las flores. Ya sabes lo que espero de ti.

El yelmo de hierro, en forma de wyrm.

—Sí —dijo Marosa—. Entiendo, mi señor. No encontraréis desobediencia alguna en Cárscaro.

—Que así sea.

El Rey Terreno se desmoronó. Mientras lord Gastaldo y los Vardya se ocupaban de él, Marosa salió de sus aposentos, con la piel helada, y se fue al balcón a toda prisa por primera vez desde la muerte de Ermendo. Era algo que hasta aquel momento no había podido hacer sin él.

Oyó a lo lejos los primeros chillidos, seguidos de gritos de alegría.

Aún no había amanecido, así que solo vio a Fýredel cuando pasó sobre la lava, que iluminó su enorme mole. El arquitecto de la Gran Desolación, liberado de su madriguera, en el monte Fruma, alzando el vuelo por primera vez desde hacía siglos.

Sus enormes alas extendidas, sumiendo a todo Cárscaro en las sombras. Pudo ver que tenía cuatro patas en lugar de dos, separadas de las alas, y una cola tan gruesa como el tronco de un pino, con púas al final, de unos tres metros cada una.

Las escamas tenían el aspecto de ser duras como un escudo.

Cuando pasó junto al palacio de la Salvación, la mirada del wyrm se cruzó con la suya un momento. Marosa se agarró a la balaustrada, viendo cómo la bestia emprendía el vuelo hacia la Gran Llanura de Yscalin, ante la mirada de todo el que estaba despierto. Y con tres potentes aletazos desapareció en la oscuridad de la noche.

Marosa se dejó caer al suelo, con los mechones que se le habían soltado de la trenza aleteando al viento. Priessa vino a su encuentro y se arrodilló a su lado.

—Y así empieza una nueva Caída de las Sombras —dijo Marosa en voz baja—. Si mata a la reina Sabran, estamos perdidos. Resurgirá el Innombrable, y esta vez la humanidad se extinguirá. No quedarán ni los huesos.

Priessa le envolvió el rostro con las manos. Marosa buscó su mirada, y en ella, la esperanza.

—No me importa que mi padre sea un sectario —dijo Priessa, con voz firme—. Puede que estemos solas, pero somos yscalinas. Somos fuertes. —Sus mejillas cubiertas de pecas brillaban—. Creo que la reina Sabran plantará cara a Fýredel, como hizo Glorian la Intrépida. Y creo en vos, más aún que en el propio Santo. Un día seréis reina de Yscalin. El reinado de Marosa curará todas las cicatrices de este país.

Acercaron las cabezas y juntaron las frentes.

—El caballero de la Camaradería ha sido muy bueno —susurró Marosa— concediéndome tu compañía en el final de nuestros días.

Se quedaron allí hasta que salió el sol, que derramó su luz sobre los muertos y sobre la desolada llanura. Por fin, un gorjeo les hizo levantar la vista, sorprendidas, con el rostro cubierto de lágrimas. Tras dos largos años, el serín —ese precioso pajarillo de alegre canto— se había atrevido a regresar a Cárscaro. El ave ladeó la cabeza, como si quisiera mirar a Marosa a la cara, y emprendió el vuelo de nuevo.

En el exterior, el Tundana seguía fluyendo. Los wyverns continuaban vigilándolos. Todo el Consejo Real, encabezado por lord Gastaldo, acabó uniéndose a la secta. Mientras tanto, el Rey Terreno se iba pudriendo en sus aposentos, soñando con la huida y con un fuego escarlata, así como con una mujer con el sol en las manos.

Cuando llegaron a Cárscaro los nuevos embajadores inys, Fýredel no había regresado, pero Marosa estaba preparada. Quizá no tuvieran más que una pequeña ventana de oportunidad para enviar la caja a su destino otra vez.

Priessa había ido al encuentro del Rosa Eterna, el barco que había traído a los dos diplomáticos a Yscalin. Fingiendo devoción a la secta, convenciendo a su padre de que era leal, había conseguido que le permitiera salir de Cárscaro.

Marosa se situó en una entrada oculta a la Cámara de la Presencia, con un vestido negro sujeto con un ceñidor rojo en el que lucía un broche con una llama de hierro. El Consejo Real asistiría a la audiencia. Y ahora la mirarían a ella, y no a su padre, como siempre había deseado.

Aunque habría querido que fuera en otras circunstancias.

Los embajadores inys la estaban esperando. Lord Arteloth Beck y lord Kitston Glade, dos hombres que no conocía, pero a los que muy pronto les pediría que arriesgaran la vida por su pueblo. De hecho, ya habían decidido hacerlo, por propia elección, viajando a la atormentada tierra olvidada por el Santo. Y ella —una marioneta, una prisionera, una princesa— se mantendría en el trono, incapaz de marcharse, hasta el día en que cayera Fýredel, como ya había sucedido antes, el último día de la Gran Desolación. Se puso su armadura, hecha de miedo y dolor, aunque por dentro bullía de rabia.

Se colocó en la cabeza el yelmo de Fýredel y dejó de oír el ruido. Ante la mirada de su corte y de aquellos dos hombres, ocupó su lugar en el trono de obsidiana, tallado de la piedra del propio monte Pavor.

—Lord Arteloth y lord Kitston —dijo—, mi querido padre y yo os damos la bienvenida al Reino Draconiano de Yscalin.

Majestad, no sé cómo describir la desgracia que ha caído sobre Yscalin, ni el dolor que me supone escoger las palabras con las que dirigirme a vos.

Estamos viviendo una segunda Gran Desolación. El taimado Fýredel, nuestro antiguo enemigo, se ha despertado en el monte Fruma. Glorian la Intrépida lo derrotó en los páramos de Cenning; rezo para que vos mostréis el mismo coraje y podáis ayudar en lo posible a mi pueblo, que en este mismo momento sufre la ira y las ansias de venganza de sus wyverns.

Cárscaro cayó en pocas horas. Nuestra ciudad en la montaña fue una prisión en el pasado; ahora lo vuelve a ser. No éramos conscientes de que teníamos al enemigo a las puertas. Yo no puedo huir, ni plantar cara a Fýredel, mientras tenga a miles de almas inocentes como rehenes, pero, a pesar de las mentiras que haya podido decir mi padre, Yscalin sigue siendo fiel. Espero que el embajador Fynch sobreviva a la travesía por las Escarpadas; que vuestro padre, noble caballero, os informe de las maldades que ha protagonizado el mío en el interior de estas paredes. Según parece, el dolor que compartimos por la pérdida de nuestras madres tiene un origen común, y es él, cuya sangre llevo dentro. Me preguntaría cómo puedo vivir sabiendo eso, pero dudo que sobreviva mucho más, aunque lucharé todo lo que pueda.

Si algún miembro de mi familia consiguiera huir de este nuevo reino draconiano, os ruego que los acojáis y les proporcionéis refugio.

Sabed que os he sido leal hasta el fin.

Fiel por siempre,

MAROSA TAUMARGAM VETALDA,
Donmata de Yscalin, princesa heredera del Ersyr

Cronología

ANTES DE LA ERA COMÚN (A. E. C.)

2 A. E. C.: Primera gran erupción del monte Pavor. El Innombrable emerge del Vientre de Fuego y se instala en la ciudad lasiana de Yikala, trayendo consigo la peste draconiana. El Innombrable es derrotado y desaparece.

LA ERA COMÚN (E. C.)

1 E. C.: Fundación de Ascalon.

279 E. C.: Se crea lo que acabaría conociéndose como Cadena de la Virtud, cuando Isalarico IV de Yscalin se casa con Glorian II de Inys.

480 E. C.: La catastrófica Inundación de Invierno azota la costa norte de Mentendon, provocando miles de ahogamientos y destruyendo la capital, Thisunath.

481 E. C.: El invasor hróthi Heryon Vattenvarg aprovecha la Inundación de Invierno, que ha destruido las defensas costeras ménticas. Su objetivo es recuperar el país y someterlo al dominio de su clan. Los ménticos, pillados por sorpresa y sin más apoyos, se ven obligados a abandonar la lucha y a someterse a Vattenvarg, que funda una nueva capital, Brygstad.

483 E. C.: Heryon Vattenvarg jura lealtad al nuevo rey de Hróth, Bardholt I, y es nombrado gobernador de Mentendon. Se convierte a las virtudes de la caballería, e introduce a Mentendon en la Cadena de las Virtudes. Ménticos y hróthis se ven obligados a convertirse a la nueva fe.

509 E. C.: Con la segunda gran erupción del monte Pavor aparecen las sombras del Oeste y sus wyverns, liderados por Fýredel, que crea el ejército draconiano.

511 E. C.: Caída de las Sombras: empieza la Gran Desolación y vuelve la peste draconiana.

512 E. C.: Fin de la Caída de las Sombras, o Gran Desolación, con la llegada de la Estrella de Larga Melena, también conocida como el cometa del Santo.

953 E. C.: Nace Sigoso Vetalda, hijo de Idreiga V de Yscalin y su compañero.

954 E. C.: Nace Sahar Taumargam, hija de Mezdat VI del Ersyr y su cónyuge. Tiene un hermano, Jantar, unos dos años mayor que ella.

955 E. C.: Nace Rosarian Berethnet, hija de Jillian VI de Inys y de su compañero, Ranulf Heath el Viejo.

970 E. C.: Muere Idreiga V de Yscalin, y su hijo es coronado como Sigoso III.

971 E. C.: Nace Aubrecht Lievelyn, hijo de Paltar Lievelyn y Fralet Dabanon utt Kantstad.

974 E. C.: Muere Jillian VI, y su hija se convierte en la reina Rosarian IV con solo diecinueve años. Recibe ofertas de matrimonio de los diferentes Reinos de las Virtudes, entre ellas la de Sigoso III de Yscalin, que ya lleva presentando su petición más de un año.

975 E. C.: Siguiendo los deseos de su difunta madre, Rosarian IV se casa con lord Wilstan Fynch, duque de la Templanza.

976 E. C.: Nace Ermuna Lievelyn, hija de Paltar Lievelyn y Fralet Dabanon utt Kantstad.

977 E. C.: Nace la princesa Sabran, hija de Rosarian IV. Un mes más tarde, Sigoso III se casa con Sahar Taumargam, princesa del Ersyr, que se convierte en reina consorte de Yscalin.

978 E. C.: Nace Marosa Vetalda, hija de Sigoso III y su reina consorte, Sahar Taumargam.

979 E. C.: Nace Estina Melaugo, hija de Rozia Melaugo y Azgo de Vazuva.

980 E. C.: La reina regala un barco magnífico llamado Rosa Eterna a Gian Harlowe, que se convierte en el capitán de barco más joven de la flota inys.

985 E. C.: Nacen Bedona y Betriese Lievelyn, hijas de Paltar Lievelyn y Fralet Dabanon utt Kantstad. Fralet muere poco después.

991 E. C.: La reina Rosarian fallece al poco de que le introduzcan un vestido envenenado en el Vestidor Real. Sabran IX es coronada, cuando aún es menor de edad. Empieza su regencia.

992 E. C.: Gian Harlowe acoge bajo su ala a Melaugo, convertida en una granuja que vive en las calles del puerto de Oryzon, y paga para que la acepten como aprendiz en una forja.

993 E. C.: La Tragedia de Brygstad —una epidemia de fiebre sudorosa— mata a numerosos miembros de la casa de Lievelyn, entre ellos Edvart II. Su tío paterno, Leovart, se convierte en gran príncipe de Mentendon.

994 E. C.: Muere la reina Sahar de Yscalin. El suicidio es la causa aparente.

995 E. C.: Gian Harlowe empieza a hacer contrabando de mercancías hacia y desde Yscalin.

998 E. C.: Aubrecht Lievelyn y Marosa Vetalda se comprometen formalmente.

1000 E. C.: Celebración de los mil años de reinado Berethnet en Ascalon. Marosa se cuenta entre los invitados.

1003 E. C.: Empieza *Las flores en llamas*, en primavera. Aubrecht tiene treinta y dos años; Marosa, veinticinco, y Melaugo, veinticuatro.

Índice de personajes

LOS QUE NARRAN LA HISTORIA

Aubrecht Lievelyn (el Príncipe Rojo): Heredero al trono del Estado Libre de Mentendon. Es el mayor de los cuatro hijos de Paltar Lievelyn —segundo hijo de Aubrecht I— y su compañera, Fralet Dabanon utt Brudstath.

Estina Melaugo: Forajida hija de vinicultores del valle de Groneyso. Ha sido contrabandista con la famosa banda de los Zancas Verdes, y ahora trabaja como exterminadora de durmientes draconianos.

Marosa Vetalda: Donmata (heredera al trono) del Reino de Yscalin, hija única de Sigoso III y Sahar Taumargam. Desde los dieciséis años apenas ha salido del palacio de la Salvación.

EL ERSYR

Chassar uq-Ispad: Embajador de Jantar I y su consorte, la reina Saiyma.

Jantar I (el Espléndido): Rey del Ersyr. Primogénito de Mezdat VII y hermano de la princesa Sahar Taumargam. Como muchos de sus ancestros, se hace llamar rey de reyes.

Saiyma Taumargam: Reina consorte del Ersyr y esposa de Jantar I.

ESTADO LIBRE DE MENTENDON

Aleidine Teldan utt Kantmarkt: Duquesa viuda de Zeedeur, procedente de la familia de mercaderes Teldan. Entró en la nobleza al casarse con Jannart utt Zeedeur. Su tía paterna fue consorte de Aubrecht I.

Bedona Lievelyn: Princesa de Mentendon. Hermana de Aubrecht, Ermuna y Betriese.

Betriese Lievelyn: Princesa de Mentendon. Hermana de Aubrecht, Ermuna y Bedona. Es la más pequeña de los hermanos, al haber nacido justo después de Bedona, su gemela.

Clothild Lievelyn: Noble de la casa de Lievelyn, prima cuarta de Aubrecht. Su madre es una cacique hróthi del clan Ókyrr.

Ermuna Lievelyn: Princesa de Mentendon. Es la segunda en la línea sucesoria al trono méntico tras su hermano mayor, Aubrecht.

Gaspart Lievelyn: Noble de la casa de Lievelyn. Es primo tercero de Aubrecht.

Henselt Lievelyn: Hijo de Gaspart Lievelyn y su compañera.

Leovart I (el Príncipe Gris): Gran príncipe de Mentendon y tío abuelo paterno de Aubrecht, Ermuna, Bedona y Betriese. Tras la Tragedia de Brygstad, Aubrecht era el primero en la línea de sucesión al trono, pero Leovart convenció al Consejo de Estado de que debía ser él quien ocupara el cargo.

Liuthe Dabanon utt Brudstath: Gran princesa viuda de Mentendon. Procedente de la familia Dabanon, dinastía de banqueros. Fue la compañera de Edvart II y madre de su heredero, Lesken Lievelyn.

Sennera Yelarigas: Embajadora yscalina en Mentendon. Hija de mercaderes de Oryzon, accedió a la nobleza al casarse con Gastaldo Yelarigas. En su día fue primera dama de honor de la reina Sahar.

REINO DE HRÓTH

Raunus III: Rey de Hróth y actual líder de la casa de Hraustr.

Skuldir Vatten: Actual líder del clan Vatten. Es descendiente de Heryon Vattenvarg, que conquistó Mentendon.

REINO DE YSCALIN

Aryete Feyalda: Noble de la familia Feyalda, rama menor de la casa de Vetalda. En su día fue tercera dama de honor de la reina Sahar de Yscalin.

Bartian Feyalda: Conde de Orzyon, actualmente cortesano en Cárscaro.

Interventor de Perunta: Título correspondiente al oficial que supervisa la recogida de impuestos sobre importaciones a Yscalin. En *Las flores en llamas*, este cargo lo desempeña un miembro de la familia Afleytan.

Ermendo Vuleydres: Guardaespaldas personal de Marosa Vetalda.

Gastaldo Yelarigas: Secretario de Estado y primo tercero de Sigoso III.

Jondu: Misteriosa prisionera en el palacio de la Salvación.

Liyat de Nzene: Comerciante de antigüedades que recoge y protege piezas prohibidas. Liyat forma parte de una asociación de contrabandistas, piratas y otros forajidos.

Orentico Feyalda: Hijo bastardo de la princesa Darica Vetalda, prima de Sigoso III, por su matrimonio con un miembro de la familia Feyalda. Aunque Sigoso desprecia a los bastardos, ha mantenido a Orentico en la corte para usarlo como doble en situaciones de peligro.

Priessa Yelarigas: Primera dama de honor y prima cuarta de Marosa Vetalda. Es hija de Gastaldo y Sennera Yelarigas.

Robrecht Teldan: Embajador méntico en Yscalin. Tío paterno de Aleidine Teldan utt Kantmarkt.

Ruzio Afleytan: Dama de honor de Marosa Vetalda. Hermana mayor de Yscabel.

Sigoso III (el Pío): Rey de Yscalin y actual líder de la casa de Vetalda. Padre de Marosa Vetalda.

Suylos el Despreciable: Contrabandista y antiguo pirata residente en la cala de los Amantes, cerca de Perunta. Además de ser el líder de la famosa banda de los Zancas Verdes, dirige una asociación de forajidos que operan en la costa de Yscalin. Su epíteto hace referencia al modo en que lo describió el interventor de Perunta en una ocasión, y él lo adoptó con orgullo.

Ussindo Vetalda: Hermano menor de Sigoso III y la princesa Viterica.

Viterica Vetalda: Archiduquesa de Fronda Real y gran princesa de Yscalin. Hermana menor de Sigoso III. Está casada con Oscardo Vuleydres y tiene cuatro hijos: tres de él y uno de su anterior compañero.

Wilstan Fynch: Príncipe viudo y lord Almirante de Inys, cabeza de la familia Fynch, y duque de la Templanza. Fue compañero de la reina Rosarian IV y es padre de Sabran IX. Actualmente es el embajador inys en Yscalin.

Yscabel Afleytan: Dama de honor de Marosa Vetalda. Hermana menor de Ruzio.

REINO DE YNIS

Arteloth «Loth» Beck: Heredero de la rica provincia de Leas, al norte de Inys. Es el mejor amigo de Sabran IX.

Gian Harlowe: Patrón de barco inys de pasado misterioso. Es el capitán del Rosa Eterna, embarcación que le regaló la reina Rosarian IV de Inys.

Kitston Glade: Poeta en la corte de Sabran IX de Inys y amigo de lord Arteloth Beck.

Sabran IX: Trigésimo sexta reina de Inys, la única persona viva de la casa de Berethnet. Se dice que su dinastía mantiene sometido al Innombrable, impidiendo que vuelva al mundo. Es hija de la difunta Rosarian IV y de su compañero, lord Wilstan Fynch.

Seyton Combe (el Halcón Nocturno): Duque de la Cortesía, secretario real y jefe de espías de Sabran IX de Inys.

PERSONAJES FALLECIDOS, LEGENDARIOS E HISTÓRICOS

Denarva uq-Bardant: Fue segunda dama de honor de la reina Sahar, y la acompañó desde el Ersyr a Yscalin. Acabó ejecutada como cómplice de traición.

Dumai de Ipyeda (Noziken pa Dumai): Primogénita de Jorodu IV de Seiiki, soberano de la corte durante la Gran Desolación, aunque tras él acabaría subiendo al trono la hermanastra de Dumai, convertida en emperatriz Suzumai. Al igual que muchos de sus ancestros, fue jinete de dragón, y estableció un estrecho vínculo con una dragona seiikinesa llamada Furtia Desatatormentas. Se cree que tanto ella como Furtia murieron en una batalla contra Taugran el Dorado en el 512 E. C. Los soberanos seiikineses sucesivos mostraron actitudes diversas en relación con Dumai, lo que creó ideas equivocadas sobre su vida y su importancia.

Ebanth Lievelyn (la Rosa Salvaje de Brygstad): Noble méntica y antigua cortesana. Tras la invasión hróthi, huyó a la República de Carmentum y se convirtió en consorte de su líder, Numun. Tras la caída de Carmentum, zarpó hacia el este, pero su barco naufragó en Seiiki, donde hizo un trato con la primera señora de la guerra.

Edvart II (el Príncipe Risueño): Anterior gran príncipe de Mentendon. Murió de fiebre sudorosa durante la Tragedia de Brygstad, en el 993 E. C.

Fralet Dabanon utt Brudstath: Dama de la familia Dabanon, una dinastía de banqueros. Madre de Aubrecht, Ermuna, Bedona y Betriese. Murió tras dar a luz a las gemelas.

Fruma: Dios de la antigua religión de Yscalin. Fruma, como sus hijos, era un gigante de piedra creado por la diosa Erto, personificación del mundo. Esculpió a los primeros yscalinos con arcilla antes de caer en un profundo letargo y convertirse en el monte Fruma. Más tarde, los gulthaganianos construyeron sobre sus laderas, provocando la ira de los yscalinos, entre ellos Oderica la Forjadora.

Galian Berethnet (el Santo): Primer rey de Inys. La religión de las virtudes de la caballería, que Galian basó en el código de caballería, profesa que él venció al Innombrable en Lasia, que se casó con la princesa Cleolinda de la casa de Onjenyu, y que con ella fundó la casa de Berethnet.

Glorian II (Glorian la Temible): Décima reina de Inys. Se casó con Isalarico IV de la casa de Vetalda, lo que introdujo a Yscalin en la fe de las seis virtudes.

Glorian III (Glorian la Intrépida): Vigésima reina de Inys. Accedió al trono a los dieciséis años después de que Fýredel asesinara a sus padres. A pesar de su juventud, gobernó Inys durante la Gran Desolación, y es recordada como la más famosa y querida reina de la casa de Berethnet.

Idreiga V: Madre de Sigoso III y abuela paterna de Marosa. Tuvo tres hijos —Sigoso, Viterica y Ussindo— con su compañero, Lorento Yelarigas.

Kathel Lievelyn (la Desafiante): Primera Gran princesa de Mentendon, descendiente directa de Ebanth Lievelyn. Nació en Orisima, único puesto comercial de un reino del Oeste en Seiiki. Con poco más de veinte años viajó a Mentendon y dirigió el Alzamiento Méntico contra el can Vatten.

Kuposa pa Fotaja: Señor de los Ríos de Seiiki durante el reinado de Jorodu IV. Como noble de alto rango y abuelo materno de la hija de Jorodu, la princesa Suzumai, ejerció su poder en la corte seiikinesa y adquirió un gran prestigio, pero entró en conflicto con la princesa Dumai, heredera al trono. Murió en el 512 E. C. tras aliarse con Taugran el Dorado, por el que traicionó a numerosos miembros de la realeza seiikinesa, incluida su joven nieta.

Lady Nikeya (Nadama pa Nikeya): Hija única de Kuposa pa Fotaja. Nikeya era una noble seiikinesa y una escritora de gran talento que vivió durante el reinado de Jorodu IV. Se casó con la mayor rival política de su padre, Noziken pa Dumai, sin su permiso. El año 512 E. C., Nikeya se convirtió en reina viuda de Seiiki y en la primera monarca de la recién instaurada casa de Nadama. Se proclamó señora de la guerra de Seiiki.

Lesken Lievelyn: Hija de Edvart II y Liuthe Dabanon utt Brudstath. Murió de fiebre sudorosa durante la Tragedia de Brygstad, el año 993 E. C., cuando aún era una niña.

Oderica la Forjadora: Primera reina de Yscalin. Cuando era joven, Oderica —una fiera luchadora— fue hecha prisionera por los gulthaganianos en la ciudad minera de Karkara. Se dice que Fruma, el dios de la montaña, la engulló y le enseñó a fundir el hierro. Esta habilidad le permitió expulsar a los gulthaganianos y fundar su propia dinastía, la casa de Vetalda. Más tarde, Fruma enseñó a su descendiente, Dreigo Vetalda, a forjar acero usando los huesos de sus enemigos.

Paltar Lievelyn: Segundo hijo de Aubrecht I y padre de Aubrecht, Ermuna, Bedona y Betriese. Murió de fiebre sudorosa durante la Tragedia de Brygstad del año 993 E. C.

Rosarian IV (la Reina Sirena): Trigésimo quinta reina de Inys, madre de Sabran IX y compañera de lord Wilstan Fynch. Murió repentinamente.

Rozaria III: Reina de Yscalin durante la Gran Desolación. Tenía un mellizo, Guma Vetalda, compañero de Glorian la Intrépida.

Sabran VIII: Trigésima reina de Inys. Hija de Rosarian III, reina progresista. Apoyó acabar con el control de Hróthi sobre Mentendon.

Sahar Taumargam: Princesa del Ersyr, hermana menor del rey Jantar. Era seguidora de la fe de Dwyn, pero renunció públicamente a su religión y abrazó la fe de las seis virtudes para casarse con Sigoso III de Yscalin, con lo que se convirtió en reina consorte.

Suttu la Soñadora: Legendaria fundadora de la casa de Onjenyu. Lideró la marcha de las Mil Almas Jubilosas a Lasia, cruzando el Eria —un gran desierto de sal— desde una lejana civilización llamada Selinun. Entre las Mil Almas Jubilosas había selinunitas y párdicos.

PERSONAJES NO HUMANOS

Fýredel: Líder del ejército draconiano, fiel súbdito del Innombrable, del que se dice que es su *ala derecha*. Dirigió un ataque implacable contra la raza humana en el año 511, conocido como la Gran Desolación, tras emerger del monte Pavor en el año 509 E. C.

El Innombrable: Enorme wyrm de color rojo. Se cree que fue la primera criatura que emergió del monte Pavor. Su enfrentamiento con Cleolinda Onjenyu y Galian Berethnet en Lasia en el año 2 E. C. se convertiría en fundamento de religiones y leyendas por todo el mundo.

Taugran el Dorado: Uno de los cinco grandes wyrms —conocidos como sombras del Oeste— que surgieron del monte Pavor en el año 509 E. C. En el 512 E. C., Taugran fue derrotado por la reina Dumai de Seiiki y sus aliados dragones.

Glosario

Aduaneros: Agentes de aduanas. Así los llaman los contrabandistas, sobre todo.

Alabarda: Arma con una larga asta acabada en punta y con una hoja de hacha cerca del extremo.

Alquinal: Tocado iscalino, provisto de una malla a la que se puede unir un tubo de seda para envolver la trenza o unas cintas para trenzar con el cabello. Es un accesorio de moda entre las nobles de Cárscaro, especialmente en el palacio de la Salvación.

Comendación: Introducción formal en sociedad de un joven de la nobleza. La costumbre nació en Inys, donde ya no se practica, pero aún se observa en Yscalin.

Cometa del Santo: Nombre que se le da a Yscalin a un cometa con un periodo orbital de quinientos años, que tiene un lugar importante en la historia y en la leyenda. El año 512 E. C., puso fin a la Gran Desolación quitándoles su fuego a los wyrms y wyverns, y sumiendo al ejército draconiano en un profundo letargo.

Compañero/a: Palabra usada para describir a un cónyuge o esposo/a en la religión de las virtudes de la caballería.

Culebreya: Criatura draconiana originaria de Yscalin. Parece una enorme cobra con alas.

Exterminador: Persona que mata a durmientes draconianos para ganarse la vida. En Inys se los llama «caballeros errantes» o «doncellas guerreras». La práctica está prohibida por la Ley de Restricciones de Yscalin, pero es aplaudida en el resto de los Reinos de las Virtudes.

Donma: Título usado por las caballeros mujeres de Yscalin.

Donmata: Título que define a la princesa heredera de Yscalin. Literalmente, significa «primera dama».

Ejército draconiano: Nombre colectivo para los wyrms y wyverns surgidos del monte Pavor, así como para todas las criaturas creadas por los wyverns, como lindorms y basiliscos.

Fiebre sudorosa: Enfermedad contagiosa de origen desconocido, pero muy contagiosa y mortal. La mayoría de los que la contraen mueren a los pocos días, si no ya horas.

Gran príncipe: Título usado por los soberanos varones del Estado Libre de Mentendon. En deferencia a la última gran reina de Mentendon, que murió asesinada por el clan Vatten, los monarcas ménticos no se hacen llamar reyes o reinas.

Gorguera: Accesorio usado en el oeste para cubrir el cuello y los hombros, en muchos casos para tapar el escote del vestido.

Halgalant: El más allá de la religión de las virtudes de la caballería, un bonito castillo en una tierra rica gobernada por el rey Galian, que se sienta a la Gran Mesa con los que han obrado correctamente. Se dice que lo creó en el cielo el propio Galian Berethnet tras su muerte.

Leyes de la Desolación: Serie de leyes dictadas en los Reinos de las Virtudes tras la Gran Desolación, para evitar la pérdida de vidas o los daños a los edificios en caso de que regresaran los wyrms.

Mangana: Arma parecida a una catapulta. En el pasado se usaba en los sitios, pero se convirtió en ama de ataque contra el ejército draconiano durante la Gran Desolación.

Pajuela: Maderita fina y alargada usada para encender las pipas.

Párdico: Término usado para referirse tanto al pueblo del otro lado del Eria, el desierto de sal al sur de Lasia, como a su idioma.

Patrón: A los doce años, los niños de los Reinos de las Virtudes escogen a un miembro del Séquito Sagrado y reciben un broche como muestra de su devoción. Solo la reina de Inys tiene al Santo como patrón.

Peste: Plaga bubónica.

Reinos de las Virtudes: Nombre colectivo para los cuatro países que profesan la religión de las virtudes de la caballería: Inys, Yscalin, Hróth y Mentendon. También conocidos como la Cadena de las Virtudes.

Santario: Oficiante religioso en la religión de las virtudes de la caballería.

Santuario: Edificio religioso en los Reinos de las Virtudes, donde los fieles a las virtudes de la caballería rezan y escuchan las enseñanzas de los santarios.

Saya: Traje sin mangas de una pieza. Puede llevarse solo o encima de otras prendas en ocasiones más formales.

Seis virtudes: Religión también conocida como las virtudes de la caballería, modelada siguiendo los valores tradicionales de los caballeros de la antigua Inysca: valor, cortesía, camaradería, generosidad, justicia y templanza.

Séquito Sagrado: Grupo formado por los seis compañeros del Santo. Cada uno representa una de las virtudes de la caballería.

Sombras del Oeste: Los cinco wyrms que surgieron del monte Pavor en el año 509 E. C.: Fýredel, Valeysa, Orsul, Dedalugun y Taugran.

Tocado gable: Típico tocado méntico, acolchado y recubierto de seda y cuentas o piedras preciosas.

Verdugado: Falda yscalina con un armazón de ballenas como soporte para darle una forma acampanada. En Inys está muy de moda.

Vientre de Fuego: El interior de la Tierra. Es el lugar de nacimiento del Innombrable, de las sombras del Oeste y de los wyverns.

Wyrm: Bestia de imponente tamaño que escupe fuego. Tiene un tamaño grandioso, cuatro patas y dos alas. El término suele aplicarse a los cinco sombras del Oeste, aunque los habitantes de los Reinos de las Virtudes suelen usarlo erróneamente para describir también a los dragones del Este, a pesar de las diferencias entre las dos especies.

Wyverling: Wyvern pequeño. Cuando está en el suelo, camina sobre dos patas, con las alas pegadas a los costados, a diferencia de los wyverns más grandes, que suelen usar las alas para reptar.

Wyvern: Criatura draconiana alada con dos patas. Al igual que las sombras del Oeste, los wyverns surgieron del monte Pavor y pueden escupir fuego. No se sabe cómo, pero los wyverns han creado otras bestias al servicio del ejército draconiano a partir de ganado y animales salvajes. Cada wyvern está vinculado a una sombra del Oeste. Si la sombra del Oeste muriera, todos sus wyverns perderían su fuego, al igual que todas las bestias híbridas creadas a su vez por estos wyverns.

Agradecimientos

Si este ha sido tu primer contacto con el universo de Las Raíces del Caos, te doy la bienvenida. Espero que quieras seguir explorándolo. Si es así, *El priorato del naranjo* y *El día que se abrió el cielo* te están esperando con nuevas aventuras.

Si estás de regreso, gracias por volver al mundo del caos y por unirte a mí en este viaje al reino de Yscalin y al Estado Libre de Mentendon, dos países que he querido explorar más a fondo desde que escribí *El priorato del naranjo*. Muchos lectores de Las Raíces del Caos me han dicho lo mucho que les había gustado Marosa, y agradezco haber tenido la ocasión de contaros algo más de su historia.

Quiero dar las gracias a toda la gente de mi agencia, David Godwin Associates —David Godwin, Sebastian Godwin, Aparna Kumar, Bianca Rasmussen— y a todos en Bloomsbury y mis otras editoriales en el mundo, entre ellos a Adam Kirkman, Áine Feeney, Amy Donegan, Ben Chisnall, Ben McCluskey, Benjamin Kuntzer, Beth Maher, Carmen R. Balit, Carrie Pitt, Charlotte Webb, Craig McKerchar, Cris Caserini, Danielle Rudasingwa, David Godwin, David Mann, Deborah Ogunnoiki, Emily Russell, Emma Allden, Fabrice Wilmann, Faye Robinson, Genevieve

Nelsson, Grace McNamee, Gráinne Reidy, Hannah Temby, Ian Hudson, India Arzoo Robinson, Inês Figueira, Inez Maria, Isi Tucker, Jack Birch, Janis Lardeux, Jess Stevens, Jillian Ramirez, Joanna Vallance, Joe Roche, Julien Ricard, Kai Papafio, Kathleen Farrar, Katie Vaughn, Katy Follain, Kenli Manning, Lauren Molyneux, Lauren Moseley, Lauren Elizabeth Moseley, Lauren Ollerhead, Lauren Wilson, Leah Robert Packer, Lily Watson, Lorraine Levis, Lucie Moody, Lucy Dixon-Peel, Maike Anderson, Maisie McCormick, Maria Francesca IPrace, Marie Coolman, Mpumi Mgidlana, Natalia Facelli, Nigel Newton, Paul Baggaley, Phoebe Dyer, Rachel Wilkie, Robyn Enslin, Sam Halstead, Sara McLean, Sam Rioult, Sarah Rucker, Sharona Selby, Sudipto Mookherjee, Thea Hirsi, Tom Skipp, Trâm-Anh Doan y Volodymyr Feshchuk.

Mi más cálido agradecimiento a los artistas que han hecho de *Las flores en llamas* un libro tan bonito: a Rovina Cai por las impresionantes ilustraciones, a Emily Faccini por los mapas y los encabezamientos de capítulo, y, por supuesto, a Ivan Belikov, cuyas cubiertas son inmejorables. Gracias a los equipos de Broken Binding, Forbidden Planet, Goldsboro Books, Illumicrate y Waterstones por sus espléndidas ediciones especiales.

Las flores en llamas es el primer libro de la nueva colección Bloomsbury Archer, dirigida por la extraordinaria Vicky Leech Mateos. Es un honor para mí ser la primera escritora de la colección y poder trabajar con Vicky, que es una editora brillante y una referencia en el sector.

La cantidad de cariño y apoyo que he recibido en los últimos años, durante la creación de esta serie, ha cambiado la trayectoria de mi vida y de mi carrera. Gracias.

Y recordad, sois todo lo que necesitáis ser.

Nota: este libro se lo dedico a mi divertidísimo hermano Alfie, que siempre está ahí para apoyarme en mis eventos en Londres. Aubrecht Lievelyn adora a sus hermanas menores, y yo he tenido mucha suerte de poder contar con un amor parecido mientras escribía sobre su relación con Ermuna, Bedona y Betriese. Gracias por ser como eres, colega. Tengo mucha suerte de ser tu hermana mayor.

